나의 도시를 앨리스처럼

A Town Like Alice

1권

Nevil Shute Norway

··* *A Town Like Alice* *··

나의 도시를
앨리스처럼

❋ 1 ❋

네빌 슈트 지음 · 정유선 옮김

RAINBOW PUBLIC BOOKS

1권 차례

얼마나 많은 이들이
그대의 발랄한 기품을 사랑했고,
참, 혹은 거짓 애정으로
그대의 아름다움을 사랑했는지.

그러나 오직 한 남자만이
그대 안의 순례하는 영혼을 사랑했고,
그대의 변해가는 얼굴에 깃든 슬픔을 사랑했네.

- W. B. 예이츠 -

작가의 말

　이 책을 출간하면서 갈 곳 없던 여성 포로들의 강제 행진과 그들의 죽음에 관한 역사를 조작했다고 비난받으리라 예상했었다. 말레이반도에서 그런 일은 결코 일어나지 않았다고 누군가 반기를 들 법했고, 그것은 사실이다. 이것은 수마트라에서 일어난 일이다.

　일본군은 1942년 말레이반도를 함락한 뒤 수마트라를 침공했고 재빨리 섬을 점령했다. 네덜란드 여성과 어린이 80명 정도가 수마트라섬 파당 인근으로 끌려갔다. 이 지역의 일본군 지휘관은 이들에 대한 책임을 회피했고, 그 문제를 해결하기 위해 이들을 자신의 구역에서 몰아냈다. 그리하여 그들은 수마트라 전역을 돌아다니기 시작했고, 이 여정은 2년 반 동안 이어졌다. 오랜 여정의 끝까지 살아남은 사람은 채 서른 명도 되지 않았다.

나는 1949년 수마트라 팔렘방에서 J. G. 게이젤-폰크 부부와 함께 지냈다. 게이젤 부인은 그 집단에서 살아남은 사람이었다. 포로로 잡혔을 당시 그녀는 결혼한 지 오래되지 않은, 가냘프고 아리따운 스물두 살의 새댁이었다. 6개월 된 아기가 있었고, 유머 감각이 아주 뛰어났다. 게이젤 부인은 그 뒤 몇 년 동안 내가 묘사한 것과 비슷한 상황에서 아기를 안고 2,000킬로 가까이 걸었다. 그토록 엄청난 시련에도 굴하지 않고 아들과 함께 건강하게 살아남았다.

　이제껏 나는 실화를 바탕으로 소설을 쓴 적이 없었다. 예외적으로 이번만큼은 이 실화의 매력을 거부할 수 없었으며, 내가 만났던 가장 씩씩한 여인에게 내 방식으로 경의를 표하고 싶었다.

네빌 슈트

1 장

제임스 맥파튼은 1905년 3월 요크셔주 드리필드에서 말을 타다가 목숨을 잃었다. 향년 48세였다.

그는 거의 모든 재산을 아들 더글러스 맥파튼에게 남겼다. 당시 맥파튼과 댈하우지 일가는 퍼스(스코틀랜드 중부 도시-옮긴이)에 살았다. 더글러스 맥파튼과 조크 댈하우지는 같은 학교에 다니는 친구였다.

청년이 된 조크 댈하우지는 런던으로 와서 챈서리 레인에 있는 법률 사무소 '댈하우지&피터스'의 파트너 변호사가 되었다. 세월이 흘러 댈하우지, 피터스는 세상을 떠났다. 지금은 내가 파트너 변호사이지만 나는 회사의 이름을 바꾸지 않았다.

더글러스 맥파튼은 처리할 일이 있으면 으레 친구였던 조크 댈하우지에게 맡겼다. 조크 댈하우지는 1928년 세상을 떠나기 전까지 그 일들을 직접 처리했다. 댈하우지가 사망한 뒤 그의 업무를 나누는 과정에서 맥파든은 내 의뢰인 명단에 올랐으나, 나는 다른 업무에 치여서 그를 잊고 있었다.

그는 1935년이 되어서야 우리에게 다시 일을 의뢰했다. 어느 날 그에게서 편지가 한 통 날아들었다. 에어(스코틀랜드 남서부 항구 도시-옮긴이)에서 보낸 것이었다. 편지에서 자신의 매제인 아서 패짓이 말레이반도(현재의 말레이시아-옮긴이)에서 자동차 사고로 사망했으므로 여동생 진과 그녀의 두 아이를 위해 유언장을 고치고 신탁을 의뢰하고 싶다고 했다.

유감스럽게도 나는 이 의뢰인에게 너무 무심했던 나머지 그가 미혼인 데다 자식이 없다는 사실도 몰랐다. 그는 건강이 썩 좋지 않아서 런던까지 오기는 어려우니 자신을 만나 문제를 처리할 신참 변호사를 보내주면 좋겠다고 요청했다.

그 일은 마침 내 일정과 잘 맞아떨어졌다. 그 편지를 받았을 때 나는 스코틀랜드의 샤이얼 호수로 2주간 낚시 휴가를 떠나려던 참이었다. 내가 휴가를 보내고 돌아오는 길에 그를 방문하겠다고 답장했고, 휴가 중 하루 날을 잡아 살펴볼 요량으로 관련 서류를 여행 가방 바닥에 챙겨 넣었다.

우리가 주고받은 서신에 내게 숙소를 제공하겠다는 제안은 없었기에 나는 에어에 도착해서 스테이션 호텔에 방을 잡았다. 헐렁한 반바지를 벗고 짙은 색 정장으로 갈아입은 뒤 의뢰인을 만나러 갔다.

그는 내 예상과는 영 딴판으로 살고 있었다. 그의 재산이 2만 파운드가 훨씬 넘으리라는 것 말고는 아는 바가 별로 없었다. 그래도 내 의뢰인이 하인 한둘을 거느리고 주택에 살고 있으리라고 기대했다. 하지만 그는 바닷가 바로 앞에 있는 하숙집 형태의 호텔에서 침실과 거실이 나란히 붙어 있는 좁은 공간에 살고 있었다.

당시 그는 나보다 열 살 아래로 쉰 살이 채 되지 않은 나이였지만 누가 봐도 병자처럼 살고 있었다. 여든 살 먹은 노인처럼 노쇠했고 안색은 기이한 잿빛이어서 전혀 건강해 보이지 않았다. 거실의 창문이란 창문은 모조리 닫혀 있어서 호수와 들판에서 신선한 공기를 만끽했던 나는 그 방이 답답하게 느껴졌다. 창가의 새장 안에는 작은 앵무새가 여러 마리 있었다. 거기서 나는 냄새가 방을 매우 불쾌하게 만들었다. 세간살이로 짐작하건대 그 하숙집 방에서 꽤 오랜 세월 살아온 게 분명했다.

유언장을 논의하면서 그는 자신의 삶에 관해 이런저런 이야기를 했다. 꽤 상냥했고 내가 직접 그를 찾아간 데 만족스러워했다. 강한 스코틀랜드 억양으로 말하기는 했지만, 교양 있는 사람 같았다.

"난 아주 조용히 살고 있어요, 스트래천 씨. 내 건강 상태로는 어디 멀리 나갈 수가 없어요. 가끔 화창한 날이면 집 앞에 잠시 나가 있는데, 그러면 매기가 의자를 가져다줍니다. 매기는 집주인 도일 부부의 딸이에요. 이곳에서 그들은 내게 매우 잘해줍니다." 그가 말했다.

다시 유언장 문제로 돌아가자 그는 누이 진 패짓 말고는 가까운 친척이 전혀 없다고 했다. "내 아버지가 호주에 계실 때 무분별한 행동으로 자식 한둘을 남겼을지도 모르는 일이지만 말이에요. 비록 한 번이라도 만나거나 서신을 주고받은 적은 없지만 그런 자식이 없으리라고 장담은 못하겠어요. 언젠가 진에게서 어머니가 몹시 괴로워하셨다는 이야기를 들은 적이 있어요. 여자들끼리는 그런 이야기를 하는 모양이죠. 아버지는 혈기왕성한 남자였어요."

그의 여동생 진은 1914년부터 18년까지 이어진 1차 세계대전 당시 육군 여성보조부대 장교였고, 1917년 봄에 패짓 대위와 결혼했다. "평범한 결혼은 아니었어요." 그가 생각에 잠겨 말했다. "내 누이 진은 군에 입대할 때까지 스코틀랜드를 벗어난 적이 없고 삶의 대부분을 퍼스에서 보냈거든요. 아서 패짓은 햄프셔의 사우샘프턴 출신 잉글랜드인이었어요. 아서에게 반감은 전혀 없지만, 우리 모두 진이 당연히 스코틀랜드 사람과 결혼할 줄 알았어요. 그렇다고 그들이 행복한 결혼생활을 하지 않았다는 뜻은 아니에요. 대다수의 부부처럼 행복하게 살았어요."

전쟁이 끝난 뒤 아서 패짓은 말레이반도의 타이핑 인근 고무 농장에서 일자리를 얻었고, 진은 남편과 함께 그곳으로 띠났다. 그 뒤로 더글러스 맥파든은 여동생을 거의 만나지 못했다. 진은 1926년과 1932년 휴가 때 고국으로 돌아왔었다. 그녀에게는 아이가 둘 있었다. 아들 도널드는 1918년에 태어났고, 엄마와 같은 이름을 가진 딸 진은 1921년에 태어났다. 1932년 아이들 엄마는 말레이로 돌아갔다. 아이들은 영국에 남아 아서 패짓의 부모와 함께 살면서 사우샘프턴에서 학교를 다녔다. 내 의뢰인은 그 아이들을 딱 한 번 보았다고 했다. 1932년 아이들 엄마가 스코틀랜드로 아이들을 데리고 왔었다.

현재는 아서 패짓이 이포(말레이반도 서남부 도시-옮긴이) 인근에서 자동차 사고로 세상을 떠난 상황이었다. 아서는 밤에 쿠알라룸푸르에서 집으로 차를 몰고 가다가 빠른 속도로 도로를 벗어나 나무를 들이받았다. 졸음운전이었던 모양이다.

사고 당시 진 패짓은 영국에 있었다. 그녀는 남편이 죽기 1년쯤 전에 고국으로 돌아와 있었다. 사우샘프턴 외곽의 바세트에서 아이들을 위해 학교 가까이에 작은 집을 마련해 살았다. 물론 그것은 합리적인 계획이었지만, 맥파든 남매가 서로 가까이 살지 못했던 것은 유감스러운 일이었다. 내 의뢰인이 그 일을 두 번 이상 언급한 것을 보면 그렇게 멀리 떨어져 있었던 것을 섭섭하게 여겼던 듯하다.

그는 유언장 내용을 고치고 싶어 했다. 기존 유언장은 그의 전 재산을 누이 진에게 남긴다는 아주 간단한 내용이었다. "그 내용이 바뀌진 않을 거요. 다만 그 유언장을 작성했을 때는 아서 패짓이 살아 있었고, 진이 유산을 물려받을 때 당연히 그가 옆에 있을 줄 알았어요. 그가 진 옆에서 비즈니스 문제를 조언해주리라 기대했었죠. 난 오래 살지 못할 테니까요." 그가 말했다.

그는 여성이란 세상 경험이 부족한 존재여서 돈을 관리할 능력이 없다는 고정관념을 지니고 있는 사람 같았다. 여자들은 무책임하고 투기꾼에게 휘둘리기 쉽다고 생각했다. 그런 이유로 자신이 죽은 뒤 여동생이 유산을 마음껏 써주길 바라면서도, 당시 학생이었던 조카 도널드가 어머니의 사후 모든 재산을 고스란히 상속받게 하려고 신탁을 의뢰하고 싶어 했다.

물론 거기에 특별히 문제는 없었다. 나는 그가 구상하는 신탁의 다양한 장단점을 알려주었다. 또 그가 사망할 때도 여전히 그 집에 살고 있다면 그토록 오랫동안 살았던 집 주인인 도일 부부에게 유산을 조금 남기는 게 적절할 것 같다고 일러주었다. 그는 거기에 동의했다. 그러고는 살아 있는 친인척이 없으니 내가 그의 유산에 대한 단독 신탁관리인 겸 유언장 집행인이 되어줄 수 있는지 물었다. 그런 일은 고문변호사들이 흔히 맡는 업무였다.

나는 그에게 내 나이를 고려해 공동관리인을 지정해야 한다고 말했다. 그는 우리 법률사무소의 주니어 파트너인 레스터 로빈슨을 공통 신탁관리인으로 지정하는 데 동의했다. 그 신탁과 관련해 우리의 법률서비스에 대한 비용 청구 조항에도 동의했다.

이제 애초에 꽤 간단했던 유언장의 미해결 문제를 매듭짓는 일만 남아 있었다. 나는 도널드가 스물두 살이 되기 전에 맥파든 본인과 여동생이 모두 사망하면 어떻게 해야 할지 물었다. 도널드가 법적으로 성년이 되면 신탁이 종료되고, 그가 재산을 완전히 상속받아야 한다고 제안했다. 맥파든은 여기에 동의했으므로 나는 노트에 기록했다.

"그렇다면 도널드가 어머니보다 먼저 사망하거나, 또는 당신이 사망하기 전에 어떤 이유로든 도널드와 그의 어머니가 먼저 사망하는 경우도 생각해야겠죠. 그때는 유산이 조카딸인 진에게 상속될 겁니다. 이때도 진이 성년이 되면 신탁이 종료되는 것으로 받아들여도 되겠습니까?" 내가 물었다.

"그 애가 스물두 살이 되었을 때 말인가요?" 그가 물었다.

나는 그렇다고 고개를 끄덕였다. "네, 우리가 도널드의 경우 결정한 내용으로는 그렇습니다."

그는 고개를 저었다. "내가 그렇게 한다면 그건 가장 경솔한 결정이 될 거예요, 스트래천 씨. 어떤 계집애도 스물두 살에 자기 재산을 제대로 관리하진 못할 거예요. 그 나이의 아가씨들은 허무맹랑하기 짝이 없거든요. 난 그 신탁이 그보다 훨씬 더 오래 유지되길 바랍니다. 적어도 그 애가 만

40세가 될 때까지요."

나는 과거의 다양한 경험에 비추어 젊은 아가씨가 큰돈을 도맡아 관리하기에 스물두 살은 좀 이르다는 데 동의할 수밖에 없었다. 하지만 마흔 살은 지나치게 늦은 감이 있었다. 나는 스물다섯 살이 적당한 나이 같다는 견해를 밝혔다.

그는 마지못해 만 서른다섯 살로 물러섰다. 더는 그의 마음을 바꿀 수 없었다. 그가 눈에 띄게 피곤해하고 점점 예민해졌기에 신탁의 최대 지속기간을 그렇게 정했다. 그것은 진이라는 여자아이가 1921년에 태어났고, 그때가 1935년이었으므로 그토록 가능성이 희박한 조건 속에서 그 신탁이 그날로부터 21년간 지속되리라는 의미였다.

그렇게 우리의 볼일은 끝났다. 나는 그와 헤어져 런던으로 돌아와 유언장을 작성한 뒤 그에게 보내 서명을 받았다. 그 뒤 그 의뢰인을 다시 만나지는 못했다.

그와 연락이 끊긴 것은 내 탓이었다. 봄에 휴가를 보내는 것은 나의 오랜 습관이었다. 대개 아내와 함께 스코틀랜드의 샤이얼 호수로 2주 동안 낚시를 가곤 했다. 누구나 그렇듯이 나는 이것이 영원히 지속될 줄 알았다. 다음번에 북쪽에서 내려오는 길에 그 의뢰인에게 들러 내가 처리해줄 다른 일은 없는지 알아봐야겠다고 생각만 했다. 하지만 상황은 때때로 다르게 펼쳐지기 마련이다.

1935년 겨울, 루시가 세상을 떠났다. 그 일을 상세히 말하고 싶지는 않다. 우리는 27년 동안 결혼생활을 했고 아내의 죽음은 아주 고통스러웠다. 두 아들은 모두 외국에 나가 있었다. 해리는 잠수함을 타고 중국 기지에 주둔 중이었고, 마틴은 이라크 바스라에 있는 석유 회사에 근무하고 있었다.

나는 다시 샤이얼 호수를 찾아갈 마음이 내키지 않아서 그 뒤로 스코틀랜드에 간 적이 없었다. 대부분의 가구를 팔아치웠다. 윔블던 커먼에 있는 집도 팔았다. 그런 시기에 사람은 무슨 노력이라도 해야 하고 단호하게 정리해야 한다.

꺼진 행복의 잿더미에서 버텨봐야 아무 소용이 없다.

나는 왕실 마구간 맞은편의 버킹엄 게이트 부근에 아파트를 얻었다. 공원을 가로지르면 펠맬가의 내 클럽에서도 가까웠다. 윔블던 커먼의 옛집에서 가져온 몇 가지 세간살이로 살림을 갖추었다. 아침마다 식사를 차리고 청소해줄 사람도 고용했다. 나는 이곳에서 삶을 다시 꾸리기 시작했다.

클럽에 나오는 다른 사람들을 보면서 홀아비 생활이 어떤지는 충분히 알고 있었다. 보통 아파트에서 아침 식사를 하고, 세인트 제임스 공원과 스트랜드 지역을 지나 챈서리 레인에 있는 사무실로 출근했다. 종일 일하고 점심은 책상에서 가볍게 해결했다. 6시에는 클럽에 가서 정기간행물을 읽고 잡담을 나누고 저녁 식사를 했다. 식사 뒤에는 세 판 승부로 카드 게임을 했다. 1936년 봄, 나는 그런 일상에 빠져 있었고 한동안 그렇게 살았다.

앞에서 말했듯이 이 모든 일 때문에 더글러스 맥파든에게 소홀했었다. 사적인 일로 정신이 나가서 급한 용무로 사무실을 찾아온 의뢰인만 겨우 돌볼 수 있었다. 게다가 또 다른 관심거리도 생겼다. 전쟁이 다가오고 있었다. 클럽 회원 가운데 현역으로 복무하기에 나이가 너무 많은 몇몇은 공습경보에 큰 관심을 갖기 시작했다. 즉 민방위라고 불리게 된 이 조직이 그 뒤 8년 동안 나의 모든 여가 시간을 앗아갔다.

나는 공습경비원이 되었다. 웨스트민스터에 있는 내 담당 구역에서 런던 대공습과 그 뒤 몇 년 동안 이어진 길고 지루한 전쟁 내내 임무를 수행했다. 우리 법률사무소 직원들이 대부분 입대하는 바람에 나는 거의 혼자서 사무실을 운영해야 했다. 그 시기에는 한 번도 휴가를 가지 않았고, 단 하루도 다섯 시간 이상 잠을 잔 적이 없었다.

1945년 마침내 평화가 찾아왔을 때 나는 머리가 하얗게 셌고 나도 모르게 고개를 떨고 있었다. 그 뒤 몇 년 동안 상태가 조금 나아지기는 했지만, 나는 누가 봐도 노인의 대열에 끼어 있었다.

1948년 1월 어느 날 오후 에어에서 전보가 왔다.

'애석하게도 어젯밤 더글러스 맥파든 씨가 사망함. 장례식 준비 요망.'

에어, 발모랄 호텔.

– 도일

나는 더글러스 맥파든이 누구였는지 기억하기 위해 전쟁 동안의 기억을 샅샅이 더듬어야 했다. 13년 전에 있었던 일의 세부 사항을 떠올리기 위해 서류와 유언장도 살펴봐야 했다.

에어에 장례를 준비할 사람이 아무도 없다는 사실이 좀 이상하게 여겨졌다. 당장 에어로 장거리 전화를 걸었고 도일 부인과 바로 통화할 수 있었다. 연결 상태는 좋지 않았지만, 그녀가 맥파든의 친척을 전혀 모른다고 한 말은 알아들었다. 듣자하니 맥파든은 오랫동안 방문객이 전혀 없었던 듯했다. 의심의 여지없이 내가 에어로 직접 가거나 다른 사람을 보내야 하는 상황이었다. 나는 그 뒤 이틀 동안 급한 약속이 없었고, 그 문제가 좀 까다로워 보였으므로 직접 가야겠다고 판단했다.

전쟁에서 육군 준장이 되어 돌아온 파트너 레스터 로빈슨과 이야기를 나눈 뒤 책상을 정리했다. 그날 밤 저녁 식사를 마치고 야간열차 침대칸을 타고 글래스고로 이동했다. 아침에 에어로 가는 완행열차를 탔다.

발모랄 호텔에 도착했을 때 집주인과 그의 부인은 상복을 입고 있었다. 슬퍼하는 기색이 역력했다. 그들은 그 괴짜 하숙인을 좋아했다. 맥파든 씨가 그렇게 오래 산 것도 아마 그들의 보살핌 덕분이었을 것이다. 그의 사인에 특이한 점은 없었다. 나는 의사와 이야기를 나누었고 의뢰인이 어떤 고통에 시달렸는지 들었다. 의사는 겨우 두 집 건너 살고 있어서 의뢰인의 사망 당시 옆에 있었고, 사망진단서에 서명도 마친 뒤였다. 나는 신원을 확인하기 위해 시신을 잠깐 들여다본 뒤 여러 가지 사망신고 절차를 밟았다. 친척이 없다는 것 말고는 모든 일이 아주 순조롭게 진행되었다.

도일 씨가 말했다. "아마 아무도 없을걸요. 한때 그의 여동생이 가끔 편지를 보냈고, 1938년엔가 만나러 온 적은 있었어요. 그녀는 사우샘프턴에 살았죠. 하지만 지난 2년 동안 청구서 한두 통 말고는 그에게 어떤 편지도 오지 않았어요."

그의 아내가 덧붙였다. "분명 그 여동생은 죽었을 텐데요? 전쟁 막바지 즈음에 그가 우리에게 말했던 거 기억나지 않아요?"

"글쎄…, 잘 모르겠네. 그즈음 너무 많은 일이 일어나서. 아마 죽은 게 맞을 겁니다."

친척이 있든 없든 장례식 준비는 해야 했기에 그날 오후 나는 모든 준비를 마쳤다. 장례식 준비가 끝난 뒤 그의 책상에 앉아 그가 남긴 서류들을 살펴보았다.

그때 그의 회계 장부와 수표책 부본 뒷면에 있던 숫자들이 내 눈을 번쩍 뜨이게 했다. 두말할 필요 없이 다음 날 아침 일찍 은행에 가서 지점장과 이야기를 나눠야 했다. 그의 여동생이 집을 임대했다고 1941년에 보낸 편지도 찾았다. 만일 그녀가 죽은게 사실이라 해도 그 편지는 그녀의 죽음에 대해 어떤 실마리도 제공하지 않겠지만, 두 아이에 관한 중대한 정보를 알려주었다. 당시 두 아이는 모두 말레이반도에 있었다. 스물네 살이었을 도널드는 쿠알라셀랑고르 인근 고무 농장에서 일하고 있었다. 맥파든의 여동생 진은 1939년 겨울 아들에게로 가서 쿠알라룸푸르의 어느 사무실에서 근무했다.

5시쯤 비좁은 상자 같은 호텔방에서 런던의 내 사무실로 전화를 걸어 파트너와 이야기했다. "이봐, 레스터. 친척을 찾는 데 어려움이 있다고 말했지? 유감스럽게도 난 지금 완전히 방향을 잃었어. 잠정적으로 모레 오후 2시에 세인트 에녹 공동묘지에서 장례식을 치르기로 했네. 내가 아는 유일한 친척은 사우샘프턴에 살고 있거나, 살았었네. 고인의 여동생인 아서 패짓 부인은 1941년에 사우샘프턴 인근 바세트, 세인트 로넌스 로드 17번지에 살았어. 그 구역에 다른 패짓 일가도 살았는데, 아서 패짓의 부모였네. 아서 패짓 부인은…, 그녀의 이름은 진이야. 맞아, 그녀는 고인의 누이였네. 그녀에게 도널드와 진이라는 두 아이가 있었는데 그들 모두 1941년에 말레이반도에 있었어. 그 아이들이 어떻게 됐는지 아무도 몰라. 지금 당장 그들을 찾는 데 많은 시간을 쏟진 않을 생각이네. 하지만 해리스에게 사우샘턴에 있는 패짓 일가를 찾아서 장례식 소식을 전할 수 있도록 할 수 있는 일은 뭐든 해달라고 전해주겠나? 전화번호부에서 사우샘프턴에 있는 패짓 일가를 모두 찾아 일일이 통화하는 게 나을 거야. 그렇게 많지는 않을 걸세."

다음 날 아침 은행에서 막 돌아왔을 때 레스터에게서 전화가 왔다. "노엘, 유감스럽게도 별로 도움이 될 만한 소식은 없어요. 한 가지 사실은 확실해요. 패짓 부인은 1942년 사망해서 이 일과 상관이 없어졌어요. 그녀는 공습 대피소에서 지내다가 폐렴으로 사망했답니다. 해리스가 병원에서 알아냈어요. 다른 패짓 일가는…, 전화번호부에 일곱 명이 있어서 모두 전화해봤는데 그들 모두 노엘이 말하는 가족과 아무 연관이 없었어요. 그런데 그중 한 사람인 유스티스 패짓 부인이 우리가 찾고 있는 가족이 에드워드 패짓 일가인 거 같다고 하면서…, 그들은 사우샘프턴이 처음 공습 받은 직후 북웨일즈로 옮겼다고 하더군요."

"북웨일즈 어디인지는 모르고?"

"전혀 모른대요. 지금 노엘이 하실 수 있는 일은 그냥 장례식을 진행하는 것밖에 없는 거 같아요."

"그런 거 같군. 그래도 해리스에게 하던 일을 계속 진행하라고 진해주게. 장례식이 아니더라도 우린 상속인을 찾아야 하니까. 방금 은행에 다녀왔는데 상당한 규모의 재산을 남겼더군. 자네도 알다시피 우리가 신탁관리인이잖아." 내가 대꾸했다.

내 사무실로 가져갈 개인 소지품, 편지, 서류 등을 챙기며 그날 남은 시간을 보냈다. 그 당시 가구는 귀한 물품이었고 상속인들이 그 가구를 원할 수도 있었기에, 나는 방 두 개에서 나온 가구를 창고에 보관하도록 처리했다. 옷가지는 도일 씨에게 주어 궁핍한 사람들에게 나누어주도록 했다. 마지막으로 앵무새 두 마리는 그것들에 애착을 보이는 도일 가족에게 주었다.

다음 날 아침 은행 지점장과 다시 면담한 뒤 전화로 런던행 야간 우편열차 침대칸을 예약했다. 오후에는 더글러스 맥파든의 장례를 치렀다.

1월 오후의 묘지는 매우 춥고 황량한 잿빛이었다. 조문객이라고는 도일 씨 부부와 딸, 그리고 나뿐이었다. 우리 중 누구도 우리가 묻어준 그 노인을 잘 알지 못했다는 사실이 기이하게 여겨졌다. 그때 나는 도일 일가가 무척 존경스러웠다.

더글러스 맥파든이 그들에게 작은 유산을 남겼다고 이야기해주었을 때 그들은 어쩔 줄 몰라 했고 처음에는 진심으로 그것을 받지 않으려 했다. 맥파든으로부터 오랫동안 방

두 개와 식사에 대한 비용을 넉넉히 받아왔으며, 그를 위해 한 그 밖의 모든 일은 그를 좋아해서 한 일이라고 말했다.

쓸쓸한 1월 오후의 무덤가, 더글러스 맥파든이 마지막 가는 길에 함께한 친구가 있었다는 것은 남다른 의미가 있었다.

그것으로 모든 게 끝났다. 나는 도일 가족과 함께 차를 타고 돌아와 부엌 옆에 있는 거실에서 그들과 차를 마셨다. 그러고는 글래스고로 출발했고 거기서 런던행 야간열차를 탔다. 상속인 찾기가 끝내 골칫거리가 될 경우를 대비해, 틈틈이 검토하고 나중에 유산의 일부로 넘겨야 하는 서류와 일부 소지품이 든 여행 가방 두 개를 끌고 다녔다.

다행히 해리스는 별 어려움 없이 상속인을 찾아냈다. 그가 일주일 만에 관련 정보를 찾은 덕분에, 머지않아 우리는 콜윈베이(웨일스 북부 휴양지-옮긴이)의 여학교 교장이었던 애거사 패짓으로부터 편지를 받았다. 그녀는 말레이반도에서 자동차 사고로 사망한 아서 패짓의 누이였다.

아서의 아내 진이 1942년 사우샘프턴에서 사망했다고 확인해주었고, 그의 아들 도널드도 죽었다는 새로운 정보를 덧붙였다. 도널드는 말레이에서 전쟁 포로로 잡혀 있다가 죽었다고 했다. 하지만 조카딸 진은 런던 지역에 살고 있었다.

애거사 패짓은 진이 셋방에 살면서 몇 번 옮겨 다니는 바람에 그녀의 집 주소를 모르고 있었다. 진에게 편지를 쓸땐 대개 회사로 보낸다고 했다. 진은 '팩&레비'라는 유한회사 사무실에 고용되어 있었다. 주소는 런던 북서부, 페리베일, 하이드 지역으로 되어 있었다.

내가 애거사 패짓의 편지를 받은 것은 오전이었다. 나는 다른 편지들을 급히 살펴보고 처리한 뒤 그 편지를 다시 읽어보았다. 그러고는 비서에게 맥파든의 유품이 든 상자를 가져오라고 해서 유언장을 찬찬히 다시 읽어보았다. 유산에 관한 몇 가지 다른 서류와 메모들을 검토했다. 마지막으로 전화번호부를 펼치고 팩&레비가 무엇을 하는 곳인지 찾아보았다.

책상에서 일어나 1월의 황량한 런던 거리를 내려다보며 잠시 창가에 서 있었다. 나는 어떤 일에 뛰어들기 전에 이렇게 잠시 생각하기를 좋아했다. 그 뒤 레스터 로빈슨의 사무실로 갔다. 그가 여직원에게 무언가 불러주며 받아 적게 하고 있었다. 나는 그가 다 끝내고 여직원이 방을 나갈 때까지 난롯불을 쬐며 서 있었다.

"맥파든 씨의 상속인을 찾았네. 해리스에게 내가 말하지."

"잘됐군요. 그 아들을 찾은 건가요?"

"아니, 딸을 찾았네. 아들은 죽었다더군."

그가 웃었다. "운이 없군요. 그 말인즉 그녀가 만 35세가 될 때까지 우리가 유산 신탁 관리를 해야 한다는 뜻이죠?"

나는 고개를 끄덕였다.

"지금 그녀가 몇 살이죠?"

나는 잠시 계산해보았다. "스물여섯이나 일곱쯤 됐겠군."

"그 정도면 우리에게 충분히 문제를 안겨줄 수도 있겠는데요?"

"그러게 말일세."

"그녀는 어디에서 무엇을 하며 살고 있나요?"

"프리베일에 있는 핸드백 제조업체에 점원 아니면 속기사로 고용돼 있네. 막 그녀에게 편지를 쓰려던 참이야."

그가 미소 지으며 말했다. "후견인이 되신 셈이네요."

"그런 셈이지."

내 방으로 돌아와 편지를 어떻게 쓸지 잠시 생각했다. 이 젊은 아가씨에게 처음으로 보낼 편지는 격식을 갖춰 써야 할 것 같았다. 마침내 나는 이렇게 썼다.

안녕하십니까.

1월 21일 에어에서 더글러스 맥파든 씨가 사망하신 것을 알려드리게 되어 유감입니다. 우리는 그의 유언장 집행인으로서, 유산 상속인을 찾는 데 약간의 어려움을 겪었습니다.

당신이 이전에 사우샘프턴과 말레이반도에 거주했던 진(결혼 전 성은 맥파든입니다)과 아서 패짓 부부의 딸이 맞는다면 유산을 상속받을 자격이 주어질 겁니다.

그 문제를 너 논의하기 위해 편하실 때 전화해서 우리와 약속을 잡아달라고 요청하고 싶습니다. 먼저 신분을 증명할 수 있는 출생증명서와 국가 등록 신분증, 또 당신에게 있는 비슷한 다른 서류를 제시하셔야 합니다.

그럼 이만 줄이겠습니다.

댈하우지&피터스 법률사무소
– 노엘. H. 스트래천 드림

다음 날 그녀에게서 전화가 왔다. 목소리가 꽤 상냥했고, 잘 훈련된 비서의 어조로 말했다.

"스트래천 씨, 저는 진 패짓입니다. 보내주신 편지는 잘 받았어요. 혹시 토요일 오전에 근무하시나요? 제가 일을 하고 있어서 토요일이 가장 좋을 거 같습니다."

"네, 우리는 토요일 오전에 근무합니다. 몇 시가 편하시겠습니까?"

"10시 30분 어떠신가요?"

나는 노트에 시간을 적었다. "네, 좋습니다. 출생증명서는 가지고 계십니까?"

"네, 가지고 있어요. 도움이 될진 몰라도, 또 다른 건 어머니의 결혼증서가 있습니다."

"아, 같이 가져오세요, 패짓 양. 그럼 토요일에 뵙겠습니다.

노엘 스트래천이라는 이름으로 저를 찾으세요. 저는 시니어 파트너 변호사입니다."

　그녀는 토요일 오전 10시 30분에 딱 맞추어 내 사무실로 찾아왔다. 평균 키에 검은 머리의 아가씨 또는 부인으로 보였으며 외모가 차분하고 수려했다. 스코틀랜드 혈통의 여성들에게서 자주 볼 수 있는 우아함이라고밖에 설명할 수 없는 평온함이 엿보였다. 짙은 파란색 코트와 치마를 입고 있었다. 나는 일어서서 그녀와 악수했다. 책상 앞에 놓인 의자를 그녀 쪽으로 당겨주고 내 자리로 돌아와 앉았다. 서류는 다 준비되어 있었다.

　"패짓 양, 고모님께 당신 이야기를 들었습니다. 아, 콜원베이에 사시는 애거사 패짓 씨가 고모님 맞으시죠?" 내가 물었다.

　그녀가 고개를 약간 숙이며 말했다. "애거사 고모께서 변호사님의 편지를 받았다고 제게 알려주셨어요. 네, 그분이 고모 맞습니다."

　"사우샘프턴과 말레이반도에 거주했던 아서와 진 패짓 부부의 딸이 맞으시고요?"

　그녀가 고개를 끄덕였다. "맞아요. 제 출생증명서하고 어머니의 출생증명서와 결혼증서를 가져왔습니다."

　그녀는 가방에서 서류를 꺼내어 자신의 신분증과 함께 책상 위에 올려놓았다. 나는 그 서류들을 펼쳐서 찬찬히 읽어보았다. 미심쩍은 부분은 없었다. 그녀는 내가 찾던 사람이 맞았다. 나는 의자에 몸을 기대고 안경을 벗었다. "패짓 양, 최근에 돌아가신 외삼촌 더글러스 맥파든 씨를 만난 적이 있으십니까?" 내가 물었다.

그녀는 머뭇거리다가 솔직하게 말했다. "그것에 관해 많이 생각해봤는데요, 외삼촌을 만난 적이 있다고 확실히 말할 수는 없지만…, 제가 열한 살쯤 되었을 때 어머니가 저를 데리고 스코틀랜드에 가서 만났던 분이 그분인 거 같아요. 어머니와 저, 오빠 모두 함께 갔었어요. 새장 속에 새가 많이 있는 아주 답답한 방에 어떤 노인이 있었어요. 그분이 더글러스 외삼촌이었던 거 같지만 확실하진 않습니다."

그 설명은 1932년 여동생이 아이들과 함께 방문했었다는 맥파든의 말과 일치했다. 당시 이 아가씨는 열두 살이었을 것이다. "패짓 양, 오빠인 도널드에 관해 말씀해주시겠어요? 지금 살아있나요?"

그녀는 고개를 저었다. "오빠는 전쟁포로로 끌려갔다가 1943년에 죽었어요. 우리 군이 항복했을 때 오빠는 싱가포르에서 일본군에게 잡혀 철도 건설 현장으로 보내졌어요."

나는 이해가 되지 않았다. "철도라고요?"

그녀는 서늘한 시선으로 나를 바라보았다. 그녀의 시선에서 전쟁 당시 영국에 남아 있던 사람들의 무지에 대한 약간

의 경멸이 느껴졌다. "일본놈들이 아시아 사람과 전쟁포로
의 노동력을 착취해 태국과 버마 사이에 건설한 철도 말이에
요. 철도 침목 하나마다 한 사람씩 죽어 나갔고, 길이가 약
360킬로나 됐어요. 오빠도 그중 한 명이었죠."

잠시 침묵이 흘렀다.

"정말 유감입니다…" 이윽고 내가 입을 열었다. "죄송하지
만, 제가 한 가지 요청해야 할 게 있습니다. 사망진단서가 있
었는지요?"

그녀는 나를 빤히 쳐다보았다. "없었을걸요."

"흠…" 나는 다시 의자에 몸을 기대고 유언장을 집어 들
었다. "이건 더글러스 맥파든 씨의 유언장입니다. 패짓 양에
게 드릴 사본이 있습니다만, 제가 법률용어가 아닌 일상용
어로 먼저 내용을 설명하는 편이 좋을 거 같습니다. 외삼촌
께서는 유언으로 유산을 두 군데에 조금 남기셨고, 나머지
재산은 전부 오빠 도널드에게 신탁으로 남기셨습니다. 신탁
의 취지는 당신 어머니께서 신탁에서 나오는 수입을 돌아가
실 때까지 마음껏 쓰시게 하려는 것이었습니다. 오빠가 성
년이 되기 전에 어머니께서 사망하시면 신탁은 그가 스물두
살이 될 때까지 유지되고, 성년이 되면 상속이 완료되고 신
탁은 종료됩니다. 만일 오빠가 상속받기 전에 사망하면 당신
이 어머니의 사후 남은 재산을 상속받아야 하지만, 그 경우
신탁은 당신이 만 35세가 되는 1956년까지 유지돼야 합니

다. 우리가 오빠의 죽음에 대한 법적 증거를 확보해야 하는 이유를 이제 아셨을 겁니다."

그녀는 머뭇거리다가 입을 열었다. "스트래천 씨, 죄송하게도 제가 좀 둔해서요. 오빠가 죽었다는 증거를 원하시는 건 이해했어요. 그럼 그 일이 완료되면 더글러스 외삼촌이 남긴 모든 재산을 제가 상속받는다는 말씀이신가요?"

"간략히 말하자면 그렇습니다. 패짓 양은 1956년까지 그 유산에서 나오는 소득을 얻으실 겁니다. 그 뒤에는 유산이 당신 것이 되어 마음대로 쓰실 수 있게 됩니다."

"유산을 얼마나 남기셨어요?"

나는 앞에 있는 서류 중 한 장을 집어 들고 수치들을 훑어보며 마지막으로 확인했다. "상속세를 내고 나면, 남은 재산은 현재 가치로 5만 3,000파운드 정도 될 겁니다. 이건 현재의 가치임을 분명히 말씀드립니다. 1956년에 그 금액을 상속받으리라고 생각하시면 안 됩니다. 주식 시장이 하락하면 신탁 주식에도 영향을 미치니까요."

그녀는 멍하니 나를 바라보았다. "5만…, 3,000파운드라고요?"

나는 고개를 끄덕였다. "대략 그 정도가 될 겁니다."

"스트래천 씨, 그 정도 자금의 일 년 소득은 얼마나 될까요?"

나는 앞에 놓인 종이 위의 숫자를 흘낏 바라보았다. "현재와 같이 신탁 주식에 투자하면 연간 소득은 총 1,550파운드 정도 됩니다. 소득세를 공제하고 나면 일 년에 900파운드 정도 쓰실 수 있을 겁니다."

"아…"

긴 침묵이 흘렀다. 그녀는 앞에 놓인 책상을 뚫어지게 바라보았다. 그러고는 나를 바라보며 미소 지었다. "익숙해지려면 시간이 좀 걸리겠어요. 그러니까, 전 늘 생계를 위해 일해야 했어요. 결혼하지 않는 이상 다른 일을 하게 되리라고 생각해본 적도 없고…, 결혼은 다른 종류의 일에 불과하잖아요. 그런데 이건, 제가 다시는 일할 필요가 없다는 뜻이네요. 제가 원치 않으면요?"

그녀의 마지막 말은 정곡을 짚었다. "맞습니다. 원치 않으시면요."

"사무실에 나가지 않아도 된다면 뭘 해야 할지 모르겠어요. 다른 삶은 살아보지 않아서…"

"그럼 계속 사무실에 나가셔야겠군요."

그녀가 웃었다. "그것밖에 할 일이 없을 거 같네요."

나는 의자에 몸을 기댔다. "패짓 양, 저는 이제 다 늙은 사람입니다. 한때 많은 실수를 저질렀고 그것들로부터 배운 게 한 가지 있습니다. 어떤 일이든 성급하게 하는 건 결코 현명한 행동이 아니라는 겁니다. 이 유산이 당신 환경에 많은 변화를 일으키리라 생각합니다. 제가 조언을 드리자면, 당분간 현재의 직장을 유지하되 아직은 사무실에서 유산에 관해 말하는 건 삼가야 할 것 같습니다. 우선 당신이 유산에서 나오는 소득을 손에 쥐기까지 몇 달이 걸릴 겁니다. 우리는 먼저 오빠의 사망에 대한 법적 증거를 확보해서 스코틀랜드에서 유언 집행인의 확인을 받아야 하고, 재산세와 상속세를 납부하기 위해 신탁 주식 일부를 현금화해야 합니다. 팩&레비라는 회사에서 무슨 일을 하는지 얘기해주시겠어요?"

"저는 속기사입니다. 지금은 팩 씨의 비서로 일하고 있어요."

"집은 어디신가요?"

"일링 커먼 근처 챔피언 로드 43번지에서 원룸을 얻어 살고 있어요. 꽤 편리하긴 하지만, 식사는 주로 밖에서 해결해요. 모퉁이만 돌면 바로 라이언스라는 식당이 있어요."

나는 잠시 생각하다가 물었다. "일링에 친구는 많으신가요? 거기서 얼마나 오래 사셨죠?"

"전 아는 사람이 별로 없어요. 회사에서 같이 일하는 직원 한두 명과 그 가족 정도만 알아요. 영국으로 돌아온 이후로 2년 넘게 줄곧 그곳에서 지냈어요. 전 말레이반도에 나가 있었고, 3년 반 동안 일종의 전쟁포로였어요. 귀국한 뒤 팩&레비에서 이 일자리를 얻었고요."

나는 노트에 그녀의 주소를 적었다. "패짓 양. 저는 늘 하던 절차대로 진행해야 합니다. 월요일 아침에 육군성에 문의

해서 오빠의 사망에 대한 증거를 되도록 빨리 입수할 겁니다. 그의 이름과 군번, 부대명을 말씀해주세요." 그녀가 그것들을 불러주어서 받아 적었다. "증거를 입수하는 즉시 유언장을 공증받을 거예요. 그게 완료되면 신탁이 개시되고 상속이 완료되는 1956년까지 지속될 겁니다."

그녀가 나를 바라보며 말했다. "신탁에 관해 말씀해주시겠어요? 부끄럽지만 제가 법적인 문제는 전혀 모릅니다."

나는 고개를 끄덕였다. "물론 대다수 사람이 그렇죠. 좀 이따 제가 드릴 유언장 사본은 모두 법률용어로 되어 있습니다. 그 내용을 간략하게 말씀드리면 이렇습니다. 이 유언장을 작성할 때 당신 외삼촌께서는 여자들이 돈을 관리하는 능력이 떨어진다는 생각을 하고 계셨습니다. 이런 말씀을 드리게 되어 죄송하지만, 모든 사실을 아시는 게 좋을 듯해서요."

그녀가 웃으며 말했다. "스트래천 씨, 외삼촌 대신 사과하지 않으셔도 돼요. 계속 말씀하세요."

"처음에 외삼촌께서는 당신이 만 40세가 되기 전에 유산을 상속받는 걸 못마땅해 하셨습니다. 제가 그 의견에 이의를 제기했지만, 현재 유언장에 합의된 것보다 기간을 앞당길 수는 없었어요. 그리고 신탁에 관해 말씀드리겠습니다. 유언자는 신탁관리인을 지정하는데 이 경우 저와 제 파트너입니다, 우리는 유산을 온전히 보존하기 위해 최선을 다하고 신탁이 만료되면 유산 상속인에게, 이 경우 당신에게 양도하는 겁니다."

"그렇군요. 더글러스 외삼촌은 제가 5만 3,000파운드를 한꺼번에 탕진할까 봐 걱정하셨군요."

나는 고개를 끄덕였다. "그런 생각을 하셨죠. 물론 그분은 당신을 잘 몰랐으니까 그 결정에 사적인 감정은 전혀 개입되지 않았습니다. 그분은 일반적으로 여성들이 어린 나이에 큰돈을 다루기엔 남성들보다 덜 적합하다고 생각하셨습니다."

그녀가 차분히 말했다. "어쩌면 외삼촌이 옳았을 거예요." 그녀는 잠시 생각하다가 다시 입을 열었다. "그럼 변호사님은 제가 만 서른다섯 살이 될 때까지 그 돈을 관리하고 그동안 쓸 수 있도록 제게 이자를 주시겠다는 거죠? 일 년에 900파운드씩요?"

"우리에게 소득세 처리를 맡기신다면 대략 그 정도 금액이 맞을 겁니다. 우리는 패짓 양이 원하시는 대로 지불 방식을 정할 수 있습니다. 예컨대 분기마다 또는 달마다 수표를 보내드리는 식으로요. 6개월에 한 번씩 계좌의 공식 내역을 받아보실 겁니다."

그녀가 궁금한 듯 물었다. "스트래천 씨는 저를 위해 이 모든 걸 해주시고 보수는 어떻게 받으시나요?"

내가 웃으며 대답했다. "매우 사려 깊은 질문이군요. 유언장 8번 조항에 그 내용이 나와 있을 겁니다. 그 조항에 따르면 우리는 신탁에서 나오는 소득에 대한 법률서비스 비용을 부과할 수 있습니다. 패짓 양이 어떤 법적인 문제에 휘말려도 우리가 기꺼이 나서서 최선을 다해 도와드릴 겁니다. 물론 그 경우에도 우리는 일반적인 수수료를 받습니다."

"이런 분을 만나다니 제가 운이 좋네요." 그녀가 불쑥 내뱉고는 나를 힐끔 보며 장난스럽게 말했다. "어제 이 법률사무소에 대해 조금 조사를 했거든요."

"오…, 부디 만족스러우셨어야 할 텐데요?"

"무척이요."

그녀가 그때는 말하지 않았지만, 나중에 들은 바에 따르면 그녀의 정보원은 우리 회사를 '영국 중앙은행만큼 견고하고 당밀처럼 끈끈한 곳'으로 묘사했다고 한다.

"제가 아주 믿을 만한 분을 만났다는 걸 알아요, 스트래천 씨."

나는 고개를 숙였다. "부디 그렇기를 바랍니다. 때로는 이 신탁이 성가시게 느껴질까 봐 걱정됩니다, 패짓 양. 그렇게 되지 않도록 최선을 다하겠다고 약속합니다. 유언장을 보시면 유언자가 신탁관리인에게 특정한 권한을 부여해서 상속인에게 진정 유리하다고 판단되는 경우 상속인을 위해 자산을 현금화할 수 있도록 한 것을 아시게 될 겁니다."

"그 말씀은 제가 수술이나 어떤 일에 정말 큰돈이 필요할 때 변호사님이 승인하시면 그 돈을 받을 수 있다는 뜻인가요?" 그녀는 이해가 빨랐다.

"아주 적절한 예인 듯합니다. 병이 났을 경우 그 수입으로 부족하면 저는 당신을 위해 자산의 일부를 현금화할 수 있습니다."

그녀가 웃으며 말했다. "그건 마치 법원에서 말하는 후견인 역할 같네요."

나는 그 비유가 조금 감동적이었다. "그렇게 생각하신다면 저는 매우 영광입니다. 이 유산으로 당신의 삶이 송두리째 바뀔 수밖에 없을 겁니다. 그 과도기에 제가 도울 수 있다면 기쁠 따름입니다." 나는 그녀에게 유언장 사본을 건넸다. "여기, 유언장입니다. 가지고 가서 차분히 읽어보시기 바랍니다. 이 증명서들은 당분간 제가 보관하겠습니다. 하루나 이틀 정도 곰곰이 생각해보시면 궁금한 점이 무척 많이 생길 겁니다. 그때 저를 다시 찾아와주시겠습니까?"

"그럴게요. 여쭤보고 싶은 게 많으리라는 걸 저도 알지만, 지금은 도통 생각나지 않아요. 모든 게 너무 갑작스러워서."

나는 약속을 기록하는 수첩을 펼쳤다. "그럼 다음 주 중반쯤 다시 만나면 좋겠군요. 물론 출근하시겠죠? 패짓 양, 보통 몇 시에 퇴근하시나요?"

"5시요."

"그럼 수요일 저녁 6시가 어떠십니까? 그때까지는 당신 오빠 문제가 해결됐으면 합니다."

"네, 좋아요. 그런데 변호사님께 너무 늦은 시간 아닌가요? 집에 가셔야 할 텐데요?"

나도 모르게 대답이 튀어나왔다. "제가 갈 데라고는 클럽밖에 없습니다. 수요일 6시 아주 좋습니다."

나는 수첩에 메모하고 나서 머뭇거리며 말했다. "혹시 그 이후 특별히 할 일이 없으시면 저와 함께 클럽에 가서 저녁 식사를 하셔도 좋을 거 같습니다. 여성용 별관이 있는데 그다지 호화로운 곳은 아니지만, 음식은 훌륭합니다."

그녀가 반색하며 대답했다. "그러고 싶어요, 스트래천 씨. 초대해주셔서 정말 고맙습니다."

내가 일어서며 말했다. "좋습니다. 그럼 수요일 6시에 뵙죠, 패짓 양. 그사이 어떤 일도 서두르지 마시길 바랍니다. 충동적인 행동은 결코 득이 되지 않지요."

그녀가 떠난 뒤, 나는 책상을 정리하고 나서 택시를 타고 클럽으로 가 점심을 먹었다. 점심 식사 뒤에는 커피를 한 잔 마시고 난로 앞에 놓인 의자에 앉아 10분 정도 졸았다. 잠에서 깨니 운동을 좀 해야겠다는 생각이 들었다. 모자와 코트를 걸치고 밖으로 나와 세인트 제임스가와 피커딜리를 따라 걷다가 공원까지 내처 걸었다.

걸으면서 그 발랄한 아가씨는 주말을 어떻게 보내고 있을지 궁금했다. 그녀는 친구들에게 자신의 행운을 이야기하고 있을까, 아니면 따뜻하고 조용한 곳에 앉아 소중한 기대를 키우고 있을까, 아니면 벌써 돈을 펑펑 쓰고 있을까? 이도 저도 아니면 젊은 남자와 데이트하고 있을까? 이제 그녀가 선택할 수 있는 남자의 폭이 아주 넓어졌으리라는 냉소적인 생각도 했다. 그러다가 그녀에게 이미 사귀는 남자가 있을지 모른다는 생각이 문득 들었다. 그녀는 훌륭한 결혼 상대였다. 사실 그녀의 외모와 온화한 성품을 고려하면 오히려 아직 미혼인 게 놀라웠다.

그날 저녁 클럽에서 나는 내무성에 다니는 남자와 전쟁포로의 사망 확인 절차에 관해 짧게 대화를 나눴다. 월요일에는 그 일로 육군성과 내무성 직원에게 여러 차례 전화 통화를 했다. 내 생각대로 그런 유형의 사망을 증명하기 위한 특별한 절차가 있었다.

하지만 포로수용소에서 고인을 돌본 의사를 찾을 수 있는 경우에는 일반적인 사망진단서를 발급받아야 했다. 이 경우에는 베커넘에 사는 페리스라는 의사를 찾을 수 있었다. 그는 버마-태국 철도 건설 현장인 타쿠난 지구의 206수용소에서 군의관으로 있었다. 육군성의 관리자는 이 의사에게 일반 사망진단서를 발급받을 수 있을 것이라고 귀띔해주었다.

이튿날 아침 내가 전화했을 때 그는 왕진 중이었다. 그의 아내에게 내가 무엇을 원하는지 이해시키려 애썼지만, 그녀가 이해하기엔 너무 복합한 내용 같았다. 그녀는 저녁 진료가 끝나는 6시 30분 이후 찾아와서 그를 직접 만나는 게 좋겠다고 했다. 나는 베커넘이 꽤 먼 곳이어서 망설였지만, 진 패짓을 위해 이 절차를 빨리 끝내고 싶은 마음이 굴뚝같았다. 그래서 그날 저녁 의사를 만나러 갔다.

그는 많아야 서른다섯 살 정도 되어 보이는 활달한 남자였다. 가끔 섬뜩한 모습을 보이기도 했지만, 뛰어난 유머감각을 지니고 있었다. 평생 영국 시골에서 의사 생활을 하며 지낸 사람처럼 건강해 보이기도 했다. 내가 도착했을 때 그는 마지막 환자의 진료를 막 끝냈고, 잠시 이야기할 시간이 된다고 했다.

"패짓 중위라…" 그가 생각에 잠긴 듯 말했다. "아, 생각났어요. 도널드 패짓, 그의 이름이 도널드였죠?"

나는 그렇다고 대답했다.

"그를 꽤 또렷이 기억하고 있습니다. 네, 사망진단서를 써드릴 수 있습니다. 그에게 큰 도움이 되리라고 생각하진 않지만, 그를 위해 그렇게 해주고 싶군요."

"그의 여동생에게 도움이 될 겁니다. 상속 관련 문제가 있는데 우리가 필요한 절차를 빨리 끝낼수록 그녀에게 도움이 됩니다."

그가 서류 양식을 집어 들며 말했다. "그녀도 오빠만큼 배

짱이 좋은지 궁금하군요."

"좋은 친구였나요?"

그는 고개를 끄덕이며 말했다. "그렇습니다. 그는 섬세하고 다소 음울해 보였죠. 안색은 창백했지만, 아주 좋은 사람이었습니다. 민간인이었을 때는 농장에서 일했던 거 같아요. 그는 말레이 지원병들 틈에 섞여 있었어요. 말레이 말을 아주 잘했고, 태국 사람들하고도 잘 지냈어요. 그 언어 능력 때문에 수용소에서 매우 쓸모 있는 사람이었죠. 그때 우린 외부의 태국 사람들과 자주 암거래를 했거든요. 그것과 별개로 그는 군인들이 좋아할 만한 장교였어요. 그가 세상을 떠났을 때 상실감이 아주 컸죠."

"그는 왜 죽었나요?"

의사가 서류 위에서 움직이던 펜을 멈추었다. "글쎄요….대여섯 가지 이유 중에서 고를 수 있을 겁니다. 당연히 부검할 시간 따윈 없었어요. 우리끼리 얘기지만 저도 정확히는 모릅니다. 그냥 죽은 거죠. 하지만 죽기 전에 잠깐 건강을 회복했었기 때문에 진단서에 뭐라고 적어야 할지 난감하군요. 그의 사인에 어떤 법적인 문제가 달려 있는 건 아니죠?"

"아, 아닙니다. 제가 원하는 건 단지 사망진단서뿐입니다."

그는 기억을 더듬으며 여전히 펜을 멈추고 있었다. "그의 왼쪽 다리에 커다란 열대성 궤양이 생겨서 우리가 치료 중이었는데 그것이 전신에 염증을 일으키고 있었어요. 좀 더 오래 살았다면 아마 그 다리를 절단해야 했을 겁니다. 그가 그렇게 된 건 아프다고 보고하지 않고 계속 걸었기 때문이에요. 그 궤양으로 병원에 있는 동안 그는 뇌성 말라리아에 걸렸습니다. 우리가 정맥주사용 퀴닌(남미산 키나나무 껍질에서 얻는 약물로, 과거 말라리아 치료제로 쓰임-옮긴이) 용액을 직접 만들어내기 전에는 그 빌어먹을 병을 치료할 방법이 전혀 없었어요. 그것 때문에 끔찍한 위험을 무릅썼지만, 다른 방도가 전혀 없었어요. 우리는 그것으로 많은 이들을 치료했고, 도널드도 그중 한 명이었어요. 그는 병을 잘 이겨냈어요. 그때가 콜레라가 돌기 직전이었죠. 병원이든 어디든 할 것 없이 수용소에 바로 콜레라가 퍼졌어요. 우린 콜레라 환자뿐만 아니라 다른 환자도 격리시킬 여유가 없었어요. 그런 난리는 두 번 다시 보고 싶지 않습니다. 우리에겐 아무것도 없었어요. 식염수도 없었죠. 약은 말할 것도 없고, 의료장비도 전혀 없었어요. 낡은 등유 통으로 환자용 소변기를 만들어 썼어요. 도널드도 콜레라에 걸렸는데 믿을 수 없겠지만, 그는 콜레라도 이겨냈어요. 우리는 일본군에게 주사약을 조금 얻어 그에게 주사를 놔줬어요. 그게 도움이 됐을지도 모르죠. 적어도 그에게 주사를 놔주기는 했지만, 확실치는 않아요. 콜레라가 나았을 때 그는 매우 쇠약했고, 궤양도 상태가 좋지 않았어요. 그로부터 약 1주일 뒤 밤중에 그가 죽었어요. 아마 심장마비였을 거예요. 제가 뭐라고 써야 할지 알겠군요. 사인에 콜레라라고 써넣으면 되겠어요. 자, 여기 있습니다. 이 일로 여기까지 오시게 되어 유감입니다."

나는 사망진단서를 받아들며 궁금해서 물었다. "선생님도 그때 그런 병에 걸리셨습니까?"

그가 웃었다. "저는 운이 좋은 축에 들었어요. 일반적인 이질과 말라리아에 걸렸지만, 뇌성은 아니었어요. 제일 괴로웠던 건 과로였는데 그건 다른 사람들도 마찬가지였죠. 우리는 아주 오랫동안 끝도 없이 밀려드는 환자에 치여 살았어요. 종려나무로 지은 오두막 안에 환자 수백 명이 그냥 바닥에 눕거나 대나무로 만든 간이침대에 누워있었어요. 거의 항상 비가 내렸죠. 침상도 없었고, 시트도 의료장비도 없었고, 약도 너무 귀해서 거의 구할 수 없었어요. 쉴 수도 없었어요. 쓰러져 잠들기 직전까지 일해야 했고 또 눈뜨자마자 일해야 했죠. 끝이 없었어요. 게으름을 피우거나, 앉아서 담배를 피우거나, 산책하거나 할 시간은 아예 없었어요. 그러려면 우리를 몹시 필요로 하는 어느 불쌍한 환자를 방치해야 했으니까요."

그는 말을 멈추었다. 나는 잠자코 앉아서 그에 비해 내가 겪은 전쟁이 얼마나 안락했는지 생각했다.

"거의 2년 동안 그런 생활이 이어졌죠. 때로는 강연을 들으러 갈 시간조차 내지 못해 우울했습니다." 그가 말했다.

"그 시기에 강연이 있었다고요?"

"그럼요. 수용소에 있는 사람들은 온갖 강연을 하곤 했어요. 단맛이 나는 디저트용 사과를 재배하는 법이나 영국 맨섬에서 열리는 티티 모터사이클 경주, 할리우드에서의 삶 같은 것들에 관해서요. 그런 강연들이 사람들을 변화시켰지만, 우리 의사들은 대개 그런 걸 들을 수 없었어요. 우리가 수용소 한쪽 끝에서 디저트용 사과에 대한 강연을 듣는 사이, 누군가가 경련을 일으켰다면 그건 별로 좋은 변명거리가 되지 못하거든요."

"정말 끔찍한 경험이었군요."

그는 말을 멈추고 생각에 잠겼다. "그곳은 무척 아름다웠어요. 제디삼옹(태국과 미얀마의 경계에 있으며, 승려 세 명을 기리는 사원 같은 곳-옮긴이)은 세상에서 가장 아름다운 곳으로 꼽힐 겁니다. 넓은 계곡을 따라 강물이 흐르고 밀림과 산들이 둘러싸고 있죠. 아주 드물게 강가에 앉아 잠시 쉴 때면 우린 산 너머로 지는 해를 바라보며 휴가 때 놀러 오면 기막히게 멋지겠다고 얘기하곤 했어요. 수용소가 아무리 끔찍하더라도 아름답다면 얘기가 좀 다르죠."

수요일 저녁 진 패짓이 왔을 때 나는 그간의 진척을 보고할 준비가 되어 있었다. 먼저 그녀에게 유산 문제의 마무리 작업과 관련해 한두 가지 형식적인 문제를 설명하고, 에어에 보관해두었던 가구 목록을 보여주었다. 그녀는 그 가구에

별로 관심이 없는 듯 말했다. "전부 팔아버리는 게 낫지 않을까요? 경매에 내놓으면 어떨까요?"

"그러기 전에 조금 기다리시는 게 나을 듯합니다. 집이나 아파트를 장만하고 싶어질지도 모르니까요." 내가 제안했다.

그녀는 코를 찡긋하더니 말했다. "행여 그렇더라도 더글러스 외삼촌의 물건으로 집을 꾸미고 싶을 것 같진 않아요."

그녀는 자신의 계획이 더 뚜렷해질 때까지 그것들을 그대로 두는 데 동의했고, 우리는 다른 문제들로 넘어갔다.

"오빠의 사망진단서를 받았습니다." 내가 이렇게 말한 뒤 그것을 가지고 무슨 일을 했는지 설명하려 할 때 그녀가 물었다.

"스트래천 씨, 오빠는 왜 죽은 거죠?"

나는 잠시 망설였다. 페리스 박사에게 들은 고통스러운 이야기를 이 젊은 아가씨에게 해주고 싶지 않았다. "사인은 콜레라였습니다." 내가 뜸 들이다 대답했다.

그녀는 마치 그럴 줄 알았다는 듯 고개를 끄덕였다. "가여운 오빠. 그다지 평탄한 죽음은 아니었군요." 그녀가 나직이 중얼거렸다.

나는 그녀의 고통을 덜어주기 위해 무슨 말이라도 해야 할 것 같았다. "그를 치료한 의사와 오랫동안 이야기를 나누었습니다. 오빠는 잠을 자듯 평화롭게 떠났습니다."

그녀는 나를 빤히 바라보며 말했다. "그렇다면 그건 콜레라가 아니었겠죠. 콜레라로는 그렇게 죽지 않아요."

나는 그녀에게서 불필요한 고통을 덜어주려다 조금 당황했다. "그는 먼저 콜레라에 걸리긴 했지만, 회복됐었다고 합니다. 실제 사인은 콜레라로 인한 심장마비인 듯합니다."

그녀는 한동안 곰곰이 생각하다가 물었다. "다른 문제는 없었나요?"

이제 내가 알고 있는 모든 사실을 털어놓는 것 말고는 다른 도리가 없었다. 나는 그녀가 끔찍한 세부 이야기를 덤덤하게 받아들이고, 열대성 궤양 같은 질병의 치료법을 훤히 알고 있어서 당혹스러웠다. 그러다가 이 아가씨도 말레이반도에서 일본군의 포로였다는 사실이 떠올랐다.

그녀가 냉정하게 말했다. "궤양이 더 빨리 진행되지 않은 건 정말 운이 없었군요. 만일 다리를 절단했다면 그들은 오빠를 철도 공사 현장에서 내보냈을 테고, 그랬다면 오빠는 뇌성 말라리아나 콜레라에 걸리지 않았을 테니까요."

"그렇게 여러 번 살아남은 걸 보면 그는 분명 놀라울 정도로 튼튼한 체질이었나 봅니다."

"그렇지 않아요. 오빠는 늘 기침과 감기 같은 걸 달고 살았어요. 오빠가 가진 건 뛰어난 유머 감각이었죠. 전 항상 그것 때문에 오빠가 곧 나을 거라고 생각했어요. 오빠에게 일어난 일들은 다 농담 같았거든요."

내가 젊었을 적의 아가씨들은 콜레라나 궤양 같은 것들은 잘 몰랐었기에 나는 이 아가씨를 어떻게 대해야 할지 막막했다. 하는 수 없이 내가 잘 알고 있는 법률문제로 다시 화제를 돌려서 공증이 어떻게 진행되고 있는지 설명했다. 그후 저녁 식사를 하기 위해 택시를 타고 클럽으로 갔다.

그녀와 저녁 식사를 함께 한 첫날, 나는 나름대로 그녀를 대접하는 이유가 있었다. 앞으로 몇 년 동안 이 아가씨와 여러 가지 일을 처리해야 했으므로 그녀에 대해 알아보고 싶었다. 당시 나는 그녀의 학력이나 다른 배경은 거의 아는 바가 없었다. 이를테면 열대병에 대한 그녀의 지식은 이미 나를 혼란에 빠뜨리고도 남았다.

와인을 곁들여 맛있는 저녁 식사를 대접하면서 그녀의 이야기를 듣고 싶었다. 관심사가 무엇인지, 그녀의 마음이 어떻게 움직이는지 알면 신탁관리인으로서 내 일이 훨씬 수월해질 듯했다. 그래서 그녀를 데리고 클럽의 여성용 별관으로 갔다. 그곳은 음악 없이 우리가 편한 시간에 식사할 수 있고, 식사 뒤 조용히 이야기도 나눌 수 있는 썩 괜찮은 장소였다. 식당처럼 시끌벅적하고 부산한 곳에서는 금세 지쳤다.

그녀에게 손을 씻고 매무새를 가다듬을 수 있는 장소를 알려주고, 그 사이 그녀를 위해 와인을 주문했다. 곧 그녀가 돌아왔다. 테이블에서 일어나 그녀에게 담배를 권하고 불을 붙여주었다.

"주말엔 무엇을 하셨나요? 밖에 나가서 축하 파티라도 하셨습니까?" 자리에 앉으며 내가 물었다.

그녀가 고개를 저었다. "별로 특별한 일은 없었어요. 토요일에 사무실 여직원과 약속이 있었거든요. 같이 점심 먹고 영화관에서 베티 데이비스의 새 영화를 봤어요."

"그분에게 유산 이야기를 하셨나요?"

그녀는 또 고개를 저었다. "아무에게도 얘기하지 않았어요." 그녀는 말을 멈추고 와인을 홀짝였다. 술을 홀짝이고 담배를 피우는 모습은 꽤 근사해 보였다. "믿기 힘든 이야기잖아요. 저 자신도 잘 믿기지 않는걸요." 그녀가 웃으며 말했다.

나도 따라 웃었다. "어떤 일이 실제로 일어나기 전엔 아무것도 실감 나지 않는 법이죠. 우리가 첫 번째 수표를 보내드리면 이 일이 실제로 믿기실 겁니다. 그 전에 지나치게 믿었다간 낭패를 당할 수 있어요."

그녀가 웃었다. "아직 믿지 않아요. 한 가지만 빼고요. 이 일에 무언가 중요한 게 관련되지 않았다면 스트래천 씨가 제게 이토록 긴 시간을 쏟진 않으시겠죠."

"그건 사실이에요." 나는 잠시 멈추었다가 다시 입을 열었다. "한두 달 뒤 신탁에서 수입이 생기기 시작하면 무엇을 할지 생각해보셨습니까? 매월 세금을 공제한 뒤 약 75파운드를 수표로 받으실 겁니다. 그 수표가 지급되기 시작하면 현재의 직장을 계속 유지하고 싶지 않으실 텐데요."

"아뇨…" 그녀는 담배에서 피어오르는 연기를 물끄러미 바라보며 잠시 앉아 있었다. "일을 그만두고 싶진 않아요. 만일 제가 하는 일이 가치 있는 일이었다면 아무 일도 없었던 것처럼 그냥 팩&레비에 계속 다니고 싶었을지도 몰라요. 그런데 이 일이 그렇진 않잖아요. 우리는 여성용 구두와 핸드백, 서류 가방을 만들어서 상류층 고객에게 팔아요. 본드가 (고급 상점들이 모인 거리-옮긴이)에 있는 상점에서 분별력은 떨어지고 돈만 많은 어리석은 여자들에게 매우 비싸게 팔리는 물건들이죠. 희귀한 가죽으로 만든 맞춤 화장품 가방 같은 것들 말이에요. 생계를 꾸려야 한다면 그런 데서 일하는 것도 괜찮겠죠. 그 사업에 관해 많은 걸 배울 수 있어 흥미롭기도 했어요."

"일이란 게 배울 때는 대개 흥미로운 법이죠."

"맞아요. 거기서 일하는 동안 꽤 즐거웠어요. 이제 큰돈이 생겼으니 계속 그 일을 할 수는 없어요. 사람은 좀 더 가치 있는 일을 해야 하는데 아직 무엇을 해야 할지 모르겠어요." 그녀는 와인을 홀짝였다. "속기와 타이핑, 약간의 회계 지식 말고는 특별한 기술이 없어요. 전 교육다운 교육을 받은 적도 없어요. 전문적인 교육 말이에요. 학위를 취득하거나 뭐 그런 거요."

나는 잠시 생각했다. "패짓 양, 아주 개인적인 질문을 하나 해도 될까요?"

"물론이죠."

"가까운 장래에 결혼할 가능성이 있으신가요?"

그녀가 미소 지었다. "아니요. 제가 결혼할 가능성은 아주 희박할 거 같은데요. 앞일이야 모르는 거지만, 그럴 일은 없을 거예요."

나는 고개를 끄덕이다가 물었다. "그렇다면 대학에서 공부할 생각은 안 해보셨나요?"

그녀는 눈이 휘둥그레졌다. "아니요. 그런 생각은 못 해봤어요. 전 똑똑한 사람이 아니라 그럴 엄두도 못 내봤거든요. 제가 대학에 들어가긴 힘들 거예요." 그녀는 잠시 생각하다가 다시 말했다. "학교 다닐 때 반에서 중간 이상이었던 적이 없고, 학교를 다 마치지도 못했어요."

"그냥 제 생각일 뿐입니다. 공부에 관심이 있으신지 궁금했어요."

그녀가 고개를 저었다. "이제 와서 학교로 돌아갈 순 없어요. 나이가 너무 많아요."

나는 그녀에게 미소 지으며 말했다. "생각만큼 그렇게 많은 나이는 아닙니다." 웬일인지 그 사소한 칭찬은 아무런 호응을 얻지 못했다.

"사무실에 있는 다른 여직원들과 비교하면 전 일흔 살쯤된 노인 같아요." 그녀는 웃음기가 가신 얼굴로 나직이 말했다.

나는 그녀를 조금씩 알아가고 있었지만, 분위기를 바꾸기 위해 식사를 시작하자고 제안했다. 주문을 끝내고 내가 말했다. "전쟁 중에 어떤 일을 겪었는지 얘기해주시겠어요? 말레이반도에 나가 계셨죠?"

그녀가 고개를 끄덕였다. "쿠알라페락 플랜테이션 컴퍼니 사무실에서 일했어요. 아버지가 일했던 회사예요. 오빠도 거기서 일했었죠."

"전쟁에서 어떤 일을 겪었나요? 포로로 잡혔었나요?"

"일종의 포로였죠."

"수용소에 있었어요?"

"아뇨. 그들은 우릴 꽤 자유롭게 풀어놨어요." 그녀는 이렇게 대답하고 이야기를 돌렸다. "스트래천 씨는 어떤 일을 겪으셨나요? 줄곧 런던에 계셨나요?"

그녀가 원치 않는다면 전쟁 때 겪은 일을 이야기해달라고 조를 수 없는 노릇이었다. 그래서 내세울 만한 경험은 없었지만, 내 이야기를 들려주었다. 나는 그 이야기를 시작으로 두 아들, 즉 중국에 주둔 중인 해리와 바스라에서 일하고 있는 마틴과 그 애들 가족 이야기까지 하게 되었다. "손자가 셋 있고, 곧 네 번째 손자가 태어날 겁니다." 이야기하면서 조금 서글픈 기분이 들었다.

그녀가 웃으며 물었다. "어떤 느낌인가요?"

"전과 똑같습니다. 나이가 들어도 다르게 느껴지는 건 전

허 없어요. 다만 할 수 없는 일들이 늘어날 뿐이죠."

나는 그녀 이야기로 다시 화제를 돌렸다. 1년에 900파운드를 받으면 어떤 삶을 살 수 있는지 그녀에게 알려주었다.

이를테면 데번셔에서 시골 오두막과 작은 자동차를 장만하고 출퇴근하는 가정부를 두고도, 적당히 해외여행을 다닐 정도의 돈이 남는다고 말해주었다.

그녀가 말했다. "뭔가를 하려고 노력하는 거 말고 뭘 해야 좋을지 잘 모르겠어요. 저는 평생 뭔가를 하려고 노력하면서 살아왔어요."

내가 아는 몇몇 자선 단체가 무보수의 일급 속기사를 찾고 있는데, 그들을 도와주면 아주 고마워할 것이라고 그녀에게 말해주었다.

그녀는 그런 단체에 비판적인 편이었다. "어떤 일이 정말 가치가 있다면 그 일에 비용을 치르는 게 맞잖아요." 그녀에게 꽤 강력한 사업가 기질이 내재 되어 있었다. "무급 비서를 써야 할 이유는 없을 거예요."

"자선 단체들은 간접비를 줄이고 싶어 하죠." 내가 말했다.

"비서에게 돈을 지불할 여력도 없는 단체들이라면 아주 좋은 일은 하기 힘들지도 몰라요. 제가 일을 하게 된다면 정말 가치 있는 일이었으면 좋겠어요."

내가 병원에서 일하는 의료 관련 사회복지사 이야기를 하자 그녀는 큰 관심을 보였다. "그건 훨씬 더 보람 있는 일인 거 같아요. 사람들이 몰입해서 아주 진지하게 할 수 있는 일일 거예요. 하지만 저는 아픈 사람과 관련 없는 일을 하고 싶어요. 아픈 사람에게 사명감을 느끼는 사람과 그렇지 않은 사람이 있는데, 저는 그렇지 않은 쪽인 거 같아요. 그래도 생각해볼 가치는 있겠어요."

"천천히 생각하셔도 됩니다. 아무것도 서두를 필요가 없어요."

그녀가 나를 보며 웃었다. "아무것도 서두르지 마라, 그게 좌우명이신 거 같아요."

내가 웃으며 말했다 "그렇게 형편없는 좌우명은 아니죠."

저녁 식사 뒤에는 커피를 마시며 그녀가 예술을 얼마나 아는지 이것저것 물어보았다. 그녀는 바느질하며 라디오를 즐겨 듣는 것 말고는 음악에 조예가 없었다. 해피엔딩 소설을 좋아하는 것 말고는 문학에 대해서도 아는 바가 전혀 없었다. 자신이 알고 있는 그림을 복제하는 데 관심이 있었지만, 그림을 배운 적은 없었다. 조각에도 문외한이었다.

런던에서 1년에 900파운드의 수입을 얻게 될 젊은 아가씨가 예술과 품위 있는 사교 생활을 전혀 알지 못했기에 애처롭게 느껴졌다.

"언제 오페라 보러 가실래요?" 내가 물었다.

그녀가 멋쩍게 웃었다. "제가 이해할 수 있을까요?"

"그럼요. 어떤 작품이 상연 중인지 제가 알아보죠. 내용이 가볍고 영어로 공연하는 걸 골라보겠습니다."

"제게 물어봐 주셔서 정말 감사하지만, 브리지 게임을 하는 게 훨씬 더 즐거우실 거예요."

"전혀 그렇지 않아요. 저도 오페라 같은 걸 본 지가 얼마 만인지 모릅니다."

그녀가 웃으며 말했다. "물론 저도 가고 싶어요. 이제껏 오페라를 본 적이 한 번도 없었거든요. 거기서 무슨 일이 벌어지는지도 모른답니다."

우리는 한 시간 넘게 앉아서 이런저런 이야기를 나누었다.

그녀가 집에 가려고 일어섰을 때는 어느새 9시 30분이 되어 있었다. 그녀는 교외의 셋방으로 가는 데 45분 정도 여유가 있었다. 세인트 제임스 공원 역에서 출발한다기에 나는 그녀와 함께 걸었다. 걷다 보니 젊은 아가씨가 밤늦게 혼자 공원을 가로지를 뻔했다는 생각이 뒤늦게 들었다. 역에 도착하자 그녀는 밝은 불빛이 쏟아지는 차양 옆 어둡고 축축한 보도 위에서 내게 손을 내밀었다.

"스트래천 씨, 저녁 식사뿐만 아니라 저를 위해 애써주시는 모든 일에 정말 감사드립니다."

"패짓 양, 오히려 제가 무척 즐거웠습니다." 그 말은 진심이었다.

그녀는 잠시 머뭇거리다가 웃으며 말했다. "스트래천 씨,

앞으로 저와 많은 일을 함께 하실 거잖아요. 진이라고 불러주세요. 계속 패짓 양이라고 부르시면 제가 못 견딜 거 같아요."

"나이 들면 새로운 걸 받아들이기가 힘든 법이죠." 내가 어정쩡하게 대답했다.

그녀가 웃었다. "좀 전에 나이가 들어도 별로 다르게 느껴지는 건 없다고 하셨잖아요. 잘하실 수 있어요."

"명심하겠습니다. 당장은 좀 참아주실 수 있겠죠?"

"물론이죠. 안녕히 가세요, 스트래천 씨."

"조심히 가세요." 나는 모자를 들어 올리고 호칭을 생략한 채 인사했다. "오페라에 가는 건 나중에 알려드리죠."

그 뒤 공증받는 데 몇 주가 더 걸렸다. 그동안 나는 그녀를 데리고 근사한 곳을 많이 찾아다녔다. 우리는 오페라를 여러 차례 보러 갔었고, 일요일 오후마다 앨버트 홀에서 열리는 음악회에도 갔다. 화랑과 그림 전시회도 보러 다녔다. 그녀는 그에 대한 답례로 나를 한두 차례 영화관에 데려갔다.

그 시기에 그녀가 대단한 예술적 안목을 길렀다고 말하기는 힘들다. 그녀는 음악회보다 전시회를 더 좋아했다. 그래도 음악에서 꼽으라고 하면 오페라에 나오는 음악을 선호했다. 가벼운 음악일수록 더 좋아했다. 그녀는 귀가 먹먹해지는 경험보다 눈으로 보는 것을 더 좋아했다. 봄에는 왕립식

물원에도 두 번 갔다 왔다. 이런 나들이를 하는 과정에서 그
녀는 버킹엄 게이트에 있는 내 아파트에도 여러 번 왔었다.

내 부엌살림이 어디에 있는지 잘 알게 되어 함께 외출하고
돌아와서는 한두 번 차를 만들기도 했다. 가끔 런던에 와서
하루나 이틀 정도 손님용 침실을 이용하는 며느리들 말고는
이 아파트에서 숙녀를 대접한 적은 없었다.

3월에 그녀의 일이 마무리되어 첫 번째 수표를 보낼 수 있
게 되었다. 그녀는 당장 직장을 그만두지 않았고 평소처럼
계속 출근했다. 아주 현명하게도 매달 받는 수표로 생계를
해결하기보다 그것을 조금씩 저축해 자금을 마련하고 싶어
했다. 당시 그녀는 무엇을 하고 싶은지 아직 마음을 정하지
못했다.

4월 어느 일요일이었다. 그녀를 위해 짧은 나들이를 준비
했다. 내 아파트에서 함께 점심을 먹은 뒤 그녀가 가보지 못
한 햄프턴 궁전에 갈 예정이었다. 오래된 궁전과 봄꽃들을
보면 그녀가 즐거워할 것 같아서 나는 며칠 전부터 이 여행
을 손꼽아 기다렸다. 하지만 가는 날이 장날이었는지 비가
내렸다.

그녀는 점심 식사 직전에 내 아파트에 왔다. 짙푸른 우비
에서 물이 뚝뚝 떨어졌고, 우산은 푹 젖어 있었다. 그녀에게
서 우비를 받아 부엌에 걸어놓았다. 그녀는 손님용 침실로
가서 매무새를 가다듬고 거실로 나왔다. 우리는 그날 오후

에 외출 대신 무엇을 해야 할지 궁리하며 창가에 서서 맞은편 왕실 마구간을 두드리는 빗방울을 바라보았다.

점심 식사 뒤 불 앞에 앉아 커피를 마실 때까지 계획을 세우지 못했다. 내가 한두 가지 제안을 했지만, 그녀는 다른 문제를 생각하고 있는 듯했다.

커피를 마시며 그 이야기가 나왔다. "스트래천 씨, 제가 가장 먼저 무엇을 하고 싶은지 마음을 정했어요."

"아, 어떤 일인가요?"

그녀는 머뭇거렸다. "제 생각이 아주 이상하게 들릴 수도 있어요. 제가 이런 식으로 돈을 쓰려 하는 게 매우 어리석어 보일지도 몰라요. 하지만 이게 제가 하고 싶은 일이에요. 아무래도 외출하기 전에 이 말씀을 드리는 게 나을 거 같아서요."

난롯불 앞은 따뜻하고 안락했다. 밖을 내다보니 하늘은 캄캄했고 젖은 보도를 따라 빗물이 콸콸 흘렀다.

내가 대답했다. "설마요, 진. 전혀 그렇게 생각하지 않을 겁니다. 어떤 일을 하고 싶으십니까?"

"스트래천 씨, 전 말레이로 돌아가서 우물을 만들고 싶어요."

2 장

　그녀가 말을 한 뒤 긴 침묵이 흘렀던 것 같다. 나는 너무 놀라 할 말을 잃었다. 무슨 말을 해야 할지 모를 때는 아예 입을 닫는 평소 습관대로 입을 꾹 다물고 있었다.

　그녀가 내 침묵 속에서 책망을 감지했는지 내 쪽으로 몸을 기울이며 이렇게 말했다. "그런 일을 하고 싶다고 하면 어처구니없게 들릴 줄 알아요. 그 일에 관해 말씀드려도 될까요?"

　"물론이죠. 혹시 이 일이 전쟁에서 겪은 일과 관련이 있습니까?"

　그녀가 고개를 끄덕였다. "그 얘기는 한 번도 하지 않았어요. 제가 그 얘기를 꺼리는 게 아니라 지금은 그때 일을 거의 생각하지 않아서 그래요. 모든 게 무척 아득하게 느껴져요. 마치 오래전에 다른 사람에게 일어난 일처럼, 또는 책에서 읽은 것처럼요. 전혀 제게 일어난 일 같지 않아요."

"그럼 그냥 덮어두는 편이 낫지 않을까요?"

그녀가 고개를 저었다. "이젠 아니에요. 돈이 생겼으니까요. 스트래천 씨는 제게 무척 친절하게 대해주셨어요. 이해하실 수 있도록 얘기해드리고 싶어요."

그녀는 자신의 삶이 세 부분으로 나뉜다고 했다. 처음 두 부분이 나머지 하나와 너무 동떨어져 있어서 그것들을 현재의 자신과 일치시키기 힘들다고 했다.

처음에 그녀는 사우샘프턴에서 어머니와 함께 살며 학교에 다니던 여학생이었다. 그들은 교외 지역에서 방이 세 개 딸린 작은 집에 살았다. 그전에는 한동안 모두 말레이에 살았었다. 그녀가 열두 살, 오빠 도널드가 열다섯 살이었을 때 말레이를 아주 떠났다.

그 어린 시절은 그녀에게 혼란스러운 기억으로 남아 있었다. 들어보니 아서 패짓은 사망 당시 말레이에 혼자 살고 있었고, 그의 아내는 아이들을 데리고 영국으로 돌아와 있었다.

그들은 교외 지역에서 평범한 영국 아이들처럼 살았다. 학기와 방학이 완만하게 흘러갔다. 매년 8월 찾아오는 방학 때는 와이트섬(영국의 유명한 휴양지-옮긴이)의 해변 마을인 시뷰나 프레시워터에서 3주 동안 신나게 놀았다.

그들이 다른 가정과 다른 한 가지는 가족 모두 말레이어를 할 수 있다는 것이었다. 아이들은 말레이에서 가정부에게 그 나라 말을 배웠고, 그들 어머니는 영국에서 그 언어를 계속 쓰도록 했다. 처음에는 농담이나 가족끼리의 비밀 언어로 쓰도록 했지만, 나중에는 아주 명확한 이유가 있었다. 아서 패짓이 이포 근처에서 차로 나무를 들이받았을 때 회사일로 출장 가던 중이어서 그의 부인은 회사의 정책에 따라 연금을 받을 자격이 있었다. 그는 유능하고 소중한 직원이었다.

쿠알라페락 플랜테이션 컴퍼니의 관리자들은 우수한 직원의 필요성과 연민을 교묘하게 연결 지었다. 도널드가 스무살이 되면 그에게 자리를 마련해주겠노라고 제안하는 편지를 패짓 부인에게 보냈다. 그것은 좋은 제안이어서 가족 모두가 반겼다. 도널드가 말레이의 고무 농장에서 일자리를 얻게 된다는 뜻이었기 때문이다.

그가 순조롭게 출발하는 데 말레이어는 중요한 요소가 되었다. 첫 직장을 위해 동양으로 가는 스무 살 청년 가운데 그들의 언어를 말할 수 있는 청년은 극히 드물었다. 상황 판단이 빠른 스코틀랜드인 어머니는 아이들이 말레이어를 잊지 않도록 각별히 신경 썼다.

진은 사우샘프턴을 무척 좋아했다. 그곳에서 집, 학교, 리갈 시네마, 아이스링크를 오가며 평온하고 행복한 어린 시절을 보냈다. 이런 것들 가운데 그녀가 가장 또렷하게 기억하는 것은 아이스링크였다. 그 기억은 발트토이펠(프랑스 피아니스트-옮긴이)의 왈츠 〈스케이트를 타는 사람들〉과 연결되어 그녀의 마음속에 남아 있었다.

그녀가 추억에 잠겨 난롯불을 바라보며 말했다. "멋진 곳이었지만, 사실 그리 대단하진 않았어요. 1차 세계대전 때 지어진 어떤 건물을 개조한 목조 건물이었던 거 같아요. 제 기억에 우리는 일주일에 두 번 정도 거기서 스케이트를 탔는데 언제나 멋졌어요. 인상적인 음악과 깔끔하고 민첩한 움직임, 거기 있던 아이들, 색색의 불빛, 군중들, 아이스링크. 저는 꽤 잘 탔어요. 어머니는 제게 검은 타이츠와 상의, 짧은 치마로 된 의상을 사주셨어요. 얼음 위에서 춤을 추면 정말 환상적이었어요."

그녀가 나를 돌아보았다. "말레이에서 사람들이 말라리아와 이질에 걸려 죽어가고, 열병으로 빗속에서 덜덜 떨고 있을 때 옷도 없고 식량도 없고 갈 곳도 없었어요. 아무도 우리를 원치 않았거든요. 그때 저는 무엇보다 사우샘프턴의 아이스링크를 떠올리곤 했어요. 그건 전에 살았던 삶의 상징 같은 거였어요. 누구나 마음속에 간직하고 있는 그런 거요. 영국에 돌아오자마자 곧바로 사우샘프턴으로 돌아갔어요. 거기서 뭔가 해야 할 일이 있기도 했지만, 사실 진짜 이유는 그 세월 내내 언젠가 다시 그곳으로 돌아가 스케이트를 타겠다고 스스로 다짐했기 때문이었어요. 그런데 그곳이 폭격당했더군요. 온통 검게 그을리고 불에 홀랑 타서 뼈대만 남았어요. 사우샘프턴에 아이스링크는 없었어요. 저는 뒤에 택시를 기다리게 해놓고 스케이트를 손에 든 채 보도에 서서 실망감에 눈물을 참을 수 없었어요. 택시 기사가 저를 어떻게 생각했는지 모르겠어요."

도널드는 1937년 진이 열일곱 살 되었을 때 말레이로 갔다. 진은 열여덟 살에 학교를 떠나 사우샘프턴에 있는 상업 전문학교에 들어갔고, 6개월 뒤 속기사 수료증을 받아서 그곳을 나왔다. 당시 그녀는 시내의 변호사 사무실에서 1년 정도 일했다. 그 기간 동안 말레이에서의 미래가 모습을 갖춰가고 있었다.

쿠알라페락 플랜테이션 컴퍼니의 회장은 그녀의 어머니에게 계속 연락했으며, 농장 관리자로부터 받은 도널드에 관한 보고를 매우 만족스러워했다. 말레이에는 미혼 아가씨들이 드물었기에 패짓 부인이 쿠알라룸푸르 본사에서 딸 진의 일자리를 구해달라고 요청했을 때 회장은 진지하게 받아들였다.

회사는 관리자들이 현지인 여성과 결혼하거나 연애하는 것을 달갑지 않게 여겼다. 그것을 막는 확실한 방법은 영국의 미혼 아가씨들이 말레이로 나오도록 장려하는 것이었다. 더구나 이 아가씨는 직원의 가족일 뿐만 아니라 말레이어를 할 줄 알았고, 영국 출신의 속기사라는 드문 자질도 갖추고 있었다. 그래서 진은 직장을 얻었다.

이러한 일들이 벌어지는 동안 전쟁이 일어났다. 영국에서의 전쟁은 가짜였다. 패짓 부인은 그렇게 사소한 문제로 진의 경력을 망칠 이유는 없다고 보았다. 더욱이 영국에서 전쟁이 심해진다면 진이 말레이에 있는 편이 훨씬 안전하리라 생각했다. 그렇게 해서 진은 1939년 겨울 말레이로 떠났다.

그녀는 18개월 넘게 지극히 행복한 시간을 보냈다. 그녀의 사무실은 총독부에서 아주 가까웠다. 총독부는 영국의 영토가 더 넓었던 시절 영국령 인도제국의 통치를 과시하기 위해 지어진 거대한 건물이었다.

한쪽 벽면은 크리켓 경기장 건너편 클럽을 마주 보았고, 또 한쪽 면은 영국식 교회의 완벽한 예를 보여주었다. 이곳에서는 누구나 열대의 오락거리를 즐기며 매우 영국적인 삶을 살고 있었다. 넉넉한 여가 시간, 수많은 놀이, 끊이지 않는 파티와 댄스 모임. 많은 하인들 덕분에 이 모든 것을 아무렇지도 않게 즐길 수 있었다.

처음 몇 주 동안 진은 회사의 한 관리자 집에서 하숙을 했다. 그 뒤에는 영국 여성이 운영하는 민박 형태의 호텔에 방을 얻었다. 사실 그곳은 여러 사무실과 총독부에 고용된 미혼 여성들의 합숙소 같은 곳이었다.

"너무 행복해서 꿈만 같았어요. 주중엔 매일 밤 댄스 모임이나 파티가 있었어요. 집에 편지라도 쓸라치면 우는 소리를 하며 다른 한 가지 즐거움은 포기해야 했죠."

일본과의 전쟁이 발발했을 때 그녀는 전혀 위험을 실감할 수 없었다. 주변 사람들도 마찬가지였다. 1941년 12월 7일 미국이 참전하기로 했고 그것은 그들에게 좋은 일이었다.

젊은 남자들이 직장을 떠나 군복을 입고 나타나기 시작한 것 말고는 쿠알라룸푸르에 있는 사람들에게 아무런 변화도 없었으며, 그 자체로 즐겁고 흥분되는 일이었다.

일본군이 말레이반도 북쪽에 상륙했을 때도 쿠알라룸푸르 사람들은 위험하다고 느끼지 않았다. 480킬로에 달하는 산과 밀림이 북쪽으로부터의 침략을 막아주는 장벽이었다.

영국 전함 '프린스 오브 웨일즈'와 '리펄스'의 침몰 같은 재앙은 이제 막 첫 번째 청혼을 거절한 스무 살 아가씨에게 아무 의미도 없었다.

얼마 뒤 기혼 여성과 아이들은 싱가포르로 대피하기 시작했다. 일본군이 이제껏 어떤 군대도 뚫고 들어온 적 없는 밀림을 통과해 빠르게 반도를 에워싸며 전진하자 사태가 심각해 보이기 시작했다.

어느 날 아침 진의 상사 메리먼이 그녀를 사무실로 불러 곧 그곳이 폐쇄될 것이라고 무뚝뚝하게 말했다. 그녀에게 짐을 챙겨 역으로 가서 싱가포르로 가는 첫 기차를 타라고 했다. 그는 래플스 플레이스 외곽에 사는 회사 간부의 이름을 알려주고는 그곳에서 고국으로 가는 배편을 알아보려고 했다. 사무실의 다른 여직원 다섯 명에게도 같은 지시가 내려졌다.

당신 일본군은 북쪽으로 약 160킬로 떨어진 이포 부근에 있다고 전해졌다.

그때쯤 모두가 상황의 심각성을 깨달았다. 진은 은행으로 가서 600해협달러(영국 식민통치 당시 말레이반도에서 발행된 화폐 단위-옮긴이)쯤 되는 돈을 전부 인출 했다.

하지만 기차역으로 가지는 않았다. 혹여 기차역으로 갔더라도 그녀가 싱가포르로 갈 수 있었을지는 의문이었다. 당시 그 노선은 전선으로 올라가는 군대의 행렬로 완전히 막혀있었기 때문이다. 도로를 이용해 피난 가는 것은 가능했을지도 모르겠다. 그녀는 홀랜드 부인을 만나러 바투타시크로 갔다.

바투타시크는 쿠알라룸푸르에서 북서쪽으로 약 30킬로 떨어져 있었다. 빌 홀랜드는 40대 남자로 노천 주석광산의 관리자였다. 광산 옆에 있는 쾌적한 방갈로에서 아내 에일린과 여덟 살 난 프레디, 다섯 살 난 제인, 그리고 생후 10개월 된 로빈과 함께 살고 있었다.

에일린 홀랜드는 서른 초반쯤 돼 보이는 따뜻하고 자애로운 여성이었다. 홀랜드 부부는 파티나 댄스 모임에는 가지 않는 부류의 사람들이었다. 그들은 조용히 집에 머물며 세상이 흘러가는 것을 구경했다. 진이 말레이에 도착하자마자 초대해서 자신들과 함께 지내도록 해주었고, 진은 그들과 함께 지낼 때 평온했다. 그 뒤 진은 여러 차례 그들을 만나러 갔었고, 뎅기열을 가볍게 앓았을 때도 일주일 동안 그들 집에서 요양하면서 보냈다.

진은 바로 전날 쿠알라룸푸르에서 빌 홀랜드가 가족을 데리고 역으로 갔다가 기차를 타지 못하고 다시 집으로 돌아왔다는 소식을 들었다. 홀랜드 가족을 만나 아이들 돌보는 것을 도와주지 않고는 발걸음이 떨어지지 않을 것 같았다. 에일린 홀랜드는 좋은 어머니이자 최고의 아내였지만, 난리 통에 그녀 혼자 세 아이를 데리고 피난 가는 것은 불가능했다.

진은 현지인 버스를 타고 꽤 수월하게 바투타시크에 도착했다. 점심시간 무렵이었고, 그 집에는 홀랜드 부인과 아이들만 있었다. 광산 소유의 트럭과 자동차는 모조리 군대에 징발되었다. 홀랜드 가족에게 유일하게 남아 있던 오스틴 트럭은 한쪽 타이어가 내부 철심이 들여다보일 정도로 닳아 있었다. 남은 타이어도 옆면이 혹처럼 불룩하게 부풀어서 불안해 보였다. 그들이 피난 가는 데 쓸 수 있는 차량은 그것뿐이었다. 그 트럭을 타고 싱가포르까지 갈 수 있을 만큼 멀쩡해 보이지는 않았다. 빌 홀랜드는 새 타이어를 구하러 쿠알라룸푸르에 가고 없었다. 새벽에 떠난 그가 아직 돌아오지 않아서 홀랜드 부인은 안절부절못하고 있었다.

그 집은 모든 게 혼란 상태였다. 가정부는 이미 집으로 갔거나 그런 통지를 받은 듯했고, 집 안은 짐을 반쯤 싸다 말았거나 쌌다가 다시 열어놓은 가방들로 가득했다.

연못에서 놀고 있는 프레디는 진흙투성이였고, 제인은 짐 가방들 사이에서 변기에 앉아 울고 있었다. 홀랜드 부인은 아기를 돌보며 점심 준비를 하고 제인에게 신경 쓰면서 동시에 남편 걱정까지 하고 있었다. 진은 프레디를 씻기고 제인을 돌봐주었다. 이내 그들은 다 같이 점심을 먹었다.

해 질 녘이 되어서야 돌아온 빌 홀랜드는 빈손이었다. 쿠알라룸푸르의 타이어는 모두 징발되고 없었다. 그는 다음 날 아침 8시에 현지인 버스가 싱가포르로 출발한다는 소식을 듣고 가족들 좌석을 예약했다.

집으로 돌아오는 길에는 마지막 8킬로 구간에 다른 교통수단이 없어서 걸어야 했다. 열대의 열기 속에서 한낮의 아스팔트 도로를 8킬로나 걷는 것은 쉬운 일이 아니었다. 그는 속옷까지 땀에 푹 젖었고, 극심한 갈증에 시달렸으며 완전히 녹초가 되어 있었다.

그날 밤 쿠알라룸푸르로 출발했더라면 좋았을 테지만 그러지 못했다. 야간에 도로를 이동하는 것은 군대가 모두 금지했다. 한밤중에 오스틴 트럭을 몰고 떠나는 것은 걸핏하면 총질하는 군인들에게 총을 쏘라고 들이대는 것과 같은 일이었다.

그들은 새벽에 출발하기로 했다. 그러면 8시 이전에 쿠알 라룸푸르에 충분히 도착할 수 있었다. 진은 방갈로에서 그들과 함께 밤을 보냈지만, 잠을 이루지 못하고 불안하게 뒤척였다.

한밤중에 빌 홀랜드가 일어나서 베란다로 나가는 소리가 들렸다. 진은 모기장을 통해 그가 가만히 서서 별들을 바라보는 모습을 볼 수 있었다. 그녀는 모기장 밑으로 기어 나와 가운을 걸쳤다. 말레이에서 옷을 다 걸치고 자는 사람은 거의 없었다.

베란다로 나가 나직이 물었다. "무슨 일이에요?"

"아무것도 아니에요. 무슨 소리가 들린 거 같아서요."

"울타리 안에 누가 있어요?"

"아뇨, 그런 게 아니에요."

"그럼 뭐예요?"

"아주 멀리서 총소리가 들린 거 같은데…, 분명 잘못 들었을 거예요." 그들은 긴장한 채 귀뚜라미와 개구리가 시끄럽게 울어대는 소리에 귀 기울였다. 그가 말했다. "얼른 새벽이 오면 좋겠어요."

그들은 다시 잠을 청했다. 그날 밤 일본군 선봉대는 비도르에 진을 친 우리 군대 뒤로 잠입해 80킬로도 떨어지지 않은 슬림리버까지 침투했다.

날이 밝기 전에 일어나 잿빛 여명 아래 오스틴 트럭에 짐을 실었다. 어른 셋과 아이 셋, 그리고 짐 가방들 때문에 트럭이 묵직하게 내려앉았다. 빌 홀랜드가 직원들에게 남은 급료를 지불한 뒤 그들은 쿠알라룸푸르로 출발했다.

3킬로도 가기 전에 내부 철심이 드러났던 타이어가 터져버렸다. 옆면이 부풀어 오른 스페어타이어로 교체하는 동안 긴장된 침묵이 흘렀다. 하지만 그것마저 1킬로도 못 가서 바람이 빠져버렸다.

자포자기한 빌 홀랜드는 바퀴의 휠에 의지해 계속 앞으로 나아갔다. 휠은 3킬로쯤 더 가서 주저앉았고 이제 트럭은 수명이 다했다. 그들은 쿠알라룸푸르에서 25킬로쯤 떨어진 곳에 있었고 시간은 7시 반이었다.

빌 홀랜드는 그들을 트럭 옆에 남겨두고 1.5킬로쯤 떨어진 곳에 있는 농장의 방갈로로 급히 내려갔다. 그곳에도 차량은 없고, 관리자는 전날 떠나고 없었다. 그는 실망감과 불안감에 휩싸여 돌아왔다. 아이들은 보챘고 그의 아내는 집으로 돌아갈 생각을 하고 있었다. 그 상황에서는 그게 최선인 듯했다.

어른들은 아이를 한 명씩 맡아서 안거나 손을 붙잡고 다시 8킬로 떨어진 집으로 되돌아오기 시작했다. 짐은 트럭에 남겨두고 문을 잠갔다.

한낮의 더위가 시작될 무렵 집에 도착한 그들은 완전히 녹초가 되었다. 냉장고에서 시원한 음료를 꺼내 마신 뒤 기력을 되찾기 위해 모두 자리에 누웠다. 한 시간 뒤 방갈로 앞에 트럭이 멈춰서 그들은 일어났다. 곧 젊은 장교가 집 안으로 뛰어 들어왔다.

"얼른 이곳을 떠나야 합니다. 제 트럭을 타고 가시죠. 모두 몇 명입니까?" 그가 말했다.

진이 대답했다. "아이들까지 모두 여섯이에요. 쿠알라룸푸르로 데려다줄 수 있어요? 우리 차는 고장 났어요."

장교는 통명스럽게 말했다. "그건 안 됩니다. 일본군이 켈링에 있어요. 제가 마지막으로 들었을 때 거기에 있었어요. 지금쯤 더 남쪽으로 내려왔을 겁니다." 켈링은 겨우 30킬로 남짓 떨어진 곳이었다. "파농으로 갈 겁니다. 여러분은 거기서 배를 타고 싱가포르로 갈 수 있을 거예요." 그는 트럭을 타고 그들의 짐을 가지러 가는 것은 거절했다.

어쩌면 그가 옳았다. 그 트럭은 제때 대피하지 못한 많은 가족들로 이미 가득 차 있었고, 오스틴 트럭은 적이 있는 방향으로 8킬로 떨어져 있었다.

쿠알라는 강의 어귀라는 뜻이다. 쿠알라파농은 파농강 어귀에 있는 작은 마을이었고, 그곳에 식민지 지방행정관이 주재하고 있었다. 그의 사무소에 도착했을 때쯤 트럭에는 남자와 여자, 아이들이 40명쯤 타고 있었다. 모두 강제적인 대피

지침에 따라 인근 지역에서 실려 온 이들이었다.

여자들은 대부분 출신이 변변치 않은 영국 여성들이었다. 주로 주석광산의 현장감독이나 철도 공사장 우두머리의 아내들이었다. 그들 가운데 일본군이 얼마나 빠르게 진군하고 얼마나 위험한지 제대로 알고 있는 사람은 거의 없었다.

농장 관리자들과 총독부 관리들을 비롯한 정부 관계자들은 정보를 더 일찍 입수하고 주머니 사정도 넉넉했기에 일찌감치 가족들을 싱가포르로 보냈다. 마지막까지 남아 그 트럭에 실려 온 사람들은 가장 무능한 부류에 속했다.

장교는 지방행정관의 사무소 앞에 트럭을 세우고 안으로 들어갔다. 이내 지방행정관이 나와 매우 걱정스러운 얼굴로 모여 있는 여자와 아이들, 그리고 몇 안 되는 남자들을 바라보았다.

"빌어먹을." 그는 책임져야 할 사람들이 확 늘어난 것을 깨닫고 나직이 중얼거렸다. "이 사람들을 저쪽에 있는 회계 사무소로 데려가게. 거기 베란다에 한두 시간 앉아 있으면 내가 무언가 조처를 할 수 있는지 알아보겠네. 그들에게 너무 돌아다니지 말라고 전해주고." 그는 사무실로 걸음을 옮기며 말했다. "어쩌면 그들을 어선에 태워 보낼 수 있을 거 같아. 그런 배들이 몇 척 남아 있을 거야. 그게 내가 할 수 있는 최선이네. 대형 보트는 한 척도 없으니 말이야."

트럭에 실려 온 사람들은 회계 사무소의 베란다로 몰려가 잠깐 쉬면서 정신을 가다듬을 수 있었다. 그곳에는 시원한 물이 든 물동이가 여러 개 있었고, 그늘진 베란다는 시원했다.

진과 빌 홀랜드는 베란다 벽에 기대어 앉은 에일린과 아이들을 남겨두고, 잃어버린 짐을 대체할 물품을 구하러 마을로 걸어갔다.

유아용 젖병, 퀴닌, 이질에 대비한 소금 약간, 비스킷 두 통과 통조림 고기 세 통을 구할 수 있었다. 모기장도 구하려 애썼지만 다 팔리고 없었다. 진은 바늘 몇 개와 실을 샀고, 커다란 캔버스 배낭이 눈에 띄어 그것도 샀다. 그 뒤 3년 내내 그 배낭을 짊어지고 다니게 될 줄은 꿈에도 몰랐을 것이다.

그들은 오후 늦게 베란다로 돌아가 구입한 물건들을 보여주고, 비스킷과 레몬주스로 허기를 달랬다.

해 질 무렵 강어귀의 등대지기가 지방행정관에게 전화를 걸어 오스프리호가 강으로 들어오고 있다고 알렸다. 오스프리호는 해안을 오가며 말라카 해협 건너 수마트라에서 오는 밀수업자들을 단속하는 세관 선박이었다. 길이가 40미터쯤 되고, 대형 디젤 엔진이 달린 튼튼한 선박이어서 먼바다를 항해할 수 있었으며 보통 페낭에 정박했다.

지방행정관의 얼굴이 밝아졌다. 그의 문제를 해결할 방도가 생긴 것이다. 오스프리호의 임무가 무엇이었든 이제 이

배는 피난민들을 태우고 위험하지 않은 지역으로 데려다주어야 했다. 그는 바로 사무소를 나와 부두로 내려갔다. 배가 정박하면 선장과 면담하기 위해서였다.

배가 강을 굽이굽이 돌며 다가오자 우중충한 녹색 군복을 입고 소총을 든 군인들이 보였다. 몸보다 긴 총검을 찬 다부진 남자들로 구성된 병력이 그 배에 타고 있었다. 크게 상심한 지방행정관은 다가오는 배를 지켜보며 자신의 모든 노력도 끝이라는 것을 깨달았다.

일본군은 뭍으로 달려와 즉시 그를 체포한 뒤 방파제 위의 사무실로 끌고 갔다. 그의 등에 총을 겨누고 조금이라도 저항하는 기색을 보이면 갈길 태세였다.

그곳에 저항할 병력은 남아 있지 않았다. 트럭을 몰고 왔던 장교도 부대로 복귀하기 위해 떠나고 없었다. 일본 병사들은 흩어져서 총도 쏘지 않고 그곳을 점령했다.

그들은 회계 사무소의 베란다에 망연자실하게 앉아 있는 피난민들에게 갔다. 대뜸 소총을 겨누고 만년필과 손목시계, 반지 등을 모두 내놓으라고 명령했다. 여자들은 남자들의 조언에 따라 조용히 명령을 따랐다. 다른 괴롭힘은 당하지 않았다. 일본군은 진의 시계를 빼앗고 가방을 뒤지며 만년필도 내놓으라고 했지만 찾지 못했다. 만년필은 트럭의 짐 가방에 들어 있었다.

밤이 되자 한 장교가 베란다로 와서 램프 불빛을 비추며 사람들을 점검했다. 그는 베란다를 돌아다니며 각 그룹에 램프를 들이댔다. 총검을 찬 병사 둘이 소총을 준비태세로 들고 그 뒤를 바짝 따랐다. 아이들이 일제히 울기 시작했다.

점검이 끝나자 그는 엉터리 영어로 짧은 연설을 했다. "이제 너희는 포로다. 오늘 밤엔 여기 묵는다. 내일 너희들은 포로수용소로 간다. 착한 일을 하고 명령에 따르면 일본 병사에게 좋은 것을 받는다. 나쁜 짓을 하면 바로 총살이다. 항상 착한 일을 해라. 장교가 오면 항상 일어서서 인사한다. 그게 착한 일이다. 이제 취침한다."

한 남자가 물었다. "침대와 모기장을 얻을 수 있을까요?"

"일본군은 침대도, 모기장도 없다. 너희들은 내일 침대와 모기장을 얻을 수 있다."

다른 남자가 물었다. "저녁 식사supper는 안 주나요?" 일본군이 못 알아듣자 그는 "음식food"이라고 설명했다.

"내일 음식을 준다." 장교는 베란다 양쪽 끝에 감시병을 두 명 남겨두고 가버렸다.

쿠알라파농은 흙탕물이 흐르는 강어귀의 맹그로브 습지에 자리 잡고 있어서 모기가 극성을 부렸다. 아이들은 밤새도록 신음하고 보채며 울었다. 가뜩이나 잠들지 못하는 어른들은 한숨도 잘 수 없었다.

베란다의 딱딱한 바닥에서 보내는 밤은 느릿느릿 고달프

게 지나갔다. 포로가 되었다는 참담함과 모기의 괴롭힘으로 그들 가운데 잠을 잔 사람은 거의 없었다. 진은 초반에 조금 졸다가 날이 새기 전 모기의 격렬한 공격을 알리듯 아이들이 다시 울어대는 통에 잠이 달아났다. 얼굴과 팔이 부어올랐고 온몸이 뻣뻣하고 아팠다. 새날이 밝았지만, 포로들의 처지는 매우 딱했다.

회계 사무소 뒤편에 변소가 하나 있었는데 이용해야 할 사람들에 비해 그 수가 턱없이 부족해서 사람들은 최대한 참을 수밖에 없었다. 이제 할 일은 무슨 일이 일어날지 마냥 기다리는 것밖에 없었다.

홀랜드 부부는 아이들에게 달콤한 비스킷과 통조림 고기로 샌드위치를 만들어 주었다. 아침을 조금 먹고 난 아이들은 기분이 한결 나아 보였다. 다른 사람들도 대부분 소량의 식량을 가지고 있었고, 아무것도 없는 사람들과 조금씩 나누어 먹었다. 그날 아침 일본군은 포로들에게 아무것도 제공하지 않았다.

오전에 심문이 시작되었다. 포로들은 가족 단위로 지방행정관 사무실로 끌려갔다. 그곳에는 일본군 대위와 중위가 나란히 앉아 있었다. 대위는 요니아타라는 사람이었다. 중위는 1페니짜리 아동용 연습장에 심문 내용을 기록했다.

진은 홀랜드 가족과 함께 들어갔다. 신분을 묻는 대위의 질문에 진은 홀랜드 가족과 함께 여행하는 친구라고 설명했고, 쿠알라룸푸르에서 무슨 일을 했는지 말했다.

심문은 그리 오래 걸리지 않았다. 심문이 끝나자 대위가 말했다. "남자들은 오늘 포로수용소로 가고, 여자들과 아이들은 여기 남는다. 남자들은 오후에 떠나야 하니 너희들은 오후까지 작별 인사를 나눌 수 있다. 이상이다."

그들은 이런 일이 생길까 봐 두려웠고 베란다에서 논의도 했지만, 이렇게 빨리 닥칠 줄은 몰랐다. 빌 홀랜드가 질문했다. "여자들과 아이들이 어디로 보내질지 알 수 있을까요? 그들은 어느 수용소로 갑니까?"

장교가 말했다. "일본제국 군대는 여자와 아이들을 상대로 전쟁하지 않는다. 그들이 착한 일을 한다면 수용소로 가지 않고, 어쩌면 집에서 살 수도 있다. 일본군은 항상 여자와 아이들에게 친절하다."

그들은 베란다로 돌아가서 다른 가족들과 상황을 논의했다. 전쟁 중에 남자는 여자와 아이들과 분리된 채 수용소로 보내지는 게 일반적이었기에 어쩔 수 없는 줄 알면서도 견디기 힘든 일이었다.

진은 홀랜드 가족이 자신과 함께 있는 것을 원치 않을 수도 있었기에 혼자 베란다 끝으로 가서 앉았다. 젊음의 회복력 덕분에 우울함은 조금 누그러졌지만, 배가 고팠고 앞으로 어떤 일이 벌어질지 두려웠다. 한 가지는 확실해졌다. 베란다에서 하룻밤 더 보내야 한다면 반드시 모기약을 구해야 한다는 것이었다.

그들이 전날 오후 방문했던 마을 위쪽에 약방이 하나 있었다. 그런 지역에는 약방에 모기약이 있을 것 같았다. 그녀는 시험 삼아 보초의 주의를 끌고는 모기 물린 곳을 가리켰다. 그런 다음 마을 쪽을 가리키며 베란다에서 땅바닥으로 내려갔다. 보초는 즉시 총검을 준비태세로 들고 그녀 쪽으로 다가왔다. 그녀는 얼른 베란다로 올라갔다. 분명 그 방법은 통하지 않았다. 보초는 미심쩍은 듯 그녀를 노려보다가 제자리로 돌아갔다.

다른 방법을 궁리했다. 변소는 건물 뒤쪽 벽을 바라보고 있었다. 그곳에는 보초가 없었다. 벽이 회계 사무소를 둘러싸고 있어서 건물을 빙 돌아 정면으로 나가는 것 말고는 그곳을 빠져나갈 방법이 없었기 때문이다. 진은 조금 기다렸다가 벽 끝으로 갔다. 건물 앞에 서 있는 보초들의 시야에서 몸을 숨긴 채 주위를 둘러보았다. 조금 떨어진 곳에서 아이들이 놀고 있었다.

그녀는 말레이어로 한 아이를 조용히 불렀다. "애! 애야, 이리 좀 와봐."

한 아이가 그녀 쪽으로 왔다. 열두 살쯤 되어 보이는 여자아이였다. 진이 물었다. "이름이 뭐니?"

아이는 수줍은 듯 웃으며 대답했다. "할리야."

"약을 파는 가게를 아니? 중국인이 약을 파는 곳 말이야."

아이가 고개를 끄덕였다. "찬 콕 푸안."

"그래. 찬 콕 푸안에게 가서 이쪽으로 와달라는 메시지를 전하고…, 그가 오면 너에게 10센트를 줄게. 가서 아줌마가 모기에 물렸다고 말해줘." 진은 아이에게 모기 물린 곳을 보여주었다. "여기 베란다로 연고를 가져와야 한다고. 그러면 아줌마들에게 많이 팔 수 있을 거라고 말하렴."

아이는 고개를 끄덕이고 가버렸다. 진은 베란다로 돌아가서 기다렸다. 얼마 뒤 중국인이 작은 튜브와 항아리가 여럿 담긴 쟁반을 들고 나타났다. 그가 보초에게 다가가 물건을 팔고 싶다고 말을 걸었다. 보초는 잠시 망설이다가 그러라고 했다. 진은 모기약을 여섯 개 샀고, 다른 여자들도 나머지 약을 재빨리 집어 들었다. 진은 할리야에게 10센트를 주었다.

곧 일본군 잡역병이 묽은 생선국 두 양동이와 밥 반 양동이를 가져왔다. 지저분하고 역한 음식들이었다. 식기나 다른 도구가 없어서 각자 알아서 먹는 것 말고는 다른 도리가 없었다.

당시 그들은 모든 음식을 엄격하게 배분해 똑같이 나누어 먹는 포로의 생활 방식을 전혀 알지 못했다. 그래서 몇몇 사람들은 남들보다 훨씬 많이 먹었고, 나머지 사람들은 적게 먹거나 전혀 먹지 못했다. 그들은 아직 남은 비스킷 같은 개인 식량으로 모자란 배급량을 보충했다.

그날 오후 남자들은 가족과 이별한 뒤 감시병과 함께 길을 떠났다. 빌 홀랜드는 아내와 작별 인사를 나누고 눈시울을 적시며 진에게 침울하게 말했다. "잘 있어요, 진. 행운을 빌어요." 그는 잠시 멈추었다가 덧붙였다. "가능하면 내 가족 곁에 있어 줄래요?"

그녀는 고개를 끄덕였다. "그럴게요. 우린 모두 같은 수용소에 있게 될 거예요."

남자들 일곱 명이 대열을 이루어 감시를 받으며 출발했다.

이제 그들 무리는 기혼 여성 열한 명과 진, 엘렌 포브스라는 아가씨 둘만 남았다. 희멀건 얼굴의 엘렌은 그중 한 가족과 함께 살았다. 결혼하기 위해 말레이로 나왔지만, 뜻을 이루지 못한 아가씨였다.

어른들 말고도 열다섯 살 소녀에서부터 엄마 품에 안긴 아기들에 이르기까지 나이대가 다양한 아이들이 열아홉 명이나 있었다. 그래서 모두 서른두 명이었다. 대다수의 여자들은 영어 말고는 할 줄 아는 언어가 없었다. 에일린 홀랜드를 포함한 몇몇 여자들은 하인을 부릴 정도의 말레이어를 구사할 수 있었지만, 그 이상은 불가능했다.

그들은 41일 동안 그 회계 사무소를 떠나지 못했다.

둘째 날 밤은 첫날과 비슷했다. 사무실로 통하는 문을 열어주고 그 공간을 사용할 수 있도록 해주었다. 저녁때 두 번째 식사로 생선국이 제공되었다. 그것 말고 다른 물품은 아무것도 제공되지 않았다. 침대도, 담요도, 모기장도 없었다.

짐 가방을 가지고 있던 몇몇 여자들에게는 담요가 있었지만, 다 같이 덮기에는 턱없이 부족했다. 근엄한 얼굴의 홀스폴 부인이 장교에게 면회를 요청했다. 요니아타 대위가 오자 그녀는 그 상황을 항의하며 침대와 모기장을 달라고 했다.

대위가 말했다. "모기장도 침대도 없다. 정말 유감이지만, 일본 여성들은 바닥의 매트 위에서 잠을 잔다. 일본인들 모두 매트 위에서 잔다. 오만한 생각은 버려라. 아주 나쁜 행동이다. 너희는 일본 여성들처럼 매트 위에서 잠을 잔다."

홀스폴 부인이 분개해서 대꾸했다. "하지만 우린 영국인이에요. 우린 짐승처럼 바닥에서 자지 않아요!"

대위의 눈빛이 냉랭해졌다. 그가 병사들에게 손짓하자 그들은 양쪽에서 그녀의 팔을 꽉 잡았다. 대위는 손바닥으로 부인의 얼굴을 네 번 세게 내리쳤다. "아주 나쁜 생각이다." 그렇게 내뱉고는 휙 돌아서 나가버렸다. 그 후 아무도 침대 얘기는 꺼내지 않았다.

이튿날 아침 대위가 점검하러 왔을 때도 홀스폴 부인은 기죽지 않고 물을 쓰게 해달라고 요청했다. 부인은 아기들도 씻겨야 하고 모두 씻고 싶어 한다고 말했다.

그날 오후 가장 작은 사무실로 통 하나가 옮겨졌고, 일꾼들이 계속 물을 채워주었다. 여자들은 이 방을 욕실 겸 세탁실로 만들었다. 초기에는 여자들 대부분 돈이 있었다. 찬 콕 푸안을 본 마을의 상점 주인들이 포로들에게 물건을 팔러 왔으므로 생존에 필요한 기본적인 것들도 비축하고 있었다.

그들은 차츰 고생에 익숙해졌다. 어느새 아이들은 불평 없이 바닥에서 자는 법을 터득했다. 젊은 축에 드는 여자들은 바닥에 익숙해지는 데 훨씬 오래 걸렸다. 30세가 넘은 여자들은 여기저기 아파서 깨지 않고 30분 이상 자기 힘들었지만, 여하튼 잠은 잤다.

요니아타 대위가 승승장구하는 일본군이 작전이 끝날 때까지 여성용 포로수용소를 지을 시간은 없다고 설명했다. 말레이 정복이 끝나면 언덕 위에 있는 이름난 휴양지인 카메론 하일랜드에 널찍하고 아름다운 수용소를 지어 그리로 옮겨줄 것이라고 했다.

그곳에서 침대와 모기장과 그들에게 익숙한 모든 편의시설을 얻게 될 테지만, 그런 기쁨을 얻으려면 지금 있는 곳에 머무르며 착한 일을 해야 했다. 착한 일이란 대위가 올 때마다 일어서서 허리 굽혀 인사하는 것이었다. 요니아타 대위에게 몇 번 뺨을 맞고 군홧발로 정강이를 걷어차인 뒤 여자들은 착한 일이 무엇인지 터득했다.

그들에게 배급된 식량은 목숨을 부지할 수 있는 최소한의 양으로, 하루에 두 번 어김없이 생선국과 밥이 나왔다. 불평해봤자 소용없었고 위험하기도 했다. 요니아타 대위의 견해에 따르면 불평은 포로들의 도덕적 선의를 지키기 위해 짚고 넘어가야 하는 오만한 생각이었다.

포로 중 일부는 마을에 있는 작은 중식당에서 끼니를 해결하기도 했다. 돈이 있는 대다수의 가족은 이 식당에서 하루에 한 끼 식사를 주문했다.

그들은 의사의 치료는 물론이고 약도 전혀 받지 못했다. 일주일쯤 지났을 때 이질이 돌아서 밤마다 엄마와 함께 비틀거리며 변소로 가는 아이들의 끔찍한 비명이 이어졌다.

말라리아의 위험은 늘 도사리고 있었지만, 찬 콕 푸안이 나날이 가격을 올려 받는 퀴닌을 아직은 구입할 수 있어서 간신히 억제되고 있었다. 요니아타 대위는 이질을 억제하기 위해 국을 줄이는 대신 밥 배급을 늘리고, 이전에 국에 넣었던 썩어가는 마른 생선을 밥에 추가하도록 했다. 나중에는 영국식 생활 방식을 인정하며 오후에 차 한 양동이를 식단에 추가해주었다.

진은 이 기간 내내 홀랜드 부인과 함께 그녀의 세 아이를 돌보았다. 부인은 식생활의 변화로 무척 허약해졌고 무기력했다. 잠들 만하면 깰 일이 생겨서 밤에 깊은 잠을 이루지 못했다. 홀랜드 부인은 진보다 훨씬 더 힘들어했다. 나이가 더 많은 데다 딱딱한 바닥에서 쉽사리 잠을 이루지 못했고, 젊었을 때의 회복력을 거의 잃었다. 체중도 급격히 줄었다.

35일째 되는 날 에스메 해리슨이 죽었다. 에스메는 아홉 살 난 여자아이였다. 그 아이는 한동안 이질을 앓아서 몹시 야위고 쇠약해져 있었다. 잠도 거의 못 자고 울기만 했다. 이내 열이 났고 말라리아가 심해지면서 이틀 동안 열이 40도까지 올랐다.

홀스폴 부인은 요니아타 대위에게 그 아이를 반드시 의사에게 보이고 병원에 데려가야 한다고 했다. 그는 아주 유감이지만 병원은 없다고 했다. 의사를 구해보기는 하겠지만, 그들은 모두 승리하는 제국군과 함께 싸우고 있다고 했다. 그날 저녁 에스메는 잇따라 경련을 일으키다가 날이 밝기 직전 숨졌다.

그날 아침 아이는 마을 뒤편 이슬람 공동묘지에 묻혔다. 아이 엄마와 다른 여자 한 명만 장례에 참석할 수 있었다. 그들은 군인들과 말레이 사람들 앞에서 기도서를 조금 읽었지만, 그것을 이해하는 사람은 없었다. 그러고는 끝이었다.

회계 사무소에서는 이전과 같은 삶이 이어졌다. 이제 아이들은 잠 속으로 죽음이 따라오는 악몽을 꾸게 되었다.

6주째 되는 주말 요니아타 대위는 아침 점검을 마친 뒤 그들 앞에 섰다. 여자들은 지치고 추레한 몰골로 베란다 그늘 아래 서서 아이들의 손을 잡고 그를 마주 보았다. 그 무렵 어른과 아이들 대부분 비쩍 마르고 병색이 짙었다.

대위가 입을 열었다. "여러분, 일본제국군이 싱가포르에 상륙했고 말레이반도는 모두 자유가 됐다. 지금 남자들, 그리고 여자와 아이들을 위한 포로수용소가 건설 중이다. 포로수용소가 싱가포르에 있으니 너희들은 거기로 가야 한다. 여기서는 생활이 불편해서 유감이었지만 이제 나아질 거다. 너희는 내일 쿠알라룸푸르로 출발한다. 날마다 갈 수 있는 만큼만 가면 된다. 쿠알라룸푸르에서는 기차를 타고 싱가포르로 가게 될 거다. 싱가포르에서 너희들은 매우 행복할 거다. 이상이다."

파농에서 쿠알라룸푸르까지는 75킬로였다. 그들은 잠시 어리둥절했지만, 곧 그의 말을 제대로 이해했다. 홀스폴 부인이 물었다. "쿠알라룸푸르까지는 어떻게 가나요? 트럭이 있나요?"

대위가 대답했다. "정말 유감이지만 트럭은 없다. 너희는 걸어간다. 날마다 갈 수 있는 만큼만 가면 되니 쉬운 여정이 될 거다. 일본군이 도와줄 거다."

홀스폴 부인이 항의했다. "이 아이들을 데리고 걸을 순 없어요. 우린 트럭이 필요해요."

이것은 나쁜 생각이었고, 그의 눈빛이 냉랭해졌다. "너희는 걷는다." 그가 거듭 말했다.

"그럼 이 짐 가방들은 다 어떡하나요?"

"너희가 들 수 있는 건 들고 간다. 나머지 짐들은 곧 너희에게 보내질 거다." 그는 이렇게 대꾸하고는 돌아서 가버렸다.

절망에 빠진 사람들은 종일 넋을 놓고 앉아 있었다. 짐 가방이 있는 사람들은 물건들을 추려서 꼭 필요하면서도 너무 무겁지 않은 필수품을 넣을 꾸러미를 만들어야 했다. 한때는 교사였고, 지금은 그들의 리더 역할을 하게 된 홀스폴 부인은 여자들 사이를 오가며 거들고 조언도 해주었다.

그녀는 열한 살 난 아들 존을 데리고 있었다. 그 나이대의 사내아이에게 필요한 물건은 많지 않아서 여자 혼자서도 거뜬히 들고 다닐 수 있었기에 그녀의 상황은 다른 여자들보다 나았다. 어린 자녀를 여럿 보살펴야 하는 엄마들의 상황은 정말 딱할 지경이었다.

진과 홀랜드 부인은 이미 짐 가방을 잃어버려서 가져갈 물건을 고민할 필요도 없었다. 그들은 갈아입을 옷도 거의 없었다. 그나마 가지고 있던 것들은 진의 배낭에 충분히 들어갔다.

담요 두 장과 밥그릇 세 개, 숟가락 세 개와 나이프, 포크를 하나씩 장만했다. 얼마 안 되는 이 소지품은 담요 속에 넣고 둘둘 말아 끈으로 묶었다. 그렇게 꾸러미로 만들어 한 사람은 배낭을 메고, 다른 한 사람은 꾸러미를 메고 다닐 수 있도록 했다. 그들에게 가장 큰 문제는 신발이었다. 한때 유행했던 스타일이지만, 오래 걷기에는 영 부적합했다.

저녁 무렵 아이들이 밖에 나가 있어서 두 사람은 아기를 구석에 눕힌 채 단둘이 있게 되었다. 홀랜드 부인이 조용히 말했다. "진, 포기하면 안 되는 줄 아는데 난 그렇게 먼 데까지 걸어갈 수 없을 거 같아. 요즘 부쩍 몸이 안 좋아."

"괜찮아질 거예요." 진도 속으로는 전혀 괜찮지 않으리라는 것을 알면서도 이렇게 말했다. "에일린은 그나마 몇몇 사람보다는 훨씬 건강하잖아요." 홀랜드 부인을 향한 그녀의 말은 아마 진심이었을 것이다. "우린 아이들 때문에 아주 천천히 가야 할 거예요. 며칠 걸리겠죠."

"그건 나도 알아, 진. 하지만 밤엔 어디에 묵을 수 있겠어? 그들이 그걸 어떻게 해결해줄까?"

그 대답을 아는 사람은 아무도 없었다.

날이 새자마자 아침밥이 나왔다. 8시쯤 요니아타 대위가 병사 네 명을 거느리고 나타났다. 그들의 여정을 감시할 병사들이었다.

대위가 말했다. "너희는 오늘 아이에르 펜치스까지 걸어간다. 날이 좋아 편안한 여정이 될 거다. 아이에르 펜치스에 도착하면 맛있는 저녁 식사가 있을 거다. 매우 행복할 거다."

진이 홀스폴 부인에게 물었다. "아이에르 펜치스는 얼마나 먼가요?"

"20에서 25킬로쯤 되겠지. 우리 중 몇몇은 절대 그렇게 멀리까지 못 갈 거야."

진이 말했다. "병사들이 하는 대로 따라 하면 좋을 거 같아요. 매시간 휴식을 취하면서요. 그렇지 않을까요?"

"그들이 그렇게 해줘야 말이지."

마지막 아이까지 변소에 다녀오고 여자들이 행진 준비를 마치는 데 한 시간이 걸렸다. 감시병들은 쭈그리고 앉아 있었다. 언제 행진을 시작하는지는 그들에게 중요하지 않았다.

결국 요니아타 대위가 다시 나타나 눈을 부릅뜨고 화를 냈다. "지금 출발해라. 여기 남아 있는 여자들은 심하게 맞는다. 너희들은 착한 일을 하면 행복해진다. 지금 출발해라."

출발하는 것 말고는 다른 수가 없었다. 그들은 무리 지어 햇볕이 이글거리는 아스팔트 길을 걸었고, 나무가 나타날 때마다 그늘을 찾아다녔다.

진은 담요 꾸러미를 어깨에 짊어지고, 다섯 살짜리 제인의 손을 이끌며 홀랜드 부인과 함께 걸었다. 날은 무더웠고 어깨의 짐은 말할 수 없이 무거웠다. 홀랜드 부인은 막내 로빈을 안은 채 배낭을 메고 걸었다. 그 옆에는 여덟 살 난 프레디가 걷고 있었다. 일본군 중사가 그들 앞에서 걸었고, 이등병 세 명은 뒤에서 따라왔다.

여자들은 아이와 엄마가 길가 수풀 속으로 들어갈 때마다 번번이 멈추며 매우 천천히 걸었다. 한 시간 내내 걷기는 불가능했다. 이질 때문이었다. 당시 병에 걸리지 않았던 사람들에게 그 여정은 뙤약볕이 내리쬐는 길가에서 보낸 지루한 기다림의 연속이었다. 중사가 한 명이라도 뒤처지면 일행이 이동하는 것을 허락하지 않았기 때문이다.

일본 병사들은 임무를 벗어나지 않는 한도 내에서 인정을 베풀고 도움도 주었다. 얼마 지나지 않아 그들은 각자 한 아이씩 안고 걸었다.

시간이 더디게 흘러갔다. 중사는 아이에르 펜치스에 도착할 때까지 그들에게 음식과 쉼터는 없을 것이라고 일찌감치 못 박았고, 시간이 얼마나 걸릴지는 관심이 없는 듯했다.

첫날 그들은 한 시간에 2킬로 이상 걷지 못했다. 시간이 지날수록 여자들 모두 발이 아파 힘들어하기 시작했다. 나이 든 여자들은 특히 더했다. 그들의 신발은 먼 거리를 걷기엔 아주 불편했다. 아스팔트의 열기 탓에 발이 퉁퉁 부어올랐다. 얼마 뒤 여러 사람이 발이 아파 절뚝거렸다.

몇몇 아이들은 맨발로 잘 걷고 있었다. 진은 아이들을 한동안 지켜보다가 신발을 벗고 맨발로 거친 도로 표면을 조심조심 디뎌보았다. 신발을 들고 걸으면서 눈으로는 바닥을 보며 발 디딜 곳을 골랐다. 이따금 아스팔트 위의 돌멩이를 밟아서 부드러운 발바닥이 따끔할 때도 있었다. 생각보다 발이 아프지는 않았다. 그녀는 맨발이 더 편했지만, 홀랜드 부인은 신발 벗기를 거부했다.

날이 저물 무렵 절뚝거리며 아이에르 펜치스에 도착했다. 그곳은 인근의 많은 고무 농장 노동자들의 거처로 이용된

밀레이 마을이었다. 가까이에 라텍스 가공 공장이 서 있고, 그 옆에는 종려나무 잎으로 지붕을 이은 헛간 같은 게 있었다. 수평으로 건 막대기에 생고무를 널어 건조장으로 이용되던 곳이었고, 지금은 텅 비어있었다. 그 안으로 이끌려 들어간 여자들은 지칠 대로 지쳐서 맥없이 주저앉았다.

병사들은 차 한 양동이와 밥 한 양동이, 마른 생선을 가져다주었다. 대다수가 차만 몇 컵씩 벌컥벌컥 마셨다. 입맛을 잃어서 밥은 거의 먹지 않았다.

진은 깜깜해지기 전에 밖으로 나가 주위를 둘러보았다. 감시병들은 모닥불을 피우고 밥을 짓느라 바빴다. 그녀는 중사에게 가서 마을에 들어가도 되는지 물었다. 그는 무슨 말인지 알아듣고는 고개를 끄덕였다. 요니아타 대위가 없는 곳에서는 규율이 느슨해졌다.

진은 마을에서 옷과 사탕, 담배, 과일 등을 파는 가게를 한두 곳 발견했다. 팔려고 내놓은 망고를 보고는 얼마 남지 않은 돈을 아껴야 했기에 말레이 여자와 값을 흥정해서 열 개 정도 샀다. 그녀는 그 자리에서 망고 하나를 먹고 한결 기운이 났다. 쿠알라파농에서는 과일을 거의 먹지 못했다. 헛간으로 돌아온 진은 코코넛 오일로 심지를 태우는 작은 램프를 발견했다. 병사들이 제공한 것이었다.

진이 홀랜드 부인과 아이들, 그리고 다른 사람들에게 망고를 나누어 주자 모두 무척이나 좋아했다. 여자들에게 돈을 두둑이 받아든 진은 다시 마을로 내려가 망고 40여 개를 사왔다.

여자들과 아이들은 하나같이 입 안 가득 망고를 욱여넣었다. 병사들은 차를 한 양동이 더 가지고 왔다가 그 보답으로 망고를 하나씩 얻어갔다. 그렇게 생기를 되찾은 여자들은 밥도 먹을 수 있게 되어 양동이를 거의 비웠다. 지치고 쇠약해지고 병든 그들은 이내 잠이 들었다.

헛간에는 쥐가 가득했다. 쥐들이 밤새도록 그들을 넘어 다니고 주위를 맴돌았다. 아침에 보니 아이들 여럿에게 물린 자국이 있었다.

전날의 피로로 몸이 뻣뻣하게 굳은 그들은 새로운 장소에서 고통과 함께 아침을 맞았다. 다시 걷기 힘들었지만, 중사가 그들을 내몰았다. 이번에는 아사한이라는 곳까지 걸어야 했다.

전날보다 거리가 조금 짧아서 16킬로쯤 걸었다. 걷는 속도를 감안하면 그럴 수밖에 없었다. 이번에는 주로 콜라드 부인 때문에 시간이 지체되었다. 40대 중반의 콜라드 부인은 체격이 육중했으며 두 아들을 데리고 있었다. 열한 살 난 해리와 여덟 살 난 벤이었다.

그녀는 파농에서 말라리아와 이질을 다 앓았기에 무척 쇠약해져 있었다. 10분마다 멈춰서 쉬어야 했고 그녀가 멈추면 일행도 다 같이 멈춰야 했다. 중사는 그들이 흩어지는 것을 허락하시 않았다. 젊은 여자들은 돌아가면서 그녀의 짐을 들어주고 옆에서 걸으며 부축해주었다.

오후가 되자 콜라드 부인의 안색이 눈에 띄게 나빠졌다. 다소 불그레했던 얼굴에 얼룩덜룩한 푸른 반점이 생겼고 끊임없이 가슴의 통증을 호소했다. 마침내 아사한에 도착했을 때 그녀는 혼자 걷기도 힘든 상태였다.

이번에도 그들의 숙소는 고무 건조장으로 쓰이는 헛간이었다. 그들은 콜라드 부인을 업다시피 해서 안으로 옮겨 벽에 기대어 앉혀놓았다. 그녀가 누우면 가슴이 아파 숨을 쉴 수 없다고 했기 때문이다. 누군가 물을 길어와 그녀의 얼굴을 씻겨주었다.

그녀가 말했다. "고마워라. 해리와 벤의 얼굴도 좀 씻겨줘. 정말 고맙기도 하지." 여자가 아이들을 데리고 밖으로 나가 씻겨주고 돌아오니 콜라드 부인은 의식을 잃고 옆으로 쓰러져 있었다. 그녀는 30분 뒤 숨졌다.

그날 저녁 진은 일행을 위해 망고와 바나나를 더 많이 샀다. 아이들에게 줄 사탕도 샀다. 사탕을 제공한 말레이 여성은 한사코 돈을 받지 않으려 했다. 그녀가 말했다. "돈은 됐어요. 일본군이 당신들을 이렇게 대하는 걸 보니 안타까워요. 이건 우리가 주는 선물이에요."

진이 헛간으로 돌아와 밖에서 있었던 일을 이야기하자 그들은 위안받은 듯했다.

헛간 밖에서 홀스폴 부인과 진이 꺼질 듯한 모닥불 앞에서 중사와 회의를 했다. 그가 아는 영어 단어가 몇 개 없어서 그들은 몸짓으로 의사를 표현했다. 그녀들이 주장했다. "내일 걷는 거 안 돼요. 내일, 걷는…, 안 되고, 휴식, 잠자야 해요. 내일 걸으면…, 여자들, 더 많이 죽어요. 내일, 쉬는 거예요. 하루 걷고, 하루 쉬어요."

중사가 이해했는지 알 수 없었다. 그가 말했다. "내일 여자를 땅에 묻는다."

아침에 콜라드 부인을 묻어줘야 한다는 뜻이었다. 그러면 아침 일찍 출발할 수 없었고, 아침에 출발하지 않으면 16킬로 거리를 걷기란 불가능했다. 그녀들은 그것을 핑곗거리로 삼았다. "내일, 여자를, 땅에 묻을 거예요. 내일은, 여기, 머무는 거예요."

그가 이해했는지 알 수 없었지만, 그렇게 마무리해야 했다. 그는 이등병 세 명과 불 앞에 쭈그리고 앉아 있었다. 나중에 그는 이제야 제대로 이해했다는 듯 밝아진 얼굴로 진에게 왔다. "하루 걷고, 하루 잔다. 여자들, 죽지 않는다." 그가 힘차게 고개를 끄덕이며 말했다.

진은 홀스폴 부인을 불러 이야기했고, 두 사람도 환하게 웃는 얼굴로 힘차게 고개를 끄덕였다. 둘은 서로 외교적 승리에 대한 기쁨을 나누었다. 그에 대한 감사의 표시로 중사에게 바나나를 주었다.

그날 낮에 진은 종일 맨발로 걷다가 발가락을 두세 번 찧어서 발톱이 부러지긴 했지만, 저녁땐 오랜만에 상쾌한 기분이 들었다. 강제 행진이 여자들에게 미친 영향은 그날 밤 나이대에 따라 아주 다르게 나타났다. 30세 미만의 여자들과 아이들은 대개 파농을 떠날 때보다 건강 상태가 나아져 있었다. 느슨해진 규율 덕분에 활기를 되찾았고, 걷기 운동과 과일 같은 단 것이 추가된 식단 덕분에 몸이 활성화되었다.

나이 든 여자들은 상태가 훨씬 나빠졌다. 걷기와 식단의 변화도 그들의 체력이 고갈되는 것을 막지 못했다. 그들은 어두운 곳에 무기력하게 누워있거나 앉아 있었고, 아이들에게 시달렸으며, 너무 피곤해서 잘 먹지도 못했다. 지쳐서 잠도 제대로 못 자는 여자들이 많았다.

아침에 콜라드 부인을 땅에 묻었다. 가까운 곳에 묘지는 없었다. 마을 촌장이 동네 한 구석 쓰레기 더미 근처에 무덤을 팔 수 있는 장소를 알려주었다.

중사가 구해준 인부 두 명이 얕게 무덤을 팠다. 담요로 감싼 콜라드 부인의 시신을 그 안에 눕혔다. 홀스폴 부인이 기도서 몇 구절을 읽었다. 부족한 담요를 어쩔 수 없이 벗겨내고는 무덤을 흙으로 덮었다. 목수를 찾아간 진은 나무에 못을 박아 작은 십자가를 만들어달라고 했다. 그는 돈 받기를 거부했다. 이슬람교도이거나 다른 종교인일 수도 있었지만,

기독교인의 장례 절차를 잘 알고 있었다.

십자가 위에 지워지지 않는 펜으로 '줄리아 콜라드'라는 이름과 사망일을 적으며 비바람을 잘 견뎌내길 바랐다. 그 아래 써넣을 문구를 두고는 긴 토론이 벌어졌다. 여자들 모두 그 일에 관심을 보여서 30분 동안 활기찬 시간을 보냈다.

홀랜드 부인은 놀랍게도 로마서 14장 4절을 제안했다. "그대가 누구이기에 남의 종을 심판합니까? 그가 서 있든 넘어지든 그것은 주님의 소관입니다." 이것은 그들을 억지로 걷게 한 중사에게 던지는 메시지였다. 다른 여자들은 그 구절을 탐탁지 않게 여겼다.

마침내 그들은 "사랑하는 이들을 멀리 두고 오롯이 평화를 얻다."라는 문구로 타협했다. 모두 그것을 마음에 들어 했다.

장례식이 끝난 뒤 빙 둘러앉아 빨래를 했다. 비누가 거의 떨어졌고, 돈도 바닥을 보이고 있었다. 밥을 먹은 뒤 회의를 소집한 홀스폴 부인은 돈이 얼마나 남았는지 확인했다.

그들 중 절반은 돈이 다 떨어졌고, 나머지 절반이 가진 돈도 15달러 정도가 전부였다. 홀스폴 부인은 돈을 한데 모으자고 제안했다. 돈이 남아 있는 여자들은 자기 아이들을 위해 그 돈을 지키고 싶어 했다. 어쨌든 남은 돈이 너무 적었기에 그런 일을 문제 삼아 불안하게 할 가치는 없어 보였다. 그들은 배급량을 균등하게 나누는 데 동의했고, 그 뒤 식사 시간은 훨씬 더 체계화되었다.

　정오쯤 요니아타 대위가 지방행정관 차를 타고 쿠알라룸푸르로 가다가 그곳에 들렀다. 그는 여자들이 길을 나서지 않은 것을 알고는 화가 나서 차 밖으로 나왔다. 그가 몇 분 동안 일본말로 폭언을 퍼붓자, 중사는 한 마디 설명이나 변명도 없이 꼼짝하지 않고 차려자세로 서 있었다.

　대위는 여자들을 돌아보며 화난 목소리로 말했다. "왜 안 걷지? 아주 나쁜 행동이다. 걷지 않으면 음식도 없다."

　홀스폴 부인이 나섰다. "간밤에 콜라드 부인이 죽었어요. 우리는 오늘 아침에 그녀를 저기에 묻었어요. 이렇게 매일 걷게 하면 우리 모두 죽을 거예요. 이 여자들은 걸을 만큼 건강하지 않아요. 당신도 알잖아요."

　"여자가 왜 죽었나? 무슨 병으로?"

　"그녀는 이질과 말라리아를 앓았어요. 우리 대부분이 똑같아요. 그녀는 어제 억지로 걸은 뒤 탈진해서 죽었어요. 안으로 들어와서 프릿 부인과 주디 톰슨을 좀 봐요. 그들은 오늘 걸을 수 있는 상태가 아니에요."

　대위는 어둑어둑한 헛간으로 들어가 무기력하게 앉아 있는 여자 두세 명을 바라보았다. 그러더니 중사에게 무언가 말하고는 차가 있는 곳으로 돌아갔다. 그는 차 문 앞에서 홀스폴 부인에게 말했다. "여자가 죽어서 아주 슬프다. 쿠알라룸푸르에서 트럭을 구해보겠다." 그는 차를 타고 떠났다.

그가 한 말이 금세 여자들 사이에 퍼졌다. 여자들은 대위
가 트럭을 구하러 갔으니 그 트럭을 타고 쿠알라룸푸르로
가는 여정을 끝마칠 것이며, 더 이상 강제 행진은 없을 거라
고 기대하기 시작했다.

결국 상황이 그렇게 나쁘지만은 않을 것 같았다. 그들은
쿠알라룸푸르에서 기차를 타고 싱가포르로 보내질 테고, 그
곳에서 다른 영국 여성들과 함께 적절한 수용소로 보내질
것이다. 그곳에 정착해 삶을 제대로 꾸릴 수 있게 되고, 아이
들을 돌보며 일상을 보내게 될 것이다. 포로수용소에는 의사
가 있을 것이며 아픈 사람들을 위한 병원도 있을 것이다. 이
런 생각을 하며 훨씬 더 쾌활해졌다. 무기력한 사람들조차
기운을 차리고 밖으로 나와 몸을 씻고 매무새를 가다듬었
다.

그날 오후 그들의 최대 관심사는 자신들의 차림새였다. 쿠
알라룸푸르는 그들이 자주 쇼핑 다니던 도시여서 그곳에 아
는 사람들이 살고 있었다. 트럭이 오기 전에 말끔하게 단장
해야 했다.

해 질 무렵 요니아타 대위가 다시 나타났다. 이번에도 그
는 경례하는 중사에게 무슨 말을 했다. 그러고는 여자들을
돌아보고 말했다. "너희는 쿠알라룸푸르로 가지 않는다. 포
트스웨트넘(쿠알라룸푸르 남서쪽 항구 도시-옮긴이)으로 간다. 영

국군이 다리를 파괴해서 싱가포르로 가는 철도 상황이 안 좋다. 지금 포트스웨트넘으로 가서 싱가포르로 가는 배를 탄다."

여자들은 그대로 얼어붙었다. 홀스폴 부인이 물었다. "우리를 포트스웨트넘까지 데려다줄 트럭은 있나요?"

"미안하지만 트럭은 없다. 너희는 천천히 걷는다. 쉬운 구간이다. 이틀, 사흘 동안 포트스웨트넘까지 걸어간다. 그러면 배가 싱가포르로 데려다줄 거다."

아사한에서 포트스웨트넘까지는 약 50킬로였다.

홀스폴 부인이 말했다. "요니아타 대위님. 제발 이성적으로 생각하세요. 우리 중 다수가 더 이상 걸을 수 없는 상태예요. 아이들을 위해서라도 운송 수단을 마련해줄 수 없나요?"

그는 영국인들이 항상 오만한 생각을 한다고 했다. "일본 여자들처럼 충분히 잘 걸을 수 있다. 내일 너희는 바크리까지 걷는다." 그는 차를 타고 가버렸다. 그 뒤로 다시는 그를 볼 수 없었다.

바크리는 포트스웨트넘에서 18킬로 정도 떨어져 있었다. 계획의 변화는 여자들에게 크나큰 실망감을 안겨주었다. 이랬다저랬다 하는 여정은 그들을 더욱 불안하게 했다.

홀랜드 부인이 체념한 목소리로 말했다. "왜 그는 파농에 있을 때 다리가 무너진 걸 모르고 우리를 쿠알라룸푸르로 보내려 했을까? 포트스웨트넘에 도착하면 정말 배가 있을지 또 누가 알겠어."

다음 날 아침 그들은 어쩔 수 없이 다시 길을 걷기 시작했다. 이등병 둘이 없어지고 한 명만 남아 중사와 함께 그들을 감시했다. 여자들은 탈출할 생각이 없었기에 감시에 큰 문제는 없었지만, 어린 아이들을 안아주던 병사들의 도움이 반으로 줄어서 엄마들의 부담이 늘었다.

진은 그날 처음으로 로빈을 안고 걸었다. 홀랜드 부인이 너무 힘없이 걸어서 짐을 덜어줘야 했다. 그녀는 배낭을 메고 프레디를 돌보며 걸었다. 진은 담요 꾸러미와 자잘한 물건들을 등에 지고 아기를 안은 채 제인의 손까지 잡고 걸었다. 진은 계속 맨발로 다녔다. 몇 번의 실험 끝에 말레이 여성들처럼 아기를 골반에 걸쳐 안고 다니는 게 가장 덜 힘들다는 것도 깨달았다.

신기하게도 로빈은 홀랜드 삼 남매 중 가장 건강했다. 생선국이나 다른 국물에 밥을 말아주면 잘 먹었다. 한 번은 이질에 걸린 것 같아서 소량의 설사약을 한두 번 먹였더니 싹 나았다. 모기에도 물리지 않았다. 열이 난 적도 없었다. 다른 두 아이는 그렇게 운이 좋은 편이 아니어서 자주 이질을 앓았다. 이제 이질은 나았지만, 몸이 비쩍 말라 있었다.

그날 밤은 바크리 주석광산에서 영국인 관리인의 방갈로

에 묵었다. 그곳은 관리인이 버리고 떠난 지 7, 8주 만에 양쪽 군대에 점령당했었고, 말레이 사람들에게 약탈까지 당했던 곳이었다. 지금은 헐벗은 벽 말고는 아무것도 남아있지 않았다. 욕실은 좀 지저분하기는 했지만, 여전히 제 모습을 갖추고 있었다. 물을 데우는 보일러에 넣을 장작더미도 있었다. 중사는 약속대로 그곳에서 하루 쉬도록 허락했다. 뜨거운 물을 마음껏 쓰며 빨래와 목욕을 하니 상황이 조금 나아지며 기운을 되찾았다.

"배에서도 온수는 나오겠지. 그렇지?" 홀랜드 부인이 말했다.

다음 날 그들은 딜리트라는 곳까지 다시 걸었다. 그날은 주로 고무 농장의 차가 다니는 길을 따라 걸음을 옮겼다. 그 길은 대부분 나무 그늘이 드리워져 있어서 걷기에 쾌적했다. 나이 든 여자들도 그날은 견딜만했지만, 길을 찾느라 고생을 조금 했다.

중사는 말레이어를 거의 할 줄 몰랐다. 이따금 고무나무 유액을 채취하는 말레이 여자들에게 길을 물었다가 대답을 알아듣지 못해서 어쩔 줄 몰라 했다. 진은 그 여자들의 대답을 알아들었고, 대화도 나눌 수 있었다. 그들이 알려준 길을 중사에게 이해시키느라 애를 먹었다.

그날 저녁 중사와 진은 말레이 여자들이 부끄러워하지 않고 이야기할 수 있도록 진이 길 묻는 것을 맡기로 합의했다.

진은 중사가 이해할 수 있는 수화를 개발했다. 그때부터 진은 일행이 걸어갈 가장 짧은 길을 찾는 중책을 떠맡았다.

오후에는 고인이 된 콜라드 부인의 작은아들 벤 콜라드가 맨발로 풀밭을 걷다가 무언가를 밟았다. 나중에 벤이 커다란 딱정벌레 같았다고 설명한 벌레가 독이 있는 이빨로 벤을 물고 사라졌다. 전갈이었을 가능성이 컸다.

홀스폴 부인이 아이를 땅바닥에 눕히고 독을 빼내기 위해 상처 부위를 입으로 빨아냈지만, 금세 발이 부어올랐고 다리를 타고 무릎까지 염증이 퍼졌다. 무척 고통스러워 보였고 아이는 자지러지듯 울었다. 아이를 안고 갈 수밖에 없었다.

몸무게가 32킬로나 되는 여덟 살 난 사내아이를 안고 가는 것은 쇠약한 상태의 여자들에게 쉬운 일이 아니었다. 홀스폴 부인이 한 시간 동안 아이를 안고 걸었다. 그 뒤에는 중사가 아이를 받아서 남은 거리를 안고 갔다. 딜리트에 도착했을 때 아이의 발목은 퉁퉁 부어올랐고, 무릎은 구부러지지 않았다.

딜리트에는 숙소도 식량도 없었다. 그곳은 전형적인 말레이 마을이었다. 종려나무 잎으로 지붕을 얹은 목조 주택들이 땅에서 1미터 정도 떨어진 기둥 위에 지어져 있었다. 그 아래 공간에서 개들이 잠을 자고 닭들이 둥지를 틀었다. 지칠 대로 지친 여자들은 중사가 말레이 촌장과 협상하는 동안 서 있거나 앉아 있었다.

중사가 진을 불러서 그들은 3개 국어로 대화를 시도했다. 마을에 식사를 준비할 수 있는 쌀은 있었지만, 촌장은 돈을 원했다. 중사가 언젠가 돈을 받게 되리라고 간신히 설득해서 촌장은 그 많은 인원에게 밥을 제공하는 데 합의했다.

그가 숙소는 없다고 딱 잘라 말하고는 여자들에게 개와 닭들과 함께 마루 밑에서 자야 한다고 했다. 나중에는 마지 못해 집 한 채를 비우고 좁은 방에서 포로들 30명이 잘 수 있도록 했다.

진이 홀랜드 가족을 위해 구석진 자리를 확보했다. 홀랜드 부인은 아이들과 함께 그곳에 짐을 풀었다. 그들로부터 조금 떨어진 곳에서는 홀스폴 부인이 벤 콜라드를 살펴보고 있었다. 한 사람이 과망가니즈산염(강한 산화제로 살균, 소독에 쓰임-옮긴이) 결정을 가져왔고, 또 한 사람은 낡은 면도날을 가져왔다. 아이의 비명에도 불구하고 상처를 조금 째고 과망가니즈산염 결정을 넣은 뒤 동여맸다. 그러고는 더운 찜질을 해주었다. 진은 할 수 있는 일이 아무것도 없어서 밖으로 나와 서성였다.

일본군 병사는 마을의 공동 부엌에서 밥을 준비하는 마을 여자들을 감독하고 있었다. 조금 떨어진 곳에는 촌장이 자기 집으로 올라가는 계단 꼭대기에 쭈그리고 앉아 긴 파이프 담배를 뻐끔거리고 있었다. 머리가 희끗희끗한 이 노인은 사롱(말레이시아, 인도네시아 등지에서 남녀 구분 없이 허리에 둘러 입는 옷-옮긴이) 위에 낡은 군복 재킷을 걸치고 있었다.

진은 그에게 다가가 말레이어로 수줍게 말했다. "우리가 여기로 끌려오는 바람에 곤란한 일을 겪으셔서 죄송합니다."

그는 일어서서 진에게 허리를 굽혀 인사했다. "괜찮습니다. 이런 상태에 있는 부인들을 보게 되어 유감입니다. 멀리서 왔습니까?"

"오늘 바크리에서 출발했어요."

그는 진에게 집 안으로 들어오라고 했다. 진은 의자가 없어서 입구 쪽 바닥에 그와 함께 앉았다. 어찌 된 일인지 묻는 그에게 자초지종을 이야기했다. 그가 끙 앓는 소리를 냈다.

곧 그의 아내가 설탕과 우유를 넣지 않은 커피 두 잔을 들고 집 안쪽에서 나타났다. 진이 말레이어로 고맙다고 말하자 수줍게 웃으며 다시 안으로 들어갔다.

촌장이 입을 열었다. "그 왜놈 말이 당신들은 내일 여기에 머물러야 한다더군요." 그는 일본군 중사를 그렇게 불렀다.

"우리는 너무 쇠약해져서 매일 걸을 수 없어요. 일본군은 우리가 하루 걸으면 하루는 쉴 수 있도록 허락했어요. 내일 여기에 머무를 수 있다면 우리에게 큰 도움이 될 거예요. 중사가 식사비용을 구할 수 있다고 했어요."

"왜놈들은 식사비용을 낸 적이 없어요. 그렇더라도 당신들은 머물러도 됩니다."

"정말 감사합니다."

그가 고개를 들었다. "코란의 4장에 이런 구절이 있어요. '남자의 영혼은 본능적으로 탐욕으로 기운다. 그러나 네가 여자에게 친절을 베풀고 그들을 부당하게 대하는 것을 두려워한다면, 신은 네가 하는 일을 다 알고 계시리라.'"

진은 밥이 다 될 때까지 노인과 앉아 있다가 식사하러 갔다. 다른 여자들이 그녀를 신기한 듯 바라보았다. 한 여자가 말했다. "촌장 노인과 수다 떨며 앉아 있는 모습을 봤어요. 마치 오랜 친구 같던데요."

진이 웃으며 말했다. "그분이 커피를 한 잔 주셨어요."

"세상에! 그들 말로 대화하는 법을 아는 건 정말 특별하지 않아요? 그가 무슨 얘기를 하던가요?"

진은 잠시 생각하더니 말했다. "우리 여정에 관한 이런저런 얘기요. 신에 관한 얘기도 조금 했어요."

여자들은 진을 빤히 보았다. "그들의 신을 말하는 거죠? 우리의 진짜 신이 아니라?"

"그는 딱히 구별해서 말하지 않았어요. 그냥 신요."

그들은 하루 휴식을 취하고 다음 날 포트스웨트넘에서 5, 6킬로 떨어진 클랑까지 걸었다. 벤 콜라드는 호전도 악화도 없이 다리만 퉁퉁 부어 있었다. 지금 그 아이에게 가장 큰 문제는 기력을 잃은 것이었다. 아이는 다친 이후로 음식을 넘기지 못해 아무것도 먹지 못했다. 그 무렵에는 다른 아이들도 하나같이 기운이 떨어져 있었다.

촌장은 마을 사람들에게 긴 대나무 막대 두 개와 종려나무 잎을 엮은 매트를 이용해 일종의 들것을 만들라고 했다. 여자들은 아이를 그 위에 싣고 교대로 운반했다.

오후에 클랑에 도착했다. 그곳에는 빈 학교 건물이 있었다. 중사는 그 건물로 포로들을 몰아넣고, 가까이 있는 일본군 막사로 가서 보고한 뒤 포로들을 위한 식량을 마련했다.

얼마 뒤 한 장교가 군인 여섯 명을 이끌고 포로들을 점검하러 왔다. 그 장교는 네무라는 소령이었고 영어에 능숙했다. "너희들은 정체가 뭐냐? 여기서 뭘 원하는 거냐?"

여자들은 그를 빤히 쳐다보았다. 홀스폴 부인이 대답했다. "우리는 파농에서 끌려온 포로들인데 싱가포르에 있는 포로 수용소로 가는 길이에요. 파농에 있는 요니아타 대위가 우리를 군인들과 함께 이곳으로 보냈어요. 싱가포르로 가는 배를 타라고 했어요."

"여기에 배는 없다. 너희들은 파농을 떠나지 말았어야 했다."

말씨름해봤자 소용없었고, 그럴 기운도 없었다. 홀스폴 부인이 다시 천천히 말했다. "우리는 여기로 가라고 해서 왔어요."

"그들은 너희를 여기로 보낼 권리가 없다. 이곳에 수용소는 없단 말이다." 그가 화를 내며 말했다.

실고 어색한 침묵이 흘렀다. 여자들은 절망 속에 멍하니 그를 쳐다보았다. 홀스폴 부인도 맥이 빠졌지만 겨우 기운을 끌어모아 말했다. "의사를 만날 수 있을까요? 일행 여러 명이 몹시 아프고 한 아이가 특히 심각해요. 한 사람은 도중에 죽었어요."

"왜 죽었나? 역병 때문인가?"

"전염병 때문이 아니에요. 그녀는 탈진해서 죽었어요."

"의사를 보내 너희 모두를 진찰하도록 하겠다. 오늘 밤은 여기서 지내도 되지만, 오래 머물 수는 없다. 포로는커녕 내 부대원들을 위한 식량도 충분치 않다." 그는 말을 마치고 막사로 돌아갔다.

그 학교에 새로운 감시병이 배치되었다. 인정을 베풀어준 중사나 사병은 두 번 다시 보이지 않았다. 파농으로 돌아간 모양이었다.

한 시간 뒤 아주 젊은 일본인 의사가 여자들을 찾아왔다. 그는 여자들을 모두 모아놓고 한 사람씩 전염병 검사를 했다. 여자들은 검사가 끝난 뒤 바로 떠나는 그를 붙잡고 벤 콜라드의 다리를 봐달라고 했다. 그는 계속 더운 찜질을 해주라고 했다. 여자들이 아이를 병원에 데려갈 수 없는지 묻자 그는 건성으로 '알아보겠다'고 말했다.

그들은 병사의 감시 아래 그 학교에 여러 날 머물렀다. 사흘째 되는 날 다시 의사를 불렀다. 벤 콜라드의 상태가 부쩍 심해졌기 때문이다. 의사는 마지못해 아이를 트럭에 태워 병원으로 후송하라고 지시했다. 엿새째 되는 날 아이가 죽었다는 소식이 전해졌다.

⚬⚬⚬

진 패짓은 내 집 거실의 난롯불 앞에 웅크리고 앉아 있었다. 바람의 방향이 바뀌었는지 런던 거리를 적시는 비가 거실 창문을 두드렸다.

"전쟁 때 포로수용소에 있었던 사람들은 자신이 얼마나 끔찍한 일을 겪었는지에 대해 많은 책을 썼어요." 그녀는 남아있는 불씨를 물끄러미 바라보며 말했다. "그들은 수용소에 가지 못한 사람들의 처지가 어땠는지 짐작도 못 할 거예요."

3 장

그들은 앞날도 알지 못한 채 클랑에서 열하루를 보냈다. 음식은 형편없었고 양도 부족한 데다 인근에 가게도 없었다. 돈이 거의 바닥나서 가게가 있다 해도 큰 도움이 되지는 못했을 것이다.

열이틀째 되는 날 네무 소령은 30분 시간을 주며 떠날 채비를 하도록 지시했고, 그들을 이끌고 갈 병사도 배정했다. 그들에게 포트딕슨까지 걸어가라고 했다. 그곳에 가면 싱가포르로 데려다줄 배가 있을 것이며, 만일 배가 없다면 어디든 수용소가 있는 곳을 향해 걸어야 할 것이라고 했다.

그때가 1942년 3월 중순경이었다. 클랑에서 포트딕슨까지는 약 80킬로였다. 그 무렵 그들의 이동속도는 어느 때보나 더뎠다. 홀스폴 부인이 말라리아에 걸려서 한동안 열이 40도까지 오르는 바람에 한 마을에서 며칠씩 발이 묶이기도 했다.

3월 말이 되어서야 포트딕슨에 도착했다. 홀스폴 부인은 일주일 만에 자리를 털고 일어나 간신히 걷기는 했지만, 전처럼 활기를 되찾지는 못했다. 그때부터 일행을 인솔하는 일은 점점 진의 책임이 되어갔다.

포트딕슨에 도착했을 때 차림새는 딱할 지경이었다. 짐을 최대한 줄여야 했기에 여분의 옷을 가진 사람은 거의 없었다. 진과 홀랜드 부인은 끌려갔을 때부터 입었던 얇은 원피스 말고는 아무것도 없었다. 그마저도 여러 번 빨아서 너덜너덜한 누더기가 되었다.

진은 강제 행진 초기부터 맨발로 다녔고 계속 그렇게 다닐 생각이었다. 거기서 한발 더 나아가 옷도 말레이 여성처럼 입기 시작했다. 그녀는 살라크에서 인도 보석상에게 작은 브로치를 13달러에 팔았고, 그 돈으로 2달러짜리 사롱을 샀다.

사롱은 지름이 1미터쯤 되는 원통형 천으로 만든 치마 형태의 옷이었다. 사롱을 입고 수건처럼 허리에 감아 묶으면 여분의 자락에 주름이 잡혀서 움직임이 자유로웠다. 잠을 잘 때는 허리의 매듭을 풀면 몸을 살포시 덮어주지만 벗겨지지는 않는다. 열대의 옷 가운데 가장 가볍고 시원하며 실용적이었고, 만들거나 세탁하기도 수월했다.

진은 원피스의 너덜너덜한 치마 부분을 잘라내고 헐렁한 웃옷으로 만들어 입었다. 그때부터 그녀는 누구보다 시원하고 간편하게 다닐 수 있었다. 처음에 다른 여자들은 현지인 복장을 한사코 반대했지만, 나중에 그들의 옷이 다 해진 뒤에는 대부분 진을 따라 했다.

포트딕슨에 피난처나 배 따위는 없었다. 코코넛 과육을 말리는 헛간에서 허술한 감시 아래 약 열흘 동안 머물렀다.

그 뒤 일본군 지휘관은 그들이 성가신 존재라고 판단했는지 세렘반으로 가라고 했다. 자신의 포로가 아니었으므로 자신의 책임도 아니라고 생각했다. 그 책임은 그들을 포로로 잡아 수용소에 보내려 했던 사람이 져야 했다. 그의 확고한 방침은 포로들이 계속 그곳에 있으면서 일본 제국군의 식량과 병력, 의약품을 축내기 전에 이 구역에서 내보내는 것이었다.

포트딕슨과 세렘반 사이에 있는 실리아우에서 홀랜드 가족은 비극을 맞았다. 제인을 떠나보내야 했기 때문이다. 쉬는 날 그들 일행은 고무를 건조 시키는 헛간에 머물렀다. 제인은 전날 낮부터 열이 오르기 시작했다. 그들을 감시하던 병사가 한나절 내내 아이를 안고 다녔다. 며칠 전에 사고로 체온계가 깨져서 말라리아인지 확인할 방법은 없었다. 아이의 몸은 무척 뜨거웠다. 제인에게 얼마 남지 않은 퀴닌을 먹이려 했지만, 아이가 한참 저항해서 기운이 빠진 뒤에야 조금 먹일 수 있었다. 하지만 이미 늦었다.

그들은 아이를 옮기면 위험하니 실리아우에 계속 머물게

해달라고 일본군 중사에게 부탁했다. 진과 홀랜드 부인은 밤이면 쥐들이 우르르 몰려다니고, 낮에는 닭들이 들락거리는 그 어둡고 냄새나는 곳에서 밤낮없이 뜬눈으로 앉아 아이 곁을 지켰다. 둘째 날 저녁 제인이 숨졌다.

홀랜드 부인은 진의 생각보다 훨씬 잘 견뎠다. 그녀가 차분하게 말했다. "진, 이건 신의 뜻이야. 지금 우리에게 시련을 견딜 수 있는 힘을 주신 것처럼, 아이의 기도를 들으시면 어떤 것도 인내할 수 있는 힘을 주실 거야."

그녀는 눈물 없이 아이의 무덤 앞에 서서 자그마한 나무 십자가 만드는 일을 거들었다. 울지 않고 꿋꿋하게 십자가에 넣을 문구도 골랐다. '고통받는 어린이들이여, 내게로 오라.' 그녀가 나직이 말했다. "그분이 좋아하실 거야."

그날 밤 어둠 속에서 잠이 깬 진은 홀랜드 부인이 소리죽여 우는 소리를 들었다.

그 와중에도 아기 로빈은 잘 자랐다. 아기가 갓 지은 밥과 국만 먹은 것은 순전히 우연이었다. 그 덕분에 배앓이를 하지 않았던 듯하다.

매일 아기를 안고 걸은 진도 파농을 떠났을 때보다 확실히 더 건강해졌다. 클랑에서 닷새 동안 열이 오르긴 했었지만, 이질은 한동안 잠잠했고 식사도 잘하는 편이었다. 햇빛에 계속 노출되어 피부가 갈색으로 바뀌었다. 그녀가 안고 다니는 아기도 점점 갈색이 되어갔다.

세렘반에는 기차역이 있었으므로 그곳에 도착하면 싱가포르로 가는 기차가 있었으면 했다. 4월 중순쯤 세렘반에 도착했지만, 기차는 없었다. 기차가 제한적으로 운행되기는 했어도 싱가포르까지 가지는 않았다. 얼마 지나지 않아 그들은 일행을 한 명 더 잃었고, 그 뒤 탐핀으로 가는 길로 내몰렸다.

엘렌 포브스는 남편감을 찾으러 말레이로 왔으나 뜻을 이루지 못한 아가씨였다. 진은 두어 달 동안 엘렌과 가까이 지내면서 그 이유를 알 수 있었다. 엘렌은 무지하고, 행실이 자유분방했으며 철이 없는 아가씨였다. 일본군을 너무 스스럼없이 대해서 다른 여자들의 마음에 들기는 힘들었다.

세렘반에서 그들은 마을 외곽의 학교 건물에 수용되었고, 그곳에는 군인들이 가득했다. 자고 일어나니 엘렌이 흔적도 없이 사라졌고 다시는 돌아오지 않았다.

진과 홀랜드 부인은 장교에게 면회를 요청했다. 일행 중 한 명이 사라졌는데 군인들에게 납치당한 것 같다고 설명했다. 장교는 조사해보겠다고 약속했지만, 아무 일도 일어나지 않았다. 이틀 뒤 그들은 탐핀으로 가라는 명령을 받았고, 감시를 받으며 이동하기 시작했다.

여러 날 동안 탐핀에 있었다. 먹을 것이 부족해서 줄곧 굶다시피 했다. 그들이 다급하게 간청하자 그 지역 지휘관은 그들을 병사와 함께 말라카로 내려보냈다. 그들은 말라카에서 배를 탈 수 있었으면 했다. 하지만 말라카에도 배는 없었다. 그곳을 담당하는 장교가 그들을 다시 탐핀으로 돌려보냈다. 자포자기한 그들은 터벅터벅 걸어 탐핀으로 돌아왔다.

알로르가자에서 주디 톰슨이 죽었다. 탐핀에 머무르면 더 많은 사람들이 죽을 게 뻔했기에 계속 걸어서 싱가포르로 가는 편이 낫겠다고 제안했다. 그들은 상병 하나와 함께 제마스로 가게 되었다.

5월 중순 제마스로 가는 도중에 아예르쿠닝에서 홀스폴 부인이 숨졌다. 그녀는 두 달 전에 앓았던 어떤 열병에서 완전히 회복되지 못했다. 진은 자꾸 미열이 재발하는 것을 보고 그녀를 괴롭힌 병은 말라리아였을 것으로 추측했다. 어쨌든 홀스폴 부인은 그로 인해 매우 쇠약해진 상태에서 다시 이질에 걸렸고 이틀 만에 숨졌다.

왜소한 프릿 부인은 쉰이 넘은 나이에 늘 죽음의 문턱에 서 있는 것 같으면서도 결코 삶을 포기하지 않는 여자였다. 그녀는 홀스폴 부인의 죽음 이후 아들인 조니 홀스폴을 돌보기 시작하면서 변화가 생겼다. 아이를 돌본 첫날부터 건강이 나아지기 시작했다. 밤에 끙끙거리던 것도 멈추었다.

사흘 뒤 그들은 제마스에 도착했다. 이 마을에서도 학교에 수용되었다. 그날 밤 일본군 주무 장교인 니스이 대위가 그들을 조사하러 왔다. 대위는 여자들이 마을에 나타날 때까지 그들의 존재를 전혀 모르고 있었다. 새삼스러운 일이 아니었기에 진은 대답할 준비가 되어 있었다. 자신들은 싱가포르에 있는 수용소까지 강제로 행진하는 포로들이라고 설명했다.

대위가 말했다. "포로들은 싱가포르로 가지 않는다. 이건 명령이다. 너희는 어디서 온 거냐?"

진이 대답했다. "우리는 두 달 넘게 떠돌고 있어요." 이제까지 실망스러운 일을 여러 차례 겪은 덕분에 침착하게 대답할 수 있었다. "우리는 수용소로 가야 해요. 그렇지 않으면 모두 죽게 될 거예요. 우리 중 일곱 명이 이미 길에서 목숨을 잃었어요. 처음 포로로 잡혔을 때 우리는 서른두 명이었어요. 지금은 스물다섯 명만 남았어요. 계속 이렇게 떠돌 수는 없어요. 우리는 싱가포르에 있는 수용소로 가야 해요. 당신이 꼭 이해해줬으면 좋겠어요."

"싱가포르에 더 이상의 포로는 안 된다. 매우 안됐지만 명령이다. 싱가포르에 포로가 너무 많다."

"니스이 대위님. 그건 여자 포로를 말하는 게 아닐 거예요. 분명 남자 포로를 말하는 거겠죠."

"싱가포르로 더 이상 포로를 보내지 않는다. 명령이다."

"그럼 여기 머물면서 우리끼리 수용소를 만들고 의사를 부르면 안 될까요?"

그가 눈살을 찌푸렸다. "포로는 여기 머물 수 없다."

"그럼 우리는 어떻게 하나요? 어디로 갈 수 있죠?"

"안타깝게 됐다. 내일 어디로 갈지 알려주겠다."

그가 떠난 뒤 진은 일행에게 돌아갔다. "모두 들었죠? 우린 싱가포르로 갈 수 없대요." 그녀가 차분히 말했다.

그 소식은 여자들에게 새삼스럽지 않았다. 그들은 하루하루 근근이 살아가는 데 익숙해졌고, 싱가포르는 너무나 멀리 있었다.

프릿 부인이 침통하게 말했다. "어디서도 우릴 원치 않는 거 같아. 그들이 우리를 내버려 두기만 하면 한 마을에 작은 거처를 마련하고 이 모든 게 끝날 때까지 지낼 수 있을 텐데."

진이 그녀를 바라보다가 천천히 말했다. "마을 사람들이 우리를 먹여 살릴 수는 없어요. 우린 일본군이 주는 식량으로 근근이 살고 있잖아요."

하지만 그것은 발상의 싹이 되었다. 진은 마음 한구석에 그 생각을 새겨두었다.

프릿 부인이 말했다. "쥐꼬리만 한 식량인걸. 난 탐핀처럼 끔찍한 곳은 평생 잊지 못할 거야."

이튿날 니스이 대위가 왔다. "너희는 지금 쿠안탄(말레이반도 동남부 항구도시-옮긴이)으로 간다. 쿠안탄의 여성 포로수용소는 아주 좋다. 너희들은 기쁠 거다."

진은 쿠안탄이 어디에 있는지 몰랐다. "쿠안탄은 어디에

113

있어요? 멀리 있나요?"

대위가 말했다. "쿠안탄은 해안가에 있다. 너희는 지금 거기로 간다."

진 뒤에서 누군가가 말했다. "그곳은 수백 킬로나 떨어져 있어요. 동쪽 해안이에요."

"맞다. 동쪽 해안이다." 대위가 말했다.

"거기까지 기차로 갈 수 있나요?" 진이 물었다.

"안됐지만 기차는 없다. 너희는 날마다 15, 20킬로씩 걷는다. 금방 도착할 거다. 아주 기쁠 거다."

진이 차분히 말했다. "우리 중 일곱이 걷다가 죽었어요. 만일 우리더러 쿠안탄이라는 데까지 걸어가라고 하면 더 많은 사람이 죽을 거예요. 우리를 거기까지 데려다줄 트럭을 구해줄 수 없나요?"

"미안하지만 트럭은 없다. 너희는 금방 도착할 거다."

대위는 여자들에게 즉시 출발하라고 했지만, 이미 오전 11시가 넘은 시각이어서 그들의 저항이 거셌다. 진은 인내심 있게 협상해서 이튿날 새벽에 출발하기로 그와 합의했다. 이것이 그녀가 할 수 있는 최선이었다. 또 그녀가 저녁 식사를 푸짐하게 제공해달라고 대위를 설득한 덕분에 그날 저녁은 밥과 일종의 고기 스튜, 바나나를 한 개씩 배급받았다.

제마스에서 쿠안탄까지는 약 270킬로였다. 곧장 가는 길도 없었다. 그들은 5월 마지막 주에 제마스를 떠났다. 진은 이제까지의 진행 속도로 보아 6주 정도의 여정이 되리라고 예상했다. 누가 뭐래도 그 구간은 그들이 걸어야 하는 가장 긴 여정이었다. 전에는 80킬로쯤 걸으면 어떤 운송 수단이 있으리라고 늘 기대할 수 있었다. 지금은 6주간의 여정이 그들 앞에 놓여 있었다. 그 여정이 끝나면 쉴 수 있으리라는 그저 막연한 희망만 남아있었다. 쿠안탄에 자신들을 위한 수용소가 있다고 진짜로 믿는 사람은 아무도 없었다.

"진, 네가 실수했어. 여기에 머물면서 우리끼리 수용소를 만들겠다고 말하면 어떡해. 대위 얼굴에 싫은 기색이 역력하더라." 프릿 부인이 말했다.

"그는 어떻게든 우리를 내보내고 싶었을 뿐이에요. 일본군들은 귀찮은 일에 엮이고 싶지 않으니까, 그냥 우리를 보내버리는 거예요." 진이 힘없이 대꾸했다.

그들은 이튿날 아침 출발했다. 중사와 사병 한 명이 감시병으로 따라왔다. 제마스에는 철도 환승역이 있어서 북쪽에서 오는 동해안 철도가 그곳을 지나갔다. 당시 그 철도는 운행이 완전히 중단되었다. 일본군이 선로를 뜯어내 북쪽의 알려지지 않은 전략적 목적지로 보낸다는 소문이 있었다.

여자들은 그런 일에는 관심을 두지 않았다. 그들의 관심사는 자신들이 선로를 따라 걸어야 한다는 사실뿐이었다. 거의 하루 종일 햇빛 아래에서 걸어야 하고 기차를 탈 가능성은 전혀 없는 셈이었다.

하루걸러 약 15킬로씩 걸으며 일주일쯤 지났을 때였다. 아이들 사이에 열병이 퍼지기 시작했다. 여자들은 그것이 어떤 병인지 알지 못했다. 가장 먼저 증상을 보인 에이미 프라이스는 발진과 고열에 시달렸고 콧물도 흘렸다. 그 병은 홍역 같았지만, 그들 처지에 아이들을 격리하는 것은 불가능했다.

그 뒤 몇 주 동안 여러 아이에게 병이 퍼졌다. 에이미 프라이스는 서서히 회복되었다. 그 아이가 다시 걸을 수 있게 되었을 때 다른 아이들 일곱이 같은 병을 앓았다. 지치고 땀에 젖은 아이들의 얼굴을 씻기고 시원하게 해주었다. 땀에 젖은 옷을 그나마 깨끗한 옷으로 갈아입히는 것 말고는 어른들이 해줄 수 있는 일이 없었다.

아이들의 병세가 극에 달했을 때 그들은 바하우라는 곳의 기차역에서 매표소와 대합실, 승강장을 숙소 삼아 지내고 있었다. 안타깝게도 그들이 도착하기 사흘 전만 해도 바하우에 일본군 군의관이 있었다. 그가 트럭을 타고 쿠알라클라왕 쪽으로 갔다는 소식을 들은 그들은 마을 촌장에게 부탁해 심부름꾼을 보냈지만, 그 군의관을 만나지는 못했다.

결국 아무 도움도 얻지 못했다.

바하우에서 해리 콜라드, 수잔 플레처, 프레디 홀랜드, 그리고 겨우 네 살 난 도리스 시몬즈까지 네 아이가 죽었다.

물론 진은 프레디에게 가장 마음이 쓰였지만, 그녀가 해줄 수 있는 일은 없었다. 아이가 열이 오른 첫날부터 죽음을 예감했다. 그 무렵은 이미 그런 슬픔을 숱하게 겪은 뒤였다.

어른, 아이 할 것 없이 누군가의 죽음이 임박했음을 알아도 너무 지쳤기 때문에 살려고 버둥거리기도 힘들다는 듯 무기력했다. 그 무렵에는 모두 죽음에 무감각해져 있었다. 슬픔과 애도는 더 이상 그들을 괴롭히지 못했다. 죽음은 어떻게든 피하고 싸워야 하는 현실이었지만, 막상 죽음이 다가왔을 때는 흔한 죽음 중 하나일 뿐이었다.

사람이 죽은 뒤에는 반드시 해줘야 할 일들이 있었다. 팔다리를 똑바로 펴주고, 무덤과 십자가를 만들어주고, 죽은 사람의 이름과 무덤의 정확한 위치를 수첩에 기록하는 일이었다. 그게 다였다. 그들은 나중 일을 생각할 여력이 없었다.

이제 진이 보살펴야 할 사람은 홀랜드 부인이었다. 진은 프레디를 땅에 묻은 뒤 일부러 홀랜드 부인에게 아기를 맡기려 했다. 지난 몇 주 동안 진은 아기를 먹이고 돌보며 안고 다녀서 아기와 정이 듬뿍 들었다. 이제 위의 두 아이가 죽었으므로 아기 로빈을 엄마에게 돌려주는 게 나아 보였다.

아기를 돌보는 게 귀찮아서가 아니라 홀랜드 부인이 관심을 쏟을 대상이 필요해 보였기 때문이다. 그 시도는 별로 성공적이지 못했다. 당시 홀랜드 부인은 너무 쇠약해져서 아기를 안고 걸을 수 없었으며, 아기와 놀아줄 기운도 없었다. 게다가 아기는 누가 봐도 엄마보다 진을 더 좋아했다. 오랫동안 진이 안고 다녔기 때문이다.

어느 날 홀랜드 부인이 말했다. "그 애는 전혀 내 아이가 아닌 거 같아. 진이 데려가. 진과 있는 걸 더 좋아하잖아."

그때부터 그들은 아기를 같이 돌봤다. 홀랜드 부인은 아기에게 밥과 국을 먹여주었고, 진은 아기와 놀아주었다.

그들은 바하우의 철도 신호소 뒤편에 작은 무덤을 네 개 남겼다. 그러고는 대나무로 만든 들것 두 개를 들고 철도를 따라 걸었다. 가장 약한 아이들이 번갈아 가며 들것에 탔다.

전과 마찬가지로 감시병들은 인간적이고 합리적인 사람들이었다. 그들의 관습이 투박하고 정서적으로 서양의 사고와 동떨어져 있기는 했지만, 여성의 나약함에 관대했고 아이들에게 헌신적이었다. 중사는 한 아이를 업는 동시에 들것의 한쪽 끝을 붙잡고 몇 시간 동안 터벅터벅 걸었다. 그의 소총은 들것에 누운 아이 옆에 놓여 있었다.

늘 소통의 어려움은 따라다녔다. 그 무렵 여자들은 일본어를 몇 마디씩 습득하기는 했지만, 말레이어를 유창하게 할 수 있는 사람은 진뿐이어서 필요할 경우 그녀가 마을 사람들에게 질문을 했고 때로는 일본군의 통역도 해주었다.

진이 보기에 프릿 부인은 무척 놀라운 사람이었다. 그녀는 활기 없고 왜소한 50대 여자로 행진 초기에는 매우 무기력했고, 끊임없이 불길한 예언을 쏟아내며 일행을 성가시게 했다. 그들은 아무것도 기대하지 않고 힘든 나날을 보내고 있었다.

프릿 부인은 조니 홀스폴을 자기 아이처럼 돌보기 시작한 뒤로 의욕을 되찾았다. 건강해졌고 누구보다 씩씩하게 걸었다. 그녀는 15년 정도 말레이에 살았다. 말레이어는 몇 마디 못했지만, 그 나라와 그들의 질병에 관해서는 훤히 알고 있었다. 그녀는 쿠안탄으로 가게 되었을 때 기뻐했다. "그곳은 멋진 곳이야. 서부 지역보다 더 위생적이고 사람들도 친절해. 거기에 도착하면 우린 걱정 없을 거야."

시간이 지날수록 진은 프릿 부인에게 점점 더 의지하게 되었다. 곤경에 처할 때마다 위로와 조언을 구했다.

아예르크링에서 홀랜드 부인은 기력이 다했다. 강제 행진 도중 두 번이나 넘어져 다른 사람들이 번갈아 가며 옆에서 부축해주었다. 그녀를 들것에 싣는 것은 불가능했다. 아무리 말랐다고 해도 몸무게가 50킬로는 되었다. 그 무렵 그런 무게를 멀리까지 운반할 만큼 기력이 남아있는 사람은 아무도 없었다. 게다가 그녀를 들것에 태우는 대신 아이를 내려놓아야 했기에 홀랜드 부인은 그런 생각조차 못 하게 했다. 그녀는 자기 발로 비틀비틀 걸어서 마을로 들어갔지만, 그때 이미 전에 콜라드 부인이 그랬던 것처럼 안색이 변해있었다. 그것은 나쁜 징후였다.

아예르크링은 기차역 가까이 있는 작은 마을이었다. 그곳에는 역사가 없었다. 그들은 전에 그랬던 것처럼 마을 촌장과 협상해 집 한 채를 비우게 하고 거기에 머물기로 했다. 여자들은 홀랜드 부인을 그늘진 구석에 눕힌 뒤 베개를 만들어 머리에 받쳐주고 얼굴을 닦아주었다. 그녀에게 줄 수 있는 브랜디나 다른 각성제는 남아있지 않았다. 홀랜드 부인이 누워있기 힘드니 앉혀달라고 고집부려서 그들은 벽에 기댈 수 있도록 한쪽 구석에 앉혀주었다. 그날 저녁 홀랜드 부인은 국물만 조금 먹고 다른 음식은 거부했다. 그녀는 이제 다 끝났다는 사실을 알고 있었다.

밤늦게 그녀가 속삭였다. "정말 미안해, 진. 너무 많은 폐를 끼쳤어. 빌에게도 미안해. 빌을 다시 보게 되면 괴로워하지 말라고 전해줘. 그리고 좋은 사람을 만나면 재혼해도 괜찮다고…. 그이는 아직 젊잖아."

한두 시간 뒤 그녀가 말했다. "아기가 진을 잘 따라서 정말 다행이야…"

홀랜드 부인은 아침까지 살아있었지만, 의식은 없었다. 그들이 해줄 수 있는 일은 많지 않았기에 그 속에서 최선을 다했다. 그녀의 숨결이 점점 가늘어지다가 한낮에 완전히 멈추었다. 그날 저녁 그들은 마을의 이슬람 공동묘지에 그녀를 묻어주었다.

아예르크링에서 이제까지 거쳐 온 마을 가운데 가장 비위생적인 지역으로 들어섰다. 북쪽으로 올라가고 있었으므로 말레이반도의 중앙 산맥이 그들 왼쪽에, 즉 서쪽에 있었다.

그들은 동부 해안으로 흐르는 파농강 상류에 다다르고 있었다. 강은 이곳에서 수많은 지류로 뻗어나갔다. 이러한 지류는 평지를 따라 흐르며 늪지나 맹그로브 습지를 이루었다. 이런 습지가 60킬로 넘게 펼쳐져 있어서 그 지역에는 뱀과 악어가 우글거리고 모기가 들끓었다. 낮에는 찌는 듯 덥고 숨이 막혔다. 밤에는 차갑고 축축한 안개가 내려와 오싹했다.

그 지역에서 지낸 지 이틀째 되었을 때 일행 여러 명이 열병을 앓기 시작했다. 그들이 자주 걸렸던 말라리아와 증상이 전혀 달라서 심한 고열이 오르지는 않았다. 아마 뎅기열이었을 것이다. 그 무렵 남은 치료제는 거의 없었다. 돈이 다 떨어져서가 아니라 그들이 거쳐 가는 밀림 마을에 약이 전혀 없었기 때문이다.

진이 중사에게 상의하니, 그는 계속 걸어서 되도록 빨리 이 끔찍한 지역에서 벗어나자고 했다. 그 당시 진도 열이 올라서 주위에서 움직이는 모든 게 흐릿하게 보였다. 머리가 깨질 듯이 아파서 눈의 초점을 맞추기도 힘들었다. 그녀는 눈에 띄게 건강해진 프릿 부인에게 조언을 구했다.

"중사 말이 맞아, 진. 이런 늪지대에 있다간 아무도 나아지지 않을 거야. 내 의견을 묻는 거라면 난 매일 걸어야 한다고 생각해." 프릿 부인이 힘주어 말했다.

진은 정신을 모으려고 애썼다. "시몬즈 부인은 어쩌죠?"

"상태가 더 나빠지면 아마 병사들이 싣고 가야 할 거야. 나도 잘은 모르겠어. 고통스럽고 힘들더라도 어차피 가야 한다면 얼른 출발해서 이곳을 빠져나가는 게 좋을 거 같아. 내 생각은 그래. 이렇게 고약한 곳에서 꾸물거리는 건 아무 도움이 되지 않을 거야."

그들은 열이 오르고 쇠약해진 상태로 하루 종일 비틀비틀 걸었다. 진이 안고 다닌 로빈 홀랜드도 열병에 걸렸다. 아기가 병이 난 것은 그때가 처음이었다.

진이 멘트리라는 마을에서 촌장에게 아기를 보여주자 그의 아내는 지저분한 코코넛 껍질에 어떤 나무껍질을 우려내 뜨거운 차를 만들었다. 맛을 보니 아주 써서 진은 퀴닌의 일종이라고 판단했다. 아기에게 조금 먹이고 진도 조금 먹었더니 밤에 두 사람 다 나아지는 것 같았다. 길을 나서기 전에 다른 여자들도 그 차를 마시고는 한결 나아졌다.

늪을 빠져나와 테멀로를 지나서 더 높은 지대로 올라가는 데 열하루가 걸렸다. 그들은 시몬즈 부인과 플레처 부인, 어린 질리언 톰슨을 뒤에 남기고 왔다. 지대가 더 높고 쾌적한 지역에 도착해서 하루 쉴 수 있게 되었을 때 진은 매우 쇠약하기는 했지만, 열은 내린 상태였다. 로빈은 시름시름 앓기는 해도 여전히 살아있었다. 깨어 있는 동안 거의 쉴 새 없이 울었다.

초기에 그들을 우울하게 했던 프릿 부인은 이제 그들의 기운을 북돋아 주었다. 그녀가 말했다. "이제부터 상황이 계속 좋아질 거야. 바닷가에 가까워지고 있잖아. 동해안은 먹 감기 좋은 곳이야. 항상 바닷바람이 불고 쾌적하기도 해."

곧 언덕 꼭대기에 있는 밀림 마을에 도착했다. 마을 이름은 알 수 없었지만, 쟁카강이 내려다보이는 곳이었다. 이제 그들은 철길에서 멀어졌고, 밀림의 오솔길을 따라 동쪽으로 향하고 있었다. 그 길은 어느 지점에서 쿠안탄으로 이어지는 주요 도로와 합류했다. 이 마을은 시원하고 바람이 잘 통했으며 사람들은 친절하고 관대했다.

마을 사람들은 여자들에게 잠잘 곳을 내주고 음식과 신선한 과일도 제공했다. 전에 먹었던 것과 같은 열병에 좋은 나무껍질 차도 주었다. 신선하고 시원한 바람 속에서 상쾌한 밤공기를 즐기며 그곳에서 엿새 동안 머물렀다.

마침내 길을 떠나게 되었을 때 모두의 건강은 한결 나아졌다. 그들은 음식과 환대에 대한 보답으로 플레처 부인이 지니고 있던 작은 금 브로치를 촌장에게 남겼다. 고인이 된 플레처 부인도 반대하지 않았으리라고 생각했다.

나흘 뒤 저녁 마란에 도착했다. 쿠안탄에서 켈링까지 말레이반도를 가로지르는 아스팔트 도로가 마란을 지났다. 도로가 지나는 마을에는 집 50여 채와 학교, 원주민 가게 몇 곳이 있었다. 그들은 마을에서 북쪽으로 800미터 정도 떨어진 길에서 걷고 있었다. 5주 동안 철로와 밀림의 오솔길만 따라 걷다가 그 도로에서 문명의 흔적을 보게 되어 매우 반가워했다. 가벼운 발걸음으로 마을로 걸어갔다. 그때 앞쪽에 트럭 두 대와 그 밑에서 작업 중인 백인 남자 둘, 그들을 지키고 있는 일본군 감시병들이 보였다.

가까이 다가가 보니 트럭은 선로와 침목을 가득 싣고 있었다. 트럭 아래에 침목 하나를 괴어 놓고, 백인 남자 둘이 그 밑에서 차축을 손보고 있었다. 그들은 반바지 차림에 양말 없이 군화만 신고 있었다. 햇볕에 갈색으로 그을렸고, 흙먼지로 뒤덮여 매우 지저분했다. 건장한 근육질의 남자들이어서 말랐지만 건강해 보였다. 그들은 여자들이 5개월 만에 처음 본 백인 남자들이었다.

여자들이 트럭 주위로 모여들었다. 그녀들을 감시하던 병사가 트럭의 감시병들과 뚝뚝 끊기는 듯한 일본어로 이야기하기 시작했다.

차축 아래 누워있는 한 남자가 손에 든 스패너를 바꿔 쥐다가 트럭 아래로 보이는 맨발과 사롱을 힐끗 보고는 느린 말투로 동료에게 말했다. "일본놈에게 저 빌어먹을 여자들이 빛을 가리고 있으니 비키게 해달라고 말 좀 해."

몇몇 여자들이 웃으니 프릿 부인이 말했다. "젊은이, 우리한테 그런 식으로 말하면 안 되죠."

남자들은 트럭 밑에서 나와 여자들과 아이들, 그들의 갈색 피부와 사롱, 맨발을 멍하니 쳐다보았다.

"누가 얘기했죠?" 스패너를 든 남자가 물었다. "당신들 중 누가 영어를 할 수 있나요?" 그는 단어마다 뜸을 들이며 느릿느릿 말했다.

진이 웃으며 대답했다. "우린 모두 영국 사람이에요."

그가 하나로 땋아서 늘어뜨린 검은 머리카락, 갈색 팔과 다리, 사롱, 그녀가 안고 있는 갈색 아기를 살펴보더니 그녀를 빤히 쳐다보았다. 누더기가 된 블라우스의 V자 네크라인 위로 가슴선을 따라 한 줄기 흰 피부가 드러났다.

"여기 말레이 해협 태생이에요?" 그가 어림짐작으로 물었다.

"아니, 진짜 영국인이에요. 우리 모두요. 우린 포로들이에요." 진이 대답했다.

그가 일어섰다. 스물일곱이나 여덟 살쯤 되어 보이는 건장한 체격의 금발 남자였다. "정말요(Dinky-die, 호주 속어-옮긴이)?" 그가 물었다.

진은 그 말을 알아듣지 못했다. "당신들은 포로인가요?"

"우리가 포로냐고요?" 그는 천천히 미소 지으며 그녀의 질문을 되풀이했다.

그는 진이 전에 만났던 남자들과 좀 달랐다. "당신들도 영국인이에요?" 그녀가 물었다.

"아뇨, 우린 호주 사람이에요." 그가 느릿느릿하게 말했다.

"당신들은 이곳 수용소에서 지내나요?" 진이 물었다.

그가 고개를 저었다. "우린 쿠안탄에서 왔어요. 하루 종일 트럭을 몰고 있죠. 저 물건들을 해안으로 옮기는 일을 합니다."

"우린 쿠안탄에 있는 여성 포로수용소로 가고 있어요."

그가 그녀를 바라보더니 천천히 말했다. "그건 말도 안 되는 소리예요. 쿠안탄에 여성 포로수용소는 없는걸요. 정식 포로수용소는 전혀 없고, 우리 같은 트럭 운전사들을 위한 작은 임시 수용소만 있어요. 거기에 여성 포로수용소가 있다고 누구한테 들었어요?"

"일본군이 그렇게 말했어요. 그들은 우릴 그곳 수용소에 보내주기로 했어요. 또 거짓말을…" 그녀가 한숨을 내쉬었다.

그가 웃으며 말했다. "빌어먹을 일본놈들은 아무 말이나 지껄이죠. 난 당신들이 여기 현지 사람인 줄 알았어요. 호주 말로 '붕'이라고 하죠. 당신들이 진짜 영국인이란 말이죠? 정말 영국에서 왔다고요?"

그녀가 고개를 끄덕였다. "그래요. 일부는 이곳에서 10년이나 15년 정도 살았지만, 우리 모두 영국인 맞아요."

"그럼 저 아이들도 모두 영국인인가요?"

"전부 다요."

그의 얼굴에 서서히 미소가 퍼졌다. "내가 처음 이야기를 나눈 영국 부인이 이런 모습일 줄은 꿈에도 몰랐어요."

"당신도 그리 멋진 모습은 아니네요." 진이 대꾸했다.

또 다른 남자도 한 무리의 여자들과 이야기를 나누고 있었다. 프릿 부인과 프라이스 부인은 진 옆에 있었다. 남자가 그녀들에게 물었다. "당신들은 어디에서 온 겁니까?"

프릿 부인이 대답했다. "우리는 서해안 파농에서 피난 갈 배를 기다리다가 포로로 잡혔어요."

"지금은 어디서 오는 길이에요?"

진이 말했다. "우리는 쿠안탄으로 강제 행진 중이었어요."

"파농에서 여기까지 걸어왔단 말은 아니죠?"

진이 살짝 웃었다. "우리가 거치지 않은 곳이 없을걸요. 포트스웨트넘, 포트딕슨 등을 다 돌아다녔어요. 아무도 우릴 받아주지 않았지요. 거의 800킬로를 걸었을 거예요."

"세상에! 말도 안 돼요. 수용소에 들어가지 못했으면 식사는 어떻게 해결했어요?"

"매일 밤 지나던 마을에 머물렀어요. 여기서도 묵을 곳을 찾아야 해요. 이런 마을에서는 아마 학교에서 묵게 될 거예요. 식사는 그때그때 마을에서 얻는 걸로 해결하고요."

"맙소사…. 저 친구와 잠시 얘기 좀 할게요." 그는 반대쪽으로 몸을 돌리고 말했다. "이 사람들이 어떻게 여기까지 왔는지 자네도 들었어? 정말 말도 안 되는 얘기야. 포로로 잡한 뒤 줄곧 떠돌아다녔대. 수용소에 들어간 적도 없다는군."

또 다른 남자가 대꾸했다. "나도 이 사람들에게 들었어. 빌어먹을 일본놈들 늘 그런 식이지. 정말 구역질 나."

남자가 다시 진을 돌아보며 물었다. "일행 중 누가 아프기라도 하면 어떡해요?"

진이 냉소적인 말투로 대답했다. "병에 걸리면 저절로 낫거나 죽거나…, 둘 중 하나예요. 우린 지난 3개월 동안 제대로 의사의 진료를 받은 적도 없고, 약도 거의 떨어져서 많은 사람이 죽었어요. 처음 포로로 잡혔을 때 서른두 명이었는데 지금 우린 열일곱 명뿐이에요."

"맙소사…" 호주 남자가 중얼거리듯 말했다.

"당신들은 오늘 밤 여기 머무나요?" 진이 물었다.

"당신들은요?" 그가 되물었다.

"우린 여기 머물 거예요. 저들이 우릴 당신들 트럭에 태워준다면 모를까, 아마 내일도 여기 있을 거예요. 아이들이 있어서 매일 걸을 수 없거든요. 하루 걷고 하루는 쉬어요."

그가 말했다. "붕여사 일행이 여기 머문다면 우리도 그럴 겁니다. 이 빌어먹을 바퀴 축이 다시는 굴러가지 않도록 일부러 고정시킬 수도 있거든요." 그는 잠시 생각하더니 물었다. "약이 없다고요? 어떤 약이 필요하죠?"

그녀가 재빨리 대답했다. "혹시 황산나트륨(설사약-옮긴이) 있어요?"

그가 고개를 저으며 말했다. "그거면 됩니까?"

"소금도 다 떨어졌고, 퀸넌과 아이들의 피부병에 쓸 약도 필요해요. 그것들을 여기서 구할 수 있을까요?"

그가 느릿느릿 대답했다. "알아볼게요. 돈은 있어요?"

프릿 부인이 코웃음을 쳤다. "일본놈들한테 6개월이나 끌려다녔는데 돈이 있겠어요? 그놈들에게 우리가 가졌던 걸 모조리 빼앗겼어요. 결혼반지도요."

진이 말했다. "보석들이 조금 남아있어요. 그중 일부를 팔 수 있다면 좋을 텐데요."

남자가 말했다. "일단 좀 알아보고 내가 할 수 있는 걸 찾아보죠. 당신들 묵을 곳이 정해지면 나중에 거기로 찾아갈게요."

"좋아요."

진은 중사가 있는 곳으로 돌아가서 그에게 허리 굽혀 인사했다. 그러면 그의 기분이 좋아져서 일이 수월해지기 때문이다.

진이 말했다. "군소(일본어로 중사를 뜻함-옮긴이), 오늘 밤 야스미(일본어로 취침을 뜻함-옮긴이)는 어디서 하죠? 아이들을 재워야 해요. 묵을 곳과 식량을 구하려면 촌장을 만나야죠?"

중사와 진은 촌장을 찾아가 협상했다. 촌장은 포로들이 묵을 학교 건물을 빌려주고 밥도 해주기로 했다. 전에 일행의 수가 서른 명이 넘었을 때처럼 단번에 거절당하는 일은 더 이상 일어나지 않았다. 사람 수가 적을수록 숙소와 음식 구하기가 훨씬 수월했다.

학교 건물에서 여독을 풀고 허드렛일과 빨래를 하며 여가를 보냈다. 쿠안탄에 여성 포로수용소가 없다는 사실은 내심 그들 모두 예상했지만, 실망감이 적잖이 컸다. 두 호주인과의 만남이 그나마 위안이 되었다. 그 무렵 여자들은 오로지 오늘 하루만 걱정하며 살고 있었다.

호주인들은 트럭 아래에서 다시 작업을 시작했다. 진과 이야기했던 금발 남자는 차축 밑에서 머리를 맞대고 있던 친구에게 말했다. "그렇게 말도 안 되는 일은 처음 들었어. 오늘 밤 여기 있을 수 있도록 이 빌어먹을 트럭 좀 어떻게 해봐. 내가 그들에게 약을 구해주기로 했거든."

바퀴의 중앙 부분을 가열시켜 트럭을 멈추게 한 브레이크는 이미 수리가 끝난 상태였다.

다른 남자가 말했다. "이 빌어먹을 바퀴 중심 전체를 떼어내고 축을 뽑아버리자. 꽤 그럴듯한 상황이 만들어질 거야. 그럼 트럭에서 잘 수 있어. 그들에게 약을 구해주기로 했다니까…"

그들은 한동안 작업을 계속했다.

"어떻게 하려고?"

"휘발유를 빼돌릴까? 그게 제일 쉬울 거야."

트럭 뒤축 양 끝에 달린 1미터짜리 금속 축대를 빼냈을 때 날은 이미 어두워져 있었다. 감시하던 일본군 상병에게 검은 기름이 뚝뚝 떨어지는 축대를 작업의 증거로 내밀며 말했다. "오늘 밤은 여기서 자야 해요." 상병은 미심쩍어하면서도 어쩔 수 없이 동의했다. 그는 함께 있던 사병에게 두 사람을 맡긴 뒤 끼니를 해결할 방법을 알아보러 갔다.

금발 남자는 변소를 핑계로 트럭에서 떨어진 곳으로 가더니 어스름한 곳에서 어느 집 뒤로 사라졌다. 줄지어 늘어선 집들 뒤로 재빨리 움직여 마을 끝에서 200미터쯤 떨어진 길로 나왔다. 그곳에는 낡은 버스를 운행하는 중국 남자가 있었다. 금발 남자는 마란을 여러 차례 오가며 이곳을 눈여겨봤었다. 그들이 자주 지나는 길목이었다.

그가 신중한 태도로 조용히 말을 건넸다. "이봐요! 혹시 휘발유 사요? 가격을 얼마나 쳐줘요?" 적극적인 판매자와 구매자 사이에서 언어의 장벽은 놀랍도록 낮았다. 그들은 협상하다가 어느 시점에 필담을 나누기 시작했다. 호주인은 포장지 조각에 대문자로 황산나트륨, 퀴닌, 피부병 연고라고 썼다.

7.5리터짜리 깡통 세 개와 고무호스를 들고 다시 집 뒤로 살금살금 이동해 그것들을 변소 뒤에 숨겨두었다. 얼마 뒤 보란 듯이 반바지 단추를 채우며 트럭으로 돌아왔다.

그는 깜깜한 밤에 학교로 찾아갔다. 아마 10시쯤 되었을 것이다. 감시병 중 한 명은 밤새 경계를 서게 되어 있었지만, 여자들이 감시병들과 지내는 5주 동안 전혀 도망칠 기미를 보이지 않았기에 야간 경계를 그만둔 지 오래였다. 호주인은 감시병들이 어디에 있는지 위치를 확인했다. 그들이 트럭 감시병들과 쭈그리고 앉아 있는 모습을 보고는 조용히 학교로 들어갔다.

그가 열린 문 앞에서 걸음을 멈추고 조용히 말했다. "오늘 오후에 저랑 얘기한 부인이 누구였죠? 아기를 안고 있던 분요."

여자들이 자고 있던 진을 깨웠다. 그녀는 사롱을 끌어올리고 웃옷을 걸친 뒤 문 앞으로 갔다.

그는 꾸러미를 여러 개 들고 서 있었다. "이게 퀴닌이에요. 원한다면 더 구할 수 있어요. 황산나트륨은 구하지 못했지만, 중국인들은 이질에 이 약을 쓰더군요. 모두 중국어로 쓰여 있는데 그 사람 말에 따르면 이 이파리 세 장을 가루로 빻아 따뜻한 물에 타서 4시간마다 마시는 거래요. 그건 성인 용량이에요. 효과가 있으면 그 라벨을 가지고 있다가 중국인 약방에서 똑같은 걸 더 살 수 있을 거예요. 이 연고는 피부병약이에요. 이것도 원한다면 더 구할 수 있어요."

그녀는 고마워하며 그것들을 받아들었다. "정말 대단해요. 이게 모두 얼만가요?"

그가 느릿느릿한 말투로 말했다. "괜찮아요. 일본놈들 돈으로 산 거나 다름없어요. 놈들은 모를 테지만요."

그녀는 거듭 고마움을 전했다. "당신들은 여기서 무슨 일을 하는 거예요? 트럭을 타고 어디로 가는 거죠?"

"쿠안탄으로 가요. 오늘 밤 거기로 돌아갔어야 했는데, 제 친구 벤 레가트가 트럭을 일부러 분해해서 이동할 수 없게 했어요. 내일 거기로 가거나, 아니면 좀 위험해도 잘만 하면 하루쯤 더 연장할 수 있을 겁니다."

그는 일본군대를 위해 운전사 여섯 명이 트럭 여섯 대를 운행하고 있다고 했다. 그들은 쿠안탄 내륙에서 기차가 다니는 제란투트까지 약 210킬로 거리를 정기적으로 운행했다.

트럭을 몰고 제란투트로 가서 철길에서 뜯어낸 침목과 선로를 실은 뒤 다음 날 쿠안탄으로 돌아가서 부둣가에 내려놓으면 그것들은 배에 실려 미지의 목적지로 갔다.

"어딘가에 다른 철도를 건설하고 있는 거 같아요." 그가 말했다.

열대 기후에서 트럭에 짐을 무겁게 싣고 하루 안에 210킬로를 운행하기란 벅찬 일정이었다. 어쩔땐 어두워지기 전에 쿠안탄에 도착하지 못할 때도 있었다. 그럴 때 그들은 가까운 마을에서 밤을 보냈다. 쿠안탄에서 그들의 부재가 특별히 눈에 띄는 일은 아니었다.

그는 조호르(말레이시아 남쪽 끝에 있는 주-옮긴이) 어딘가에서 포로로 붙잡혀 약 두 달째 쿠안탄에서 트럭을 몰고 있었다.

"수용소에 있는 것보다는 나아요." 그가 말했다.

진은 학교 건물로 이어지는 계단 맨 위에 걸터앉았고, 그는 그 앞 땅바닥에 쭈그리고 앉았다. 그가 앉은 모습이 그녀의 호기심을 끌었다. 한쪽 다리는 현지인과 비슷하게 엉덩이를 받치고 앉았지만, 반대쪽 다리는 쭉 뻗고 있었기 때문이다.

"호주에서도 트럭 운전사였어요?" 그녀가 물었다.

"그럴 리가요. 난 목부예요."

"목부가 뭐예요?"

"목동을 말하는 거죠. 퀸즐랜드 외곽 클론커리에서 태어났고, 부모님 모두 퀸즐랜드 사람이에요. 아버지는 런던 해머스미스라는 곳 출신이에요. 예전에 마차를 몰아서 말을 잘 다루셨죠. 코브&코(19세기 말부터 20세기 초까지 호주에서 역마차를 운행한 회사-옮긴이)에서 일하기 위해 퀸즐랜드로 나왔고, 그곳에서 어머니를 만나셨대요. 난 한동안 클론커리를 떠나 있었어요. 서쪽에 있는 노던준주의 윌라라 목장에서 일했어요. 스프링스에서 남서쪽으로 약 180킬로 떨어진 곳이죠."

진이 웃으며 물었다. "스프링스는 어디 있는데요?"

"아, 앨리스 스프링스를 말하는 거예요. 다윈(노던준주의 주도-옮긴이)과 애들레이드(사우스 오스트레일리아주의 주도-옮긴이) 중간 호주 중심부에 있어요."

"호주 중앙은 다 사막인 줄 알았어요."

그는 그녀의 무지에 당황스러워했다. "이런, 앨리스 스프링스는 끝내주는 곳이에요. 물이 풍부해서 거기 사는 사람들은 밤새 스프링클러를 켜놓고 잔디에 물을 줘요. 밤새도록 스프링클러를 켜놓는다니까요. 노던준주 지역은 대부분 건조하지만, 개울을 따라 풀이 잘 자라는 편이죠. 땅을 파는 곳마다 어디든 물이 나와요. 1년에 두 달 정도 우기에만 개울물이 흐르고 그 외에는 메말라 있는 곳도 마찬가지예요. 모래로 덮인 건천인데 지표면에서 30센티만 파 내려가면 틀림없이 물이 나오거든요. 한창 건기일 때도 그래요."

느릿느릿하고 높낮이 없는 그의 말투가 묘하게 위로가 되었다.

"그런 곳에 가면 캥거루와 월러루(캥거루의 일종-옮긴이)가 물을 마시려고 파놓은 작은 구멍들을 모래 곳곳에서 볼 수 있어요. 동물들은 어디에 물이 있는지 알고 있죠. 물은 아웃백(호주의 오지-옮긴이) 곳곳에 있지만, 어디서 찾을 수 있는지를 알아야 해요."

"월라라 목장에서 무슨 일을 했어요? 양을 키웠나요?"

그가 고개를 저었다. "앨리스 지역에 양은 없어요. 그것들에게 너무 더울걸요. 월라라는 소 목장이에요."

"소가 몇 마리나 있어요?"

"내가 떠날 때 1만 8,000마리 정도 있었어요. 강수량에 따라 그 숫자는 오르락내리락해요."

"1만 8,000마리요? 목장이 얼마나 큰데요?"

"월라라 말인가요? 한 4,300쯤 되죠."

"4,300에이커요? 굉장히 넓군요."

그가 진을 빤히 바라보았다. "에이커가 아니라 제곱킬로죠. 월라라는 4,300제곱킬로예요."

진은 깜짝 놀랐다. "한 부지가…, 그러니까 농장 하나가 그렇게 넓단 말이에요?"

"네, 목장 하나요. 한 부지가 그 정도 돼요."

"그걸 운영하려면 얼마나 많은 사람이 필요하죠?"

그는 기억이 생생한 목장 생활을 그리운 마음으로 돌아보았다. "관리인 토미 씨가 있고, 난 최고참 목동이었어요. 토미 씨는 내가 돌아올 때까지 그 자리를 비워두겠다고 했죠. 언젠가는 월라라로 돌아가고 싶어요." 그는 잠시 생각에 잠겼다. "백인 목동이 세 명 더 있고, 해피, 문라이트, 너겟, 스노우, 타맥이 있었죠. 붕이 아홉 있었어요. 그게 다예요."

"붕이 뭐예요?"

"호주 원주민 목동을 말하는 거예요."

"겨우 열세 명이잖아요."

"맞아요. 토미 씨까지 치면 열네 명이죠."

"열네 명이 그 많은 소들을 돌볼 수 있어요?"

그가 천천히 대답했다. "그럼요. 월라라는 어떻게 보면 관리가 수월한 목장이죠. 울타리가 전혀 없거든요. 울타리가 있으면 일이 많아져요. 북쪽으로는 파머강과 레비 산맥이 울타리 역할을 해주고, 서쪽은 모래밭이어서 소들이 그쪽으로 가지 않아요. 남쪽에는 커놋 산맥이 있고, 동쪽으로는 오메로드산과 트윈스산이 있어요. 그런 목장은 열네 명으로도 충분해요. 백인 목동이 더 많다면 좋겠지만 사람을 구하기가 힘들어요. 게다가 빌어먹을 원주민 목동들은 아무 때나 숲으로 방랑을 떠나요."

"그게 뭐예요?" 진이 물었다.

"방랑이요? 원주민 목동이 어느 날 찾아와서 '지금 방랑을 떠납니다'라고 말하면 우린 그를 붙잡을 수 없어요. 그는 낡은 모자에 달랑 바지만 걸치고 목장을 떠나, 총이나 창한 자루만 들고 두세 달 동안 떠돌아다니는 방랑 생활을 해요."

"도대체 어디를 가는 거죠?"

"그냥 떠돌아다녀요. 그렇게 방랑하면서 먼 곳을 떠돌아요. 아마 600에서 800킬로는 될 거예요. 그러다 충분하다 싶으면 목장으로 돌아와서 다시 일을 시작합니다. 원주민들의 문제는 그들이 다음 주에도 계속 목장에 남아있을지 알길이 없다는 거예요."

잠시 침묵이 흘렀다. 그들은 이역만리 열대의 후끈한 밤에 종려나무로 지은 학교 앞 계단에 말없이 앉아 있었다. 그들

머리 위로 박쥐들이 가죽처럼 딱딱한 날개로 바스락거리는 소리를 내며 달빛을 쓸고 지나갔다.

"소가 1만 8,000마리라…" 그녀가 생각에 잠겨 중얼거렸다.

"거의 그 정도예요. 비가 충분히 오면 아마 2만 1,000에서 2,000마리까지 늘어날 겁니다. 가문 해는 1만 2,000에서 3,000마리 정도로 확 줄어들어요. 우린 가뭄으로 매년 3,000마리 정도를 잃는 거 같아요."

"소들을 물이 있는 곳으로 데려갈 순 없나요?"

그가 슬며시 웃었다. "열네 명으론 불가능해요. 노던준주와 북부 퀸즐랜드에서 영국 사람을 다 먹이고도 남을 만큼의 소가 해마다 물 부족으로 죽어요. 윌라라에서 말들은 형편이 더 안 좋죠."

"말이요?"

"야생마가 3,000마리쯤 있는데 그것들을 가지고는 아무것도 할 수 없어요. 쓸모없는 동물이죠. 오래전에 윌라라는 인도군에게 말을 파는 말 농장이었지만, 지금을 말을 팔 곳이 없어요. 백 마리 정도는 우리가 짐 나르는 말로 이용합니다. 총을 쏘지 않고는 그것들을 없앨 수 없는데 그 말을 쏘아죽일 목동을 구할 수가 없어요. 그것들은 소들이 먹어야 할 먹이를 뺏어 먹고 또 그걸 못 쓰게 만들어요. 소들은 말이 입을 댄 건 먹지 않거든요."

"월라라는 얼마나 큰가요? 길이와 너비 말이에요."

"가장 넓은 곳을 재면 동서로 약 150킬로, 남북으로는 70에서 80킬로 정도 될 거예요. 하지만 관리하기는 수월해요. 홈스테드(목장주의 주택-옮긴이)가 거의 중앙에 있어서 어느 방향에서도 그렇게 멀지 않거든요. 커놋 산맥까지가 가장 먼 거리인데 95킬로 정도 돼요."

"홈스테드에서 95킬로요? 그런 곳에 살았어요?"

"그렇죠."

"거기에 다른 홈스테드는 없나요?"

그가 진을 바라보았다. "목장마다 홈스테드는 하나뿐이에요. 일부 목장에는 감시소가 있어서 목동들이 판잣집 같은 건물에 담요와 식량을 조금씩 남겨두기도 하죠."

"그럼 가장 먼 지점인 커놋 산맥까지는 얼마나 걸려요?"

"산맥까지요? 글쎄요. 그곳까지 갔다가 돌아오는 데 대략 일주일은 걸릴 겁니다. 말을 타고요. 픽업트럭으로는 하루하고 반나절이면 될 거예요. 좀 느리긴 해도 말이 최고예요. 짐 나르는 말은 보통 걸음보다 빨리 달리게 할 수는 없어요. 영화에서처럼 사람들이 말을 타고 어디든 질주하는 것과는 아주 다르죠. 노던준주에서 그런 식으로 말을 타면 금세 지칠 겁니다."

그들은 한 시간 넘게 건물 입구에 앉아 두런두런 이야기를 나누었다.

마침내 남자가 일어서며 말했다. "더 있으면 안 될 것 같아요. 일본놈이 돌아와서 야단법석이라도 떨면 곤란하니까요. 내 친구도 무슨 일이 있는지 걱정할 거예요. 차를 끓이라고 하고선 나왔거든요."

진도 일어섰다. "이런 걸 가져다주어서 정말 고마워요. 우리에게 얼마나 귀한 물건인지 모를 거예요. 당신 이름을 알려줄래요?"

"조 하먼이에요. 하먼 중사, 하먼 목동, 사람들이 날 그렇게 불러요." 그가 머뭇거리며 말했다. "오늘 당신을 붕여사라고 불러서 미안해요. 바보 같은 농담이었어요."

"내 이름은 진 패짓이에요."

"스코틀랜드 이름처럼 들리는군요."

"맞아요. 난 스코틀랜드 사람은 아니지만, 어머니는 퍼스 출신이에요."

"내 어머니 가족도 스코틀랜드 출신이에요. 인버네스(스코틀랜드 북부 하일랜드의 주도-옮긴이) 출신이라고 들었어요."

진이 손을 내밀었다. "잘 자요, 중사님. 같은 백인과 이야기 나눌 수 있어 즐거웠어요."

그가 진의 손을 잡았다. 그의 힘 있는 악수에서 진은 큰 위안을 얻었다.

"저…, 패짓 부인. 당신 일행이 우리와 트럭을 타고 가도 되는지 일본놈한테 한번 물어볼게요. 왜놈들이 허락하지 않으면 포기해야 해요. 그렇게 되면 당신들이 쿠안탄에 도착하기 전에 길에서 다시 만날 수 있을 거예요. 그럼 트럭으로 어떻게든 속임수를 써볼게요. 또 필요한 물품이 있나요?"

"비누요. 비누를 구해줄 수 있어요?"

"가능할 겁니다."

"비누가 다 떨어졌거든요. 일행 가운데 숨진 사람이 지녔던 작은 금제 곽이 있어요. 머리카락 같은 걸 담아서 목걸이에 걸고 다니는 거 말이에요. 여기서 그걸 팔아 비누를 살 수 있는지 알아보려고 했었어요."

"그건 그냥 가지고 있어요. 비누는 내가 구해볼게요."

"당신이 구해준 이 약품들 다음으로 가장 절실한 게 비누거든요."

"구할 수 있을 거예요." 그가 주저하다 말했다. "내가 쓸데없는 얘기를 너무 많이 했죠? 지루하게 한 거 같아 미안해요. 왜 조금 우울해질 때가 있잖아요. 다시는 그것들을 볼 수 없을 것 같은 생각이 들어서 그랬나 봐요."

"지루하지 않았어요. 잘 자요, 중사님." 진이 상냥하게 말했다.

"잘 자요."

아침에 진은 자신이 얻은 물건을 여자들에게 보여주었다.

"그 남자랑 한참 동안 이야기하는 걸 들었어. 멋진 젊은이

같던데." 프라이스 부인이 말했다.

"향수병을 지독하게 앓고 있는 청년이에요. 자기가 떠나온 소 목장 얘기를 하면서 행복해했어요." 진이 말했다.

"향수병! 우리 중 안 그런 사람 있나?" 프라이스 부인이 웃었다.

그날 아침 호주인들은 감시병과 격렬한 논쟁을 벌였다. 일본군은 여자들을 트럭에 태우자는 제안을 딱 잘라 거절했다. 그들 입장에서는 그럴 만했다. 과하게 짐을 실은 트럭 두 대에 여자와 아이들 열일곱 명의 무게가 더해지면 결국 트럭이 고장 나기에 십상이었다. 그 경우 감시병들은 그들 상관의 손에 맞아 죽지 않고 도망칠 수 있다면 다행일 터였다. 하면과 레가트는 뒷바퀴 축을 다시 끼워야 했다. 그들은 오전에 작업을 마치고 다시 길 떠날 채비를 했다.

"내가 이음매를 푸는 동안 저 자식 좀 바쁘게 해봐." 조 하면이 감시병을 가리키며 친구에게 말했다.

이내 그들은 조 하면의 주도로 작전을 개시했다. 느슨해진 파이프 이음매에서 휘발유가 뚝뚝 떨어지는 것을 감시병은 눈치채지 못했다. 이것은 중국인에게 휘발유를 20리터 넘게 내준 바람에 연료가 바닥났을 때를 대비해 구실을 만들기 위함이었다.

마란에서 쿠안탄까지는 약 90킬로였다. 마란에서 하루 쉰 다음 날 여자들은 아스팔트 길을 따라 걷기 시작했다. 그날 밤 부안이라는 마을에 도착했다. 진은 돌아오는 조 하먼의 트럭을 볼 수 있을까 해서 하루 종일 그들의 트럭을 찾았다.

그들이 포호이에서 연료가 바닥나 발이 묶였고, 돌아오는 일정이 하루 늦어진 것을 그녀는 알 길이 없었다. 부안에서 그녀들은 종려나무 잎으로 엮은 헛간에 머물렀다.

진과 여자들은 교대로 트럭이 나타나는지 지켜보았다. 그녀들의 건강은 얼마간 나아져 있었다. 기찻길과 밀림의 좁은 길을 걷고 난 뒤라 아스팔트 길을 걷기는 수월했다. 약도 효과가 좋았다. 점점 높은 지대로 올라가고 있어서 주변 환경이 더 쾌적했다. 상상력이 풍부한 이들은 벌써 바다 냄새가 느껴진다고 떠들고 있었다. 두 호주인과의 만남 또한 그들의 기세에 뚜렷한 영향을 주었다.

그들은 조 하먼의 트럭이 지나가는 것을 끝내 보지 못했다. 대신에 한 말레이 소녀가 '라이프보이' 상표가 찍힌 비누 여섯 개가 든 갈색 종이 꾸러미를 들고 저녁에 그들을 찾아왔다. 패짓 부인 앞으로 온 꾸러미에 메모가 적혀 있었다.

부인께,

지금 내가 구할 수 있는 비누를 모두 보냅니다. 나중에 더 구할 수 있을 거예요. 직접 만나지 못해 유감이지만, 일본군이 멈추지 못하게 해서 이걸 마란의 중국인에게 맡겼어요.

그가 당신에게 가져다주겠다고 했습니다. 우리가 지나가는지 잘 지켜보세요. 돌아가는 길에 멈출 수 있도록 노력해볼게요.

— 조 하먼

여자들은 기뻐했다. "라이프보이 비누라니!" 워너 부인이 냄새를 맡으며 황홀하다는 듯 말했다. "그들이 이걸 어디서 구했을까?"

"둘 중 하나일 거예요. 비누를 훔쳤거나, 비누를 살 만한 물건을 훔쳤거나." 진이 대답했다.

사실 후자가 옳았다. 포호이에서 일본군 감시병이 마을 우물에서 발을 씻으려고 고무장화를 벗어놓았었다. 그가 발을 씻고 돌아보니 채 1분도 안 되는 사이에 장화는 감쪽같이 사라지고 없었다. 두 호주인은 그 순간 반대편에서 나타났기에 그들이 범인일 리는 없었다. 그 수수께끼는 결코 풀리지 않았다. 벤 레가트가 큰 역할을 했다. 그날 밤 그는 잠든 다른 일본군의 장화를 훔쳐서 그 감시병에게 주었다. 크게 안도한 감시병은 벤에게 1달러를 주었다.

다음 날 여자들은 버카포르를 향해 걸었다. 이제 환경이 훨씬 더 나은 지역으로 이동하고 있었다. 도로가 산비탈을 굽이굽이 돌고 나무 그늘이 드리워져서 쾌적하고 상대적으로 위생적인 지역이었다. 그날 처음으로 코코넛을 먹었다.

프라이스 부인에게는 숨진 홀스폴 부인의 낡은 슬리퍼가 있었다. 그녀가 몇 주 동안 슬리퍼를 가지고 다녔지만, 실제로 신은 적은 없었다. 버카포르에 도착하자마자 그 슬리퍼를 코코넛과 교환했고, 코코넛은 일행 모두에게 하나씩 돌아갔다. 코코넛 밀크에 비타민이 들어 있어 건강에 이로울 것이라고 생각했다.

버카포르에서는 길가의 넓은 헛간에 묵었다. 해가 넘어가기 직전 벤 레가트와 조 하먼이 모는 낯익은 트럭 두 대가 마을에 멈추었다. 전과 마찬가지로 그들은 해안으로 가는 중이었다. 선로와 침목이 트럭에 높이 실려 있었다. 진과 몇몇 다른 여자들은 그들을 보려고 일본군 중사와 함께 길을 건너갔다. 감시병들은 자기들끼리 이야기하기 바빴다.

조 하먼이 진을 돌아보며 말했다. "제란투트에서 제때 짐을 다 싣지 못해서 오늘 밤 쿠안탄까지 못 가게 됐어요. 그나저나 벤에게 돼지가 있어요."

"돼지요?" 그들은 벤의 트럭으로 몰려갔다. 짐을 쌓은 꼭대기에 죽은 돼지 한 마리가 누워있었다. 검고 코가 긴 동양 돼지는 상처를 조금 입었고, 파리로 뒤덮여 있었다. 테캄강 근처 도로에서 트럭을 몰고 앞서가던 벤이 이 돼지를 발견하고는 트럭으로 500미터 정도 쫓아갔다. 옆에 타고 있던 일본군이 소총 여섯 발을 쏘았으나 매번 빗나가다가 일곱 번째 쏘았을 때 명중했다. 그때 벤이 앞바퀴로 돼지를 들이받았다. 트럭은 멈추었다. 뒤에 바짝 따라오던 조 하먼도 멈추었다. 두 호주인과 일본군들은 돼지를 짐 위로 실었다. 중국인 가게 주인이 격분해서 자기 거라고 우기며 따라올까 봐 얼른 자리를 떴다.

하먼이 진에게 조용히 말했다. "빌어먹을 일본놈들 먼저 실컷 먹여야 할 테니 나중에 조금 가지고 갈게요. 당신들 줄 건 챙겨놓을 테니 내게 맡겨요."

그날 밤 여자들은 삶은 돼지고기를 15킬로 정도 얻었다. 고기는 몇 차례에 걸쳐 은밀하게 전달되었다. 말린 코코넛 창고 뒤편에서 코코넛 껍데기로 불을 피워 배급받은 밥을 넣고 국을 끓여서 싹싹 먹어 치웠다. 그럼에도 고기가 넉넉히 남아 다시 길을 떠나기 전 끼니때마다 고기를 먹을 수 있었다.

식사를 마친 뒤 헛간이랑 길가에 둘러앉아 몇 달 만에 처음으로 영양분이 풍부한 음식이 주는 포만감을 만끽했다. 얼마 뒤 호주인들이 건너와서 이야기를 나누었다.

조 하먼이 진에게 다가와서 퀸즐랜드 사람 특유의 느릿느릿한 말투로 말했다. "고기를 더 많이 보내지 못해서 미안해요. 일본놈들이 고기 대부분을 먹어 치우는 걸 그냥 둘 수밖에 없었어요."

"조, 아주 훌륭했어요. 우리 모두 실컷 먹었는데도 내일

먹을 게 아직 많이 남았어요. 마지막으로 그런 식사를 한 게 언제였는지 모르겠네요."

"당신들에겐 그런 게 필요해요. 이렇게 말해도 될지 모르겠지만, 당신들은 하나같이 너무 말랐어요."

그는 엉덩이를 한쪽 다리만 걸친 특유의 자세로 여자들 옆에 앉아 있었다.

진이 말했다. "우리가 무척 야위었다는 건 알아요. 그래도 전보다 상태가 훨씬 나아진 거예요. 당신이 황산나트륨 대신 구해준 중국 약품들이 아주 효과가 좋았어요. 그 덕분에 더 이상 아픈 사람은 없어요."

"다행이군요. 쿠안탄에서 좀 더 구할 수 있을 거예요."

"돼지고기는 정말 뜻밖의 선물이었어요. 게다가 오늘은 코코넛도 살 수 있었어요. 이제까지 아무도 각기병(비타민B1 결핍증-옮긴이)이나 그 비슷한 병에 걸리지 않은 걸 보면 우린 운이 좋아요."

"신선한 쌀로 지은 밥을 먹어서 그럴 거야." 프릿 부인이 불쑥 끼어들었다. "우린 줄곧 시골 마을을 지나오면서 신선한 쌀밥을 먹었잖아. 각기병을 일으키는 건 묵은쌀이야."

조 하먼은 나뭇조각을 씹으며 잠시 생각하다가 말했다. "부인들의 삶이 너무 어처구니없어요. 이런 곳에서 지내며 현지인처럼 먹고 있다니 말이에요. 일본놈들은 이 전쟁이 다 끝나면 천벌을 받을 거예요." 그가 진을 돌아보며 물었다.

"말레이에서는 모두 무슨 일을 했어요?"

진이 대답했다. "우린 대부분 결혼한 사람들이에요. 남편들이 이곳에서 직장을 다녔어요."

프릿 부인도 덧붙였다. "내 남편은 철도 지구 담당 기술자였어요. 우린 카장(쿠알라룸푸르 인근지역-옮긴이)에 있는 멋진 방갈로에서 살았었죠."

조 하먼이 물었다. "남편들은 따로 억류되었겠군요?"

프라이스 부인이 답했다. "맞아요. 내 남편은 싱가포르에 있어요. 포트딕슨에 있을 때 그 소식을 들었어요. 그들 모두 싱가포르에 있는 거 같아요."

"부인들이 말레이 방방곡곡을 떠도는 동안 남편들은 수용소에서 편히 지내는군요."

프릿 부인이 말했다. "그런 셈이죠. 그래도 그들이 모두 무사하다는 걸 알면 좋겠어요."

"제 생각엔 일본놈들이 당신들을 이리저리 끌고 다니는 이유가 당신들을 어떻게 처리해야 할지 몰라서 그러는 거 같아요. 이렇게 그냥 한 곳에 눌러앉아 전쟁이 끝날 때까지 지내는 게 차라리 나을지도 몰라요."

프릿 부인이 말했다. "내 생각도 그래요."

진이 말했다. "저도 프릿 부인이 그 얘기를 꺼냈을 때부터 줄곧 그 생각을 하고 있었어요. 문제는 일본군이 우리에게 먹을 것을 주거나, 마을 사람들로부터 먹을 것을 얻어준다는 거예요. 마을은 절대 그 돈을 받지 못해요. 우리가 어떻게든 생활비를 벌어야 할 텐데 어떻게 하면 좋을지 모르겠어요."

하먼이 말했다. "그냥 생각을 말해봤을 뿐이에요." 얼마 뒤 그가 다시 입을 열었다. "닭을 한두 마리 구할 수 있는 곳을 알아요. 만일 성공하면 모레 내륙으로 가는 길에 당신들에게 전해줄게요."

진이 말했다. "우린 아직 비누 값도 치르지 않았어요."

"신경 쓰지 마요. 나도 돈 주고 산 게 아니니까요. 일본놈 고무장화랑 바꾼 거예요." 그는 덤덤하고 느린 말투로 장화 사건을 이야기해주었다. "부인들은 비누를 얻었고, 일본놈은 새 장화를 얻었고, 벤은 1달러를 얻었어요. 모두가 유쾌하고 만족스러운 결과죠."

"그런 방법으로 닭을 구하겠다는 거예요?"

"어떻게든 닭을 구해줄게요. 부인들은 많이 먹어야 해요."

"절대 위험한 짓은 하지 말아요."

"붕여사 일이나 신경 써요. 그리고 얻을 수 있는 건 다 챙기도록 해요. 포로일 때는 그러는 게 맞아요."

그녀가 웃으며 말했다. "알았어요."

붕여사라는 호칭이 유쾌하게 들렸다. 그가 햇볕에 그을린 그녀의 피부와 현지인 차림새, 말레이 여자들처럼 아기를 골반에 걸쳐 안고 다니는 모습을 놀린다는 것은 자신과 이 낯선 남자 사이에 미약하나마 유대가 생겼음을 뜻했다.

'붕'이라는 단어는 호주라는 나라와 원주민 목동의 이미지를 그녀의 마음에 새겨주었다. 그녀는 궁금한 게 떠올라 조하먼에게 물었다. 호기심이 생기기도 했고, 그가 자기 나라 이야기를 할 때 즐거워 보였기 때문이다. "호주에서 당신이 살았던 지역은 더운 곳인가요? 여기보다 더?"

"더운 곳이에요. 더위가 한창일 때는 푹푹 찌듯 더워요. 윌라라에서는 더운 날 48도까지 기온이 올라가죠. 하지만 이곳 더위와는 달라요. 일종의 건조한 더위라 여기처럼 땀이 나진 않아요." 그는 잠시 생각하다가 다시 입을 열었다. "한 번은 야생마에 안장을 채워 길들이려다 나가떨어진 적이 있었어요. 넓적다리뼈가 부러져서 병원에서 뼈를 맞췄는데 간호사가 다친 부위에 어떤 램프를 들이댔어요. 적외선램프라는 것이었죠. 근육 재생에 도움이 된다고 했어요. 영국에도 그런 게 있죠?"

진이 고개를 끄덕였다. "날씨가 그 램프를 쬐는 느낌과 비슷하다는 거죠?"

"맞아요. 따뜻하고 건조한 열기요. 상처를 낫게 하고, 또 시원한 맥주가 간절히 생각나게 하죠."

"그 지역은 어떻게 생겼어요?" 진이 물었다. 고향 이야기할 때 즐거워하는 그를 계속 즐겁게 해주고 싶었다. 자신들에게 크나큰 친절을 베풀었기 때문이다.

그가 말했다. "온통 붉은색이에요. 앨리스와 제가 떠나온 곳 주변은 흙도 붉고, 산들도 다 붉은색이에요. 맥도넬과 레비스, 커눗 모두 푸른 하늘을 배경으로 민둥산이 이어져서 거대한 붉은 산맥을 이루고 있어요. 저녁에는 보랏빛을 띠었다가 형형색색으로 변해요. 우기가 지나면 그 산들이 온통 초록색이 되죠. 건기에는 일부가 가시 있는 풀들로 뒤덮여 은백색으로 바뀌어요."

그가 잠시 멈추었다가 다시 나직이 말했다. "사람은 누구나 마음에 품고 있는 자기만의 장소가 있는 거 같아요. 내가 가장 좋아하는 곳은 앨리스 스프링스 주변 지역이에요. 애들레이드와 남쪽 다른 지역에서 호주 종단 열차를 타고 올라온 사람들은 앨리스를 보고 형편없는 도시라고 말해요. 난 애들레이드에 딱 한 번 가봤는데 오히려 그곳이 형편없어 보였어요. 내겐 앨리스 스프링스 주변 지역이 가장 아름다워요."

그가 잠시 생각하다가 말했다. "남쪽에서 올라온 화가들은 그곳을 보면 그림에 담고 싶어 하죠. 그곳을 제대로 그린 화가를 딱 한 명 봤는데 앨버트(호주의 원주민 수채화가 '앨버트 나마치라'를 뜻함-옮긴이)라는 원주민이었어요. 한번은 누군가가 그에게 붓과 물감을 주었더니 쓱쓱 붓을 놀려서 누구보다 훌륭한 그림을 그렸대요. 그는 원주민이니 어쩌면 자기만의 장소를 그린 셈이죠. 그게 차이를 만들었다고 생각해요."

그가 진을 돌아보며 물었다. "당신이 좋아하는 곳은 어디에요? 참, 어디 출신이죠?"

"사우샘프턴이요."

"항구가 있는 곳이죠?"

"맞아요."

"거긴 어떤 곳이에요?"

진은 아기를 고쳐 안고 사롱 속에서 발을 조금 움직였다. "조용하고, 시원하기도 하고…, 행복한 곳이죠. 특별히 아름답진 않지만, 주변에 뉴 포레스트(잉글랜드 남부 삼림지대-옮긴이)와 와이트섬처럼 멋진 곳들이 있어요. 당신의 앨리스 스프링스처럼 내가 가장 좋아하는 곳이에요. 이 시간을 다 견디고 나면 그곳으로 돌아갈 거예요. 나만의 장소니까요. 그곳엔 아이스링크가 있어요. 학창 시절엔 그 얼음 위에서 춤을 추곤 했어요. 언젠가는 거기로 돌아가 다시 춤을 출 거예요."

"난 아이스링크를 본 적이 없어요. 사진이나 영화에서만 봤죠."

"정말 즐거운 곳이에요."

그가 곧 일어서서 돌아가려고 했다. 그녀는 평소대로 아기를 안고서 그와 함께 길을 건너 트럭 쪽으로 걸어갔다.

그가 말했다. "내일은 당신을 못 볼 거예요. 우린 새벽에 출발하거든요. 아마 모레 다시 이쪽으로 올라올 거예요."

"우린 그날 포호이로 갈 거 같아요."

"닭들을 잡아다 줄 수 있는지 어디 봅시다."

열대 특유의 온갖 소음이 울리는 밤, 둘은 달빛이 비치는 도로 위에 나란히 서 있었다.

진이 그를 돌아보며 말했다. "이봐요, 조. 고기 때문에 말썽이 생길 수 있다면 우린 고기 따위 필요 없어요. 우리에게 비누를 구해준 건 정말 고마운 일이었지만, 장화를 훔치는 끔찍한 위험을 감수했잖아요."

그가 느릿느릿 말했다. "그런 건 아무것도 아니에요. 방법만 알면 일본놈들 머리 꼭대기에 앉을 수 있어요."

"당신은 우리에게 많은 걸 줬어요. 고기와 약, 비누까지요. 그 덕분에 지난 며칠 동안 우리에게 큰 변화가 생겼어요. 당신이 그런 것들을 구하느라 위험을 감수한 걸 알아요. 제발 조심하세요."

"내 걱정은 말아요. 닭을 구하려 애써보겠지만, 상황이 너무 위험해지면 포기할게요. 내 목숨을 걸지는 않을 거예요."

"약속하는 거죠?"

"내 걱정은 말아요. 이미 당신 문제로 충분히 골치 아프잖아요. 살아남기만 한다면 우린 다 잘될 거예요. 어떻게든 살아남아야 해요. 전쟁 끝날 때까지 2년 정도만 더 버텨요."

"그 정도면 다 끝날까요?"

"그런 일은 나보다 벤이 훨씬 더 잘 알아요. 그 친구가 2년 정도 지나면 끝날 거 같대요." 그가 진을 내려다보며 씩 웃었다. "그 닭들을 밀어 두는 게 좋을 거에요."

"그 문제는 당신에게 맡기겠어요. 하지만 그걸 구하려다 당신이 위험한 일에 휘말리면 난…, 결코 내 자신을 용서하지 못할 거예요."

"그럴 일은 없을 거예요." 그는 그녀의 손을 잡을 듯 자기 손을 내밀었다가 그냥 거둬들였다. "붕어사, 잘 자요."

그녀가 웃었다. "한 번만 더 붕어사라고 부르면 코코넛으로 당신 머리를 깨뜨릴 거예요. 잘 자요, 조."

"잘 자요."

이튿날 아침 여자들은 그를 보지 못했지만, 트럭이 출발하는 소리는 들었다. 늘 그랬듯이 그날은 버카포르에서 하루 쉬고 다음 날 포호이로 출발했다. 한낮에 하먼과 레가트가 운전하는 빈 트럭 두 대가 도로에서 그들을 지나쳐 제란투트로 갔다. 운전사들은 지나가면서 여자들에게 손을 흔들었고, 여자들도 손을 흔들어주었다. 조수석에 앉은 감시병들이 잠깐 그들을 노려보았다.

호주인들은 트럭에서 닭을 떨어뜨려 주지 않았다. 트럭을 멈추지도 않았다. 진은 오히려 안도감을 느꼈다. 그녀는 이제 이 남자들의 성격을 어느 정도 알고 있었다. 그들은 어떤 위험에도 굴하지 않고 여자들에게 도움이 될 만한 것을 구해주고 싶어 했다. 닭이 없다면 아무 문제도 일어나지 않았다는 뜻이어서 진은 안심하고 계속 걸었다.

그날 저녁 포호이에서 여자들이 머물고 있던 집으로 어린 말레이 소년이 초록색 캔버스 자루를 들고 와서 진을 찾았다. 아이는 마을에 사는 중국인이 보내서 왔다고 했다. 자루 안에는 살아 있는 검은 수탉 다섯 마리가 발이 묶인 채 들어 있었다. 동양에서 가금류는 보통 산 채로 운반되었다.

그 닭들 때문에 곤란해진 진은 프릿 부인과 상의했다. 감시병들의 주의를 끌지 않고 수탉 다섯 마리를 죽여서 털을 뽑고 요리하기란 불가능한 일이었다.

그들은 무엇보다 닭이 어디서 났는지 물을 터였다. 만일 진이 그 대답을 알고 있었다면 거짓말하기가 더 쉬웠을 것이다. 호주인들이 준 돈으로 샀다고 말할 수도 있었지만, 만일 중사가 포호이 어디에서 닭을 샀는지 물으면 난처할 것 같았다. 안타깝게도 포호이는 좀 야박한 마을이었다. 그 마을에서 여자들을 위해 집을 한 채 비워 달라고 할 때도 정말 힘들게 허락을 얻어냈기에, 어떤 속임수든 마을 사람들의 협조는 기대조차 할 수 없었다.

결국 그녀들은 호주인들이 준 돈으로 닭을 샀고, 도로에서 3, 4킬로 떨어진 리마우라는 마을에서 포호이로 닭을 보내도록 버카포르에서 미리 일을 처리했다고 말하기로 했다. 엄밀히 조사하면 금방 탄로 날 얄팍한 거짓말이지만, 조사가 이루어질 리 없다고 생각했다.

그리고 수탉 다섯 마리 중 한 마리는 아깝지만 감시병들에게 주기로 했다. 닭을 선물로 주면 중사는 태도가 누그러질 테고, 그 일의 공범이 되는 셈이므로 심각한 조사가 일어날 가능성은 적었다.

그런 이유로 진은 자루를 들고 중사를 찾아갔다. 진은 그의 기분을 맞추려고 굽신 절을 했다. "군소, 오늘 저녁 식사는 좋은 거예요. 우리가 닭을 샀어요." 그녀는 자루를 열고 늘어져 있는 닭을 보여주었다. 그러고는 한 마리를 꺼냈다. "군소 거예요." 그녀는 최대한 순진한 미소를 지어 보였다.

그는 깜짝 놀랐다. 여자들에게 그렇게 큰돈이 있는지 몰랐었기 때문이다. 그가 여자들과 지내면서 보았을 때 그들은 코코넛이나 바나나 말고 다른 것을 살 여유는 전혀 없었다.

"너희가 샀다고?" 그가 물었다.

진은 고개를 끄덕였다. "리마우에서요. 오늘 저녁 우리 모두에게 아주 좋은 식사예요."

"돈이 어디서 났지?" 그가 물었다. 여자들이 이제까지 그를 속인 적이 없었기에 의심은 아니었고 궁금해서 물었을 뿐이었다.

진은 호주인들을 들먹이지 않는 게 좋을 것 같다는 직감이 들었다. 자신들의 장신구를 팔았다고 말할까 잠깐 고민했지만, 그 생각을 떨쳐버렸다. 머리를 맞대고 지어낸 거짓말을 계속 고수해야 했다. "남자 포로들이 우리에게 닭 살 돈을 쳤어요. 우리가 너무 말랐대요. 오늘 밤은 당신들과 우리 모두 맛있는 저녁을 먹어요." 진이 말했다.

그는 손가락을 두 개 펼쳤다. "두 마리."

진은 속이 부글부글 끓었다. "두 마리 말고 한 마리요, 군소. 이건 군소에게 주는 선물이에요. 친절하게 대해주고 아이들을 돌봐주고, 또 우리가 천천히 걷는 것도 봐줬으니까요. 다섯 마리뿐이에요."

그녀가 자루 안을 보여주자 그는 닭을 일일이 세어보았다. 진은 그제야 닭이 동양의 닭 치고는 유별나게 크고 깃털이 새까맣다는 사실을 알아챘다. "군소 한 마리, 우리 네 마리요!"

그는 자루를 내려놓으며 고개를 끄덕였다. 그녀에게 웃어 보이고는 수탉을 옆구리에 끼고 식사 준비를 하던 부엌 쪽으로 걸어갔다.

그날 쿠안탄에서는 큰 소동이 벌어졌다. 그 지역의 부대 지휘관은 스가모 대위였다. 그는 1943년부터 44년까지 버마-태국 철도 건설 현장에서 302수용소의 포로들에게 잔혹 행위를 저질렀다. 그로 인해 1946년 전범재판에 회부 되어 사형선고를 받고 처형된 인물이다.

당시 쿠안탄에서 그의 임무는 말레이반도 동부지역의 철도에서 철거한 자재를 태국으로 후송하는 것을 감독하는 일이었나. 그는 쿠안단의 식민지 지방행정관이 살았던 공관에 살고 있었다. 그 공관에는 지방행정관이 1939년 영국에서 특별히 수입해 키우던 검은 레그혼종 닭이 스무 마리 정도 있었다.

그날 아침 스가모 대위가 일어나서 보니 그 닭 스무 마리 가운데 다섯 마리가 감쪽같이 사라졌다. 예전에 지방행정관의 우편물 주머니로 쓰였고, 지금은 닭들의 모이주머니로 쓰이는 초록색 자루도 함께 없어졌다.

스가모 대위는 아주 강경한 사람이었다. 그는 즉시 헌병대를 불러 조사하도록 지시했다. 그들은 그 지역에서 좀도둑질 전과가 있는 호주인 트럭 운전사들을 의심하기 시작했다. 일의 특성상 그 운전사들에게 많은 자유가 주어졌기에 그럴 기회가 얼마든지 있었다. 각 운전사의 정확한 위치를 확인하기 어려운 칠흑 같은 밤에도 트럭은 종종 정비와 급유가 필요했다.

깃털이나 자루의 흔적을 찾기 위해 그들의 수용소를 샅샅이 수색했다. 보급 창고에서 훔쳐다 숨겨놓은 통조림과 담배 말고는 아무것도 발견되지 않았다.

스가모 대위는 이를 납득 하지 못했기에 그 어느 때보다 더 강경한 태도를 보였다. 이제 이 일은 체면의 문제였다. 부대 지휘관의 소유물을 훔친 행위는 명백히 그의 지위에 대한 모욕이었고, 이는 일본 제국군에 대한 모독이었다. 대위는 쿠안탄 마을 전체를 수색하라고 명령했다. 다음 날 헌병대의 지시에 따라 부대원들이 집집마다 쳐들어가 검은 깃털이나 초록색 자루의 흔적을 찾으려 했지만, 아무 성과도 거두지 못했다.

명예에 대한 모욕을 곱씹던 대위는 자신의 부대에 있는 병사들의 막사를 수색하라고 명령했다. 역시 아무 결과도 나오지 않았다.

한 가지 방안이 더 남아있었다. 호주인들이 운전하는 트럭 세 대가 내륙에서 제란투트를 오가는 도로 위에 있었다. 다음 날 스가모 대위는 헌병 네 명을 소형 트럭에 태워 보내며 그 트럭들을 수색하고, 운전사와 감시병, 또 그 일을 알고 있을지 모르는 그 밖의 모든 사람을 심문하라고 했다.

그들은 포호이와 블라트 사이에서 짐 보따리를 짊어지고 길을 걷는 여자들과 아이들 무리와 마주쳤다. 그들 앞쪽에는 일본군 중사가 한쪽 어깨에 소총을, 다른 쪽 어깨에는 녹색 자루를 메고 걸어가고 있었다. 트럭은 급하게 브레이크를 밟으며 멈추었다.

그 뒤로 두 시간 동안 진은 호주인이 준 돈으로 리마우에서 닭을 샀다는 이야기를 수없이 되풀이해야 했다. 군인들은 길 위에서 끝없이 같은 질문을 던지면서 그녀를 심문했다. 그녀가 딴생각을 할라치면 뺨을 때리고 군홧발로 정강이를 걷어차거나 맨발을 짓밟았다.

신은 자신의 형편없는 거짓말을 그들이 믿지 않는다는 것을 알면서도, 달리 무슨 말을 해야 할지 몰라 필사적으로 같은 대답을 되풀이했다. 그러던 중 트럭 세 대가 길을 따라 내려왔다. 중사가 두 번째 트럭을 몰던 조 하먼을 곧바로 알아보았다. 그에게 총검이 겨누어졌다. 이내 진 앞으로 끌려 나왔다.

헌병대 중사가 진에게 물었다. "이 남자냐?"

진이 필사적으로 말했다. "조, 당신이 닭을 사라고 4달러를 줬다고 계속 말했지만, 내 말을 믿지 않아요."

헌병이 다그쳤다. "네 놈이 닭을 훔쳤지? 그 증거로 여기 자루가 있다."

조 하먼은 피가 흐르는 진의 얼굴과 발을 보았다. "여자를 놔줘, 이 개자식들아." 그는 느릿느릿한 퀸즐랜드 억양으로 격분한 듯 말했다. "내가 그 빌어먹을 닭을 훔쳐서 여자에게 줬다. 그래서 어쨌다는 거야?"

<hr>

폭풍우가 몰아치는 오후, 런던의 내 집 거실에 이른 어둠이 내렸다. 빗방울이 여전히 창문을 두드렸다. 진은 슬픈 기억에 잠겨 난롯불을 바라보며 하염없이 앉아 있었다.

그녀가 나직이 말했다. "놈들은 그를 십자가에 매달 듯 나

160

무에 못 박아 죽였어요. 우리 모두를 쿠안탄으로 끌고 갔고, 그의 손에 못을 박아 나무에 매달고는 죽도록 때렸어요. 우리를 그 앞에 세워놓고 그들이 하는 짓을 두 눈으로 보게 했죠…"

"무척 안타까운 일이군요."

그녀가 고개를 들고 말했다. "그러실 필요는 없어요. 전쟁 중에 그런 일은 얼마든지 일어날 수 있으니까요. 거의 6년 전에 일어났으니 오래된 일이죠. 스가모 대위는 나중에 교수형에 처해 졌어요. 그 일 때문은 아니고 철도 공사 현장에서 저지른 만행 때문에요. 다 끝난 일이고, 이젠…, 거의 잊었어요."

4 장

두말할 필요 없이 쿠안탄에 여자 포로수용소는 없었다. 스가모 대위는 여자와 아이들에게 신경 쓸 인물도 아니었다. 조 하먼은 정오에 테니스코트가 내려다보이는 공설운동장 옆 나무에 매달려 처형당했다.

손에 못이 박힌 채 만신창이가 되어 피 흘리던 그가 경련을 멈추자 스가모 대위는 여자들을 그 앞에 줄 세웠다.

"너희는 아주 나쁜 것들이다. 여기에 너희가 있을 곳은 없다. 너희는 코타바루(말레이반도 북동쪽 끝에 있는 지역-옮긴이)로 간다. 지금부터 걸어라."

그 끔찍한 곳에서 벗어나기 위해 아무 말 없이 출발을 서둘렀다. 제마스에서부터 그들을 감시했던 중사가 이번에도 그들과 동행했다. 중사 또한 여자들과 닭을 나누어 먹음으로써 일본군의 명예를 떨어트렸다고 일종의 처벌을 받은 셈이었다.

일본군의 눈에 비친 포로들은 하나같이 수치스럽고 불명예스러운 존재들이었다. 그들을 감시하고 호위하는 임무는 가장 무능한 군인에게나 어울리는 모욕적이고 천한 일로 치부되었다. 명예로운 일본군은 포로가 되느니 차라리 자살을 택했으리라. 아마 이 점을 강조하기 위해 사병은 남겨두고, 중사만 감시병으로 딸려 보냈을 것이다.

그들은 다시 길을 걸으며 하루하루 근근이 살아가기 시작했다. 쿠안탄을 떠난 시기는 7월 중순이었다. 쿠안탄에서 코타바루까지는 약 320킬로였다. 아픈 사람들을 위해 며칠씩 쉬는 것을 감안하면 코타바루까지 가는 데 적어도 두어 달은 걸릴 것이라고 진은 예상했다.

첫날 도착한 곳은 베사라흐였다. 그곳은 해변에 하얀 산호모래가 펼쳐지고 가장자리에 종려나무가 늘어선 어촌이었다. 마을은 지내기 좋은 곳이었지만, 거의 잠을 이루지 못했다. 대다수의 아이가 두 눈으로 목격한 끔찍한 장면 때문에 한밤중에 깨어 울었기 때문이다. 그들은 쿠안탄 가까이 머무는 게 견디기 힘들어서 다음 날 조금 더 멀리 떨어진 발록으로 이동했다. 그곳 또한 어촌이었고, 바닷가에는 종려나무가 더 많았다. 이곳에서 하루 쉬었다.

여자들은 자신들이 새로운 지역으로 들어왔음을 서서히 느꼈다. 말레이반도 북동해안은 매우 멋지고 비교적 쾌적한 곳이었다. 바위투성이 곶과 넓고 긴 모래사장이 종려나무로

둘러싸인 아름다운 곳이었다. 바다에서 상쾌한 바람이 불어
왔다.

게다가 마을마다 신선한 물고기가 넘쳐났다. 여자들은 파
농을 떠난 뒤 처음으로 식사 때마다 단백질을 충분히 섭취
했다. 덕분에 건강은 조금씩 나아졌다. 하루에 한 번 따뜻한
바닷물 속에서 목욕을 했다. 그들을 괴롭히던 피부병도 완
치까지는 아니더라도 일부 호전되기 시작했다. 아이들은 몇
달 만에 처음으로 힘차게 뛰어놀 수 있었다.

그들 모두 건강이 나아졌지만, 일본군 중사만 예외였다.
이제 중사는 그들을 믿지 않았다. 아이를 안고 걷거나, 어떤
식으로든 그들을 돕는 일도 없었다. 자신에게 내려진 벌이
너무 가혹하다고 느끼는 것 같았고, 이야기를 나눌 동료도
없었다. 저녁마다 여자들과 떨어진 곳에 시무룩하게 앉아 몹
시 침울해했다.

진은 그의 기운을 북돋아 주려고 일부러 말을 걸기도 했
다. 그럴 때는 포로와 감시병의 역할이 기이하게 뒤바뀐 것
처럼 보였다.

여기까지 오는 길에 일본군은 거의 보이지 않았다. 어쩌다
강가 마을이나 활주로에 주둔하고 있는 파견대를 보기는 했
다. 그럴 때면 중사는 매무새를 말쑥하게 가다듬고 담당 장
교에게 가서 상황을 보고했다. 그러면 대개 장교가 와서 그
들을 점검했다.

쿠안탄에서 코타바루로 가는 길에는 산업 시설이 거의 없었고, 어촌보다 큰 도시도 없었다. 이 지역이 일본군의 공격을 받을 가능성도 전혀 없어 보였다. 중사를 제외한 어떤 일본군도 만나지 않고 한 주가 지나는 일도 여러 번 있었다.

해안을 따라 천천히 걸으면서 여자들과 아이들의 상태는 훨씬 나아졌다. 이제 그들은 6개월 전 파농을 떠났던 무기력한 사람들이 아니었다. 가장 약한 구성원들이 죽음으로 가차 없이 제거되었기에 원래 인원의 절반 정도로 줄었다. 그 바람에 마을에서 숙소와 식량을 구하는 일은 훨씬 수월해졌다.

그 무렵 그들은 훨씬 노련해지기도 했다. 말라리아와 이질에 현지인 치료법을 쓸 줄 알게 되었고, 현지인처럼 입고 빨래하고 잠자는 법도 터득했다. 그 결과 원시적인 환경에서 서양식 생활 방식을 유지하기 위해 애쓰던 때보다 훨씬 더 많은 여유가 생겼다. 이틀마다 15킬로씩 걷는 것은 더 이상 큰 부담이 되지 않았다.

하루씩 쉬는 날에는 아이들에게 더 많은 시간을 쏟았다. 한때 초등학교 교사였던 워너 부인은 아이들을 가르치기 시작했다. 그 뒤로는 쉬는 날마다 어김없이 학교처럼 수업을 진행했다.

진은 로빈 홀랜드에게 걸음마를 가르치기 시작했다. 아기는 제법 건강해졌다. 생후 16개월이 지나면서 안고 다니기에 꽤 무거워졌다. 날씨가 무더워 전혀 옷을 입히지 않았기에 아기는 종려나무 그늘이나 햇볕이 내리쬐는 모래 위에서 말레이 아이들처럼 벌거벗은 채로 기어 다녔다. 피부도 그곳 아이들처럼 갈색으로 바뀌었다.

그 뒤 몇 주 동안 여러 어촌을 지나 북쪽으로 천천히 이동했다. 그 사이 몇 사람이 아팠다. 열이 올라 식은땀을 흘리는 일행을 이끌고 며칠씩 이곳저곳으로 이동하기도 했지만, 더 이상 사망자는 없었다. 다른 사람에게 기억을 떠오르게 할까 봐 쿠안탄에서 마지막 날 본 끔찍한 광경은 서로 입 밖에 내지 않았지만, 저마다 속으로는 그 일이 자신의 운명을 바꾸어놓았다고 생각하고 있었다.

그 일은 프릿 부인에게 누구보다 깊은 인상을 남겼다. 그녀는 아침저녁 때맞춰 기도하는 독실한 신자였다. 언제가 일요일인지 알고 있는 사람도 늘 프릿 부인이었다. 일요일마다 누구든 들으러 오는 사람에게 기도서와 성서를 한 시간씩 소리 내어 읽어주곤 했다. 일요일이 휴식을 취하는 날과 겹치면 정확한 아침 예배 시각에 맞추기 위해 되도록 11시에 가깝다고 생각되는 시간에 예배를 드렸다.

프릿 부인은 자신들에게 일어나는 모든 일에서 신의 섭리를 찾았다. 이런 관점으로 자신들의 경험을 곱씹던 그녀는 어떤 유사성에 충격을 받았다. 십자가에 못 박힌 한 사람에 관해 수없이 읽어왔었고, 이제 그런 사람이 한 명 더 생겼다.

그녀 생각에 그 호주인에게는 치유 능력이 있었다. 그가 가져다준 약 덕분에 그녀의 이질과 조니 홀스폴의 버짐도 싹 나았다. 그가 자신들을 위해 희생한 뒤로 모든 면에서 그들에게 축복이 내렸다는 사실은 의심의 여지가 없었다. 신은 팔레스타인 땅으로 자신의 아들을 내려 보냈다. 만일 신이 말레이로 다시 아들을 내려보낸 거라면?

오래 지속되는 엄청난 시련 속에서 철저히 새로운 삶으로 내몰린 사람들은 이전 관념과 완전히 단절된 특이한 정신적 특성을 나타내기도 한다.

프릿 부인은 여자들에게 자신의 생각을 강요하지는 않았지만, 그녀의 믿음이 다른 여자들에게도 퍼지기 시작했다. 처음에는 믿을 수 없는 일로 여겨졌다가 점차 진지하게 생각해봐야 할 문제로 받아들여졌다. 여자들은 대부분 기회가 되면 교회에 나갔던 사람들이었고, 대부분 저교회파(영국 성공회의 한 종파로 전통적인 형식보다 개인의 신앙과 예배를 더 중시함-옮긴이) 신자였다. 그들은 마음속 깊이 신의 도움을 갈망하고 있었다.

최근 몇 주 사이 건강이 나아지면서 종교적 사고를 할 수 있는 여유가 생겼다. 시간이 지나면서 호주인에 대한 기억은 희미해졌다. 그에 대한 기억은 경외심을 주는 장밋빛 숭고함으로 대체되었다.

만일 프릿 부인의 믿음대로 그 놀라운 사건이 사실일 수 있다년 그야말로 신의 섭리 아래 있다는 뜻이었다. 그렇다면 아무도 그들을 건드릴 수 없었다. 결국 모든 시련을 이겨내고 언젠가는 자신들의 집과 남편, 원래의 삶을 되찾을 것이다. 그들은 다시 기운을 내서 계속 앞으로 나아갔다.

진은 여자들의 기운을 북돋아 준 이런 환상을 애써 무시하지는 않았지만, 감명받은 것도 아니었다. 그녀는 그들 가운데 가장 젊고 유일하게 미혼이었으며, 조 하먼에 대해 조금 다른 생각을 했다.

그가 아주 인간적이고 좋은 남자라는 사실은 알고 있었다. 그가 다가와 말 걸었을 때 자신을 더 예뻐 보이게 하고 더 매력적으로 보이고 싶어 했다는 것도 알고 있었다.

그가 자신을 붕여사로 부르도록 놔둔 것은 무의식적인 방어 조치였다. 그녀가 아기를 안고 다녀서 나머지 여자들처럼 유부녀로 보였다면 오히려 다행스러운 일이었다. 최소한의 옷만 걸친 무더운 밤에 그런 열대 마을에서는 규범이라 할 만한 게 따로 없었다. 만일 그가 진이 미혼인 줄 알았다면 그들 사이에 무슨 일이든 일어났을 것이다. 그것도 아주 빠른 시간 안에 일어났으리라는 것을 그녀는 알고 있었다.

조 하먼에 대해 진이 느끼는 슬픔은 다른 여자들의 것보다 더 현실적이고 훨씬 깊었다. 결코 그가 신성한 존재여서가 아니었다. 그녀는 그 사실을 마음속 깊이 확신하고 있었다.

8월 말경 그들은 쿠안탄과 코타바루 중간에 있는 쿠알라 텔랑이라는 마을에 있었다. 텔랑은 길이가 짧은 진흙투성이 강이었으며, 평야를 지나 바다로 흘러갔다. 마을은 강 하구의 모래톱 바로 안쪽에 있는 남쪽 둑 위에 자리 잡고 있었다. 남중국해의 큰 파도가 긴 백사장으로 밀려와 부서지고, 종려나무와 카주아리나 나무가 늘어선 아름다운 곳이었다.

그 마을은 어업과 벼농사로 먹고살았다. 어선 15척 정도가 강을 오가고 있었다. 뱃머리와 후미에 기이한 선수상(주로 뱃머리에 장식으로 붙이는 동물이나 여자의 상-옮긴이)을 단 대형 돛단배들이었다. 마을의 광장 같은 곳 주변에는 목재와 종려나무 잎으로 지은 현지인 상점들이 모여 있었다. 그 뒤 강둑 옆에는 쌀을 저장하는 창고가 있었다. 여자들은 당시 비어있던 그 창고를 숙소로 썼다.

일본군 중사는 이 마을에서 열병에 걸렸다. 아마 말라리아였을 것이다. 그는 쿠안탄을 떠나온 뒤로 딴사람이 되었다. 시무룩하고 우울해 보였으며, 동료가 없어 무척 외로워했다. 여자들이 굳건해질수록 그는 점점 쇠약해졌다. 그가 이제껏 병이 난 적이 없었기에 여자들은 기분이 묘했다.

처음에는 괴상하고 추한 무례한 왜놈이 시무룩해져서 기뻐하며 안도했지만, 그가 점점 더 측은해 보이자 이상하게 안타까운 마음이 들었다. 그는 오랫동안 여자들과 함께 지냈다. 그들의 짐을 덜어주기 위해 임무를 벗어나지 않는 선에서 할 수 있는 일들을 해주었다. 기꺼이 아이들을 안고 다녔고, 아이들이 죽었을 때 눈물도 보였다.

그가 열병에 걸린 게 확실해지자 여자들은 그의 소총, 군복 상의, 군화, 짐 꾸러미 등을 번갈아 가며 들어주었다. 그들은 그런 괴상한 행렬로 마을에 도착했다. 워너 부인은 바지만 걸친 채 멍하니 비틀비틀 따라오는 왜소한 동양 남자를 이끌었다. 그는 맨발로 걷는 게 더 편하다고 신발도 벗고 있었다. 두 사람 뒤에는 자신들의 짐에다 중사의 짐까지 짊어진 여자들이 걷고 있었다.

진은 촌장을 찾아가 상황을 설명했다. 촌장은 맷 아민이라는 50대 남자였다. "우리는 쿠안탄에서 코타바루로 가는 포로들이에요. 이 일본군은 우리 감시병이고요. 그가 열병이 나서 얼른 그늘진 곳을 찾아 눕혀야 해요. 그는 일본 제국군의 이름으로 우리의 식량과 숙소를 마련하고 전표에 서명할 권한이 있어요. 그가 건강을 되찾으면 일을 처리하고 촌장님께 서류를 줄 거예요. 우리가 묵을 장소와 식량을 제공해주셔야 해요."

맷 아민이 말했다. "우린 백인 부인들을 재울 만한 장소가 없어요."

"저흰 더 이상 백인 부인이 아니에요. 포로들이고, 이곳 여자들처럼 생활하는 데 익숙해요. 우리에게 필요한 건 쉬고 잠잘 수 있는 바닥, 조리할 냄비와 쌀, 생선이나 고기 조금과

채소뿐이에요."

"우리에게 있는 걸 줄 순 있지만, 부인들이 그렇게 사는 걸 보니 참 괴이하군요."

그는 중사를 자기 집으로 데려갔다. 코코넛 섬유로 속을 채워 매트리스와 베개를 만들어주었다. 자신이 쓰던 것이 분명한 모기장도 내주었지만, 여자들은 중사에게 시원한 바람이 필요할 것 같아 거절했다.

여자들의 도움으로 바지를 벗은 중사는 사롱을 걸치고 매트리스 위에 누웠다. 여자들에게 있던 퀴닌은 이미 다 떨어졌다. 촌장은 자기가 가진 혼합물로 물약을 만들어 중사에게 조금 먹였다. 촌장의 아내에게 그를 부탁하고 그들은 나가서 숙소와 식량을 구했다.

중사는 밤새 고열에 시달렸다. 아침에 여자들이 상태를 확인하러 갔을 때도 전혀 좋아 보이지 않았다. 여전히 온몸이 뜨거웠고 전보다 훨씬 쇠약해져 있었다. 그는 삶을 포기하려는 것처럼 보였다. 그것은 불길한 징후였다.

그날 내내 돌아가면서 중사 곁에 앉아 얼굴과 몸을 닦아주었다. 때때로 그에게 말을 걸어 관심을 끌어보려 했지만, 그다지 성공하지는 못했다. 저녁에는 진이 그의 곁에 앉아 있었다. 그는 땀을 비 오듯 흘리며 힘없이 누워있었다. 진이 말을 걸어도 전혀 대답하지 않았다.

진은 그의 관심을 끌 만한 것을 찾다가 그의 군복을 끌어

당겨 주머니에서 장부를 꺼냈다. 그 안에는 사진이 한 장 들어 있었다. 일본 여자와 네 아이가 대문 앞에 서 있는 사진이었다. "군소, 당신 아이들이에요?" 진이 이렇게 물으며 그에게 사진을 건넸다. 그는 말없이 사진을 받아들고 바라보더니 그녀에게 돌려주고는 치우라고 손짓했다.

진은 군복을 내려놓다가 그의 눈에서 눈물이 주르륵 흘러 뺨에 맺힌 땀방울과 섞여 떨어지는 것을 보았다. 살며시 눈물을 닦아주었다.

그는 계속 시름시름 앓다가 이틀 뒤 밤에 죽었다. 그가 죽음까지 이를 특별한 이유는 없어 보였지만, 쿠안탄에서의 수치가 그를 무겁게 짓누르고 삶의 의지를 앗아간 것 같았다.

다음 날 여자들은 마을 외곽 이슬람 공동묘지에 그를 묻어주었다. 대다수가 오랜 친구를 잃은 것처럼 눈물을 조금 흘렸다.

중사의 죽음으로 그들은 아주 특이한 상황에 처하게 되었다. 이제 감시병도 없는 포로가 되었기 때문이다. 장례식을 마친 날 저녁 그 상황을 꽤 오랫동안 논의했다.

프릿 부인이 말했다. "난 우리가 여기 있으면 안 되는 이유를 모르겠어. 이 정도면 우리가 가봤던 마을 중 그나마 좋은 축에 들잖아. 신께서 남에게 방해되지 않는 곳을 찾아 그곳에 머물라고 하셨어."

진이 말했다. "저도 알지만 해결해야 할 문제가 두 가지 있어요. 우선 일본군이 우리가 이곳에 살고 있다는 걸 언젠가 알게 될 텐데…, 그러면 그들에게 보고하지 않고 우리를 이곳에 머물게 했다는 이유로 촌장이 곤경에 빠질 거예요. 그를 죽일 수도 있어요. 그놈들이 어떤지 잘 알잖아요."

"왜놈들이 우리를 못 찾을 수도 있잖아." 프라이스 부인이 말했다.

진이 말했다. "전 촌장이 그런 위험을 무릅쓸 사람이라고 생각하지 않아요. 그럴 이유가 전혀 없잖아요. 우리가 여기 머무르면 그는 곧장 일본군에게 가서 그 사실을 보고할 거예요." 진은 잠시 멈추었다가 다시 입을 열었다. "또 한 가지는 우리가 단지 백인이라는 이유로 이 마을 사람들이 열일곱 명이나 되는 우리를 영원히 먹여 살릴 거라고 기대할 수 없다는 겁니다. 그들은 우리를 내쫓기 위해서라도 일본놈에게 가서 고해바칠 거예요."

프릿 부인은 재빨리 상황을 판단하고 의견을 내놓았다. "우리가 식량을 키울 수도 있잖아. 걸어오면서 본 논 절반 이상이 놀리는 땅이었어."

진이 그녀를 바라보았다. "정말 그러네요. 이유가 뭘까요?"

워너 부인이 말했다. "남자들은 모두 전쟁터로 끌려갔을 테니까요. 철도를 뜯어내거나 그 비슷한 일을 하는 막노동꾼으로요."

진이 자분히 말했다. "이렇게 하면 어떨까요? 제가 촌장에게 가서 우리를 여기서 지내게 해주면 논에서 일하겠다고 말하는 거예요. 어떻게 생각하세요?"

프라이스 부인이 웃음을 터뜨렸다. "백인인 우리가 말레이 여자들처럼 진흙밭에 들어가 무릎까지 물이 차는 데서 모종 심는 일을 한다고?"

"그저 생각일 뿐이에요." 진이 미안한 표정을 지으며 말했다.

워너 부인이 말했다. "아주 좋은 생각이기도 해요. 난 우리가 여기 머물면서 안정적으로 살 수만 있다면 논에서 일하는 것도 마다하지 않을 거예요."

프릿 부인이 말했다. "우리가 그런 식으로 쌀을 재배한다면 일본놈들이 여기 머물게 해줄 수도 있어. 어쨌든 뭔가 쓸모 있는 일을 하는 거잖아. 지칠 대로 지쳐서 들개 떼처럼 집도 없이 온 나라를 떠돌아다니는 대신 말이야."

다음 날 아침 진은 촌장에게 갔다. 그녀는 웃는 얼굴로 기도하듯 두 손을 합장하며 인사하고는 말레이어로 말했다. "촌장님, 올해 저 논에 왜 모를 심지 않았어요? 우리는 이곳으로 오면서 그런 곳을 아주 많이 봤어요."

"어부를 제외한 대다수의 남자들이 군대를 위해 일하고 있어요." 그는 일본군을 말하는 것이었다.

"철도에서요?"

"아니, 그들은 공 케닥에 있어요. 기다란 땅을 평평하게 다져서 도로를 만들고, 거기에 타르와 돌을 덮어서 비행기가 그리로 내려올 수 있도록 만들고 있죠."

"그들이 곧 돌아와서 논에 모를 심을 수 있을까요?"

"신의 손에 달렸지만 여러 달 동안 돌아오지 않을 거 같아요. 듣자 하니 공 케닥에서 하는 일이 끝나면 마창과 탓 용 맛 같은 곳에 비슷한 걸 또 만든다더군요. 한번 일본놈들에게 잡혀가면 도망쳐서 집으로 돌아오기가 쉽지 않아요."

"그럼 누가 벼를 심고 수확하나요?"

"여자들이 할 수 있는 만큼 하죠. 내년에는 쌀이 부족할 거예요. 여기가 그렇다는 건 아니고…, 우리가 먹어야 할 쌀은 팔지 않을 테니까요. 일본군에게 팔 만큼 쌀이 충분하진 않을 거라는 뜻이에요. 그들이 뭘 먹을지 모르겠지만 쌀은 안 될 거예요."

"촌장님, 상의드릴 중요한 문제가 있어요. 우리 일행에 남자가 한 명이라도 있었다면 그를 보내 얘기하도록 했겠지만, 그럴 남자가 없잖아요. 제가 여자들 대표로 공적인 얘기를 해도 불쾌하지 않으실까요?" 이제 그녀는 이슬람교도에게 제대로 다가가는 법을 알고 있었다.

촌장은 진에게 허리 굽혀 예를 표하고는 그녀를 자기 집으로 안내했다. 그들은 곧 무너질 듯한 툇마루로 올라가서 바닥에 마주 앉았다. 노인은 콧수염과 머리카락을 짧게 잘랐고 눈빛은 침착해 보였다. 상의는 입지 않고 허리에 사롱만 걸치고 있었다. 표정은 굳어 보였지만, 몰인정하지는 않았다. 그는 집 안에 있는 아내를 불러 커피를 내오라고 했다.

진은 커피가 나오기를 기다리며 예의상 이런저런 이야기를 했다. 6개월 동안 여러 마을을 전전하며 그들의 생활 방식을 터득했다. 커피는 우유와 설탕 없이 두툼한 유리잔에 담겨 나왔다.

진은 촌장에게 예를 표하고 잔을 들어 몇 모금 마신 뒤 내려놓고는 솔직하게 말했다. "우리는 곤경에 처해 있어요. 감시병이 죽어서 우리 앞날은 우리 자신과 당신들 손에 달려 있어요. 우리들 사연을 말씀드렸죠. 포로로 잡힌 파농에서 이곳까지 수백 킬로를 걸어왔어요. 우리를 받아들여 수용소로 보내주고 먹여주고, 병이 나면 고쳐줄 일본군 지휘관은 없을 거예요. 지휘관은 그런 일들이 자기 의무가 아니라고 생각하거든요. 그래서 감시병을 붙여 이 마을 저 마을로 떠돌게 한 거예요. 그게 6개월 넘게 이어졌고, 그 동안 일행 절반이 길에서 죽었어요."

그가 고개를 끄덕였다.

"일본군 감시병이 죽었으니 이제 어떻게 해야 할까요? 계속 행진해서 일본군 장교를 찾아가 보고하더라도 그는 우릴 원치 않을 거예요. 이 나라에서 우리를 원하는 사람은 아무도 없어요. 여자와 아이들만 있어서 남자들처럼 금세 죽이지도 않을 거예요. 우리를 치우려고 어디론가 보내려고만 할 거예요. 우리가 지나온 늪지대 마을 같은 데로요. 그러면 다시 병들고 결국 모두 죽게 될 거예요. 우리가 지금 일본군에게 보고하면 그게 바로 우리들의 앞날이 될 겁니다."

촌장이 답했다. "천사가 이렇게 말했어요. '모든 영혼은 죽음을 맛보게 될 것이고, 우리는 심판하기 위해 선과 악으로 너희를 시험할 것이며, 너희는 우리에게 돌아올 것이다.'"

진은 재빨리 머리를 굴렸다. 딜리트에서 촌장이 했던 말이 뇌리를 스쳤다. "이런 말씀도 있죠. '네가 여자에게 친절을 베풀고 그들을 부당하게 대하는 것을 두려워한다면, 신은 네가 하는 일을 다 알고 계시리라.'"

촌장이 진을 빤히 쳐다보았다. "그 말씀이 어디에 쓰여 있죠?"

"코란 4장에요."

"당신도 믿음이 있습니까?" 그가 믿기지 않는다는 듯 물었다.

진은 고개를 저었다. "촌장님을 속이고 싶지 않아요. 저는 기독교인입니다. 우리 모두 기독교인이에요. 우리가 묵었던 마을의 촌장님께 친절을 베풀어주셔서 감사하다고 하니 제게 그 말씀을 해주셨어요. 저는 코란을 몰라요."

"당신은 매우 재치 있는 여자군요. 당신이 원하는 걸 말해

봐요."

"우리 일행은 이 마을에 머무르고 싶어요. 그리고 이 마을 여자들처럼 논에 나가 일하고 싶어요."

그가 놀란 표정으로 진을 바라보았다. 진이 계속 이야기했다 "이 일로 당신들이 위험해질 수도 있어요. 우리도 그걸 잘 알아요. 우리가 여기 있다는 걸 당신들이 보고하기 전에 일본군 장교가 먼저 발견하면 그들은 격분할 거예요. 그래서 이렇게 부탁드리고 싶어요. 이 마을 여자 한두 명에게 우리와 함께 나가서 농사짓는 법을 보여주라고 해주시면 좋겠어요. 우리는 먹을 것과 잠잘 곳만 해결되면 하루 종일 일할 수 있어요. 그렇게 2주 정도 일한 뒤에 제가 직접 일본군 장교를 찾아가서 이 상황을 알릴게요. 촌장님은 마을 대표로 저와 함께 가셔서 우리가 계속 논에서 일하도록 허락해주면, 일본군을 위해 더 많은 쌀을 재배할 수 있다고 말씀해주시는 거예요. 이게 제가 원하는 거예요."

"난 백인 여자들이 논에서 일했다는 얘기를 들어본 적이 없어요."

"우리처럼 강제로 걷다가 죽은 백인 여자들 얘기는 들어보셨나요?"

그는 대답이 없었다.

"우리 앞날은 촌장님 손에 달렸어요. 우리더러 제 갈 길을 찾아 다른 곳으로 가라고 하시면 떠날 수밖에 없고, 결국 죽게 될 거예요. 그건 신과 촌장님만 아는 문제가 되겠죠. 여기 머물면서 농사지으며 평화롭고 안전하게 지내도록 허락해주신다면, 영국 남자들이 전쟁에서 승리하고 이 나라로 돌아왔을 때 촌장님은 무척 존경받으실 거예요. 결국 그들이 이 전쟁에서 승리할 거예요. 지금은 왜놈들이 권력을 쥐고 있지만, 미국과 세계의 모든 자유 국가를 상대로 이길 수는 없어요. 언젠가는 영국 남자들이 돌아올 거예요."

"그런 날이 오면 나도 기쁠 거요."

그들은 커피를 홀짝이며 한동안 말없이 앉아 있었다.

이윽고 촌장이 말했다. "이 문제는 마을 전체가 관련된 일이어서 가볍게 결정할 문제가 아니에요. 내가 생각해보고 형제들과 상의할게요."

진은 숙소로 돌아왔다. 그날 저녁 기도 시간 뒤에 촌장과 남자들이 그의 집 앞에 쭈그리고 앉아 있는 모습이 보였다. 모두 노인들이었다. 당시 쿠알라텔랑에는 젊은이가 거의 없었다. 행여 있었다고 해도 마을 회의에 참석할 자격은 안 되었을 것이다.

그날 저녁 늦게 촌장이 창고로 와서 진을 찾았다. 진은 아기를 안고 그를 만나러 나갔다. 그들은 작은 석유램프 불빛 옆에 서서 이야기를 나누었다.

그가 말했다. "우리가 말했던 문제를 논의했어요. 백인 여자들이 우리 논에서 일하는 건 특이한 상황이어서…, 우리

형제들 몇 명은 백인 남자들이 돌아왔을 때 상황을 오해하고 우리가 강제로 일을 시켰다고 화낼까 봐 두려워해요."

"우리가 당장 편지를 써드릴게요. 남자들이 그렇게 말하면 그 편지를 보여주시면 돼요."

그가 고개를 저었다. "그럴 필요 없어요. 남자들이 돌아왔을 때 이 일은 당신들이 원해서 이루어진 일이라고 말해주면 충분해요."

"그렇게 할게요."

이튿날 그들은 일하러 나갔다. 당시 그들 무리에는 유부녀 여섯 명과 진, 그리고 로빈을 포함해 열 명의 아이들이 있었다. 촌장은 파티마와 라이하나라는 두 말레이 아가씨와 함께 그들을 논으로 데려갔다. 그는 우선 잡초로 뒤덮인 논 일곱 곳을 그들에게 내주었다. 그곳은 여자들이 관리하기 편한 구역에 있었다. 논 가까이에 지붕이 있는 정자가 있어서 그늘에서 쉴 수도 있었다. 그들은 어린 아이들을 이 정자에 두고 일하러 갔다.

일곱 명의 여자들은 꽤 건강했다. 긴 여정에서 농사일을 견디지 못했을 사람들은 다 탈락되었다. 남아있는 사람들은 결단력과 용기가 있고, 의욕과 유머 감각이 넘치는 사람들이었다.

발목까지 푹푹 빠지는 진흙탕에서 새로운 일에 익숙해지

자 힘든 것도 잊었다. 농사일이 손에 익자 백인 여자들은 말레이 여자들만큼, 또는 그 이상으로 일할 수 있다고 마을 사람들에게 보여주고 싶은 투지가 생겼다.

논은 낮게 흙벽으로 둘러싸여 있어서 언제든 개울물을 끌어다 그 안에 채우면 얕은 웅덩이가 되었다. 논에서 물을 빼면 땅바닥은 부드러운 진흙이 되어 잡초가 손으로 쑥쑥 뽑혔다. 잡초를 다 뽑고 나면 땅에 괭이질하고 모종을 준비한다. 다른 곳에 볍씨를 흩뿌려 키운 모종을 진흙밭에 일렬로 옮겨 심는다.

그 뒤 논은 며칠 동안 다시 물에 잠긴다. 그 사이 모종들은 뜨거운 태양 아래 물 위로 고개를 내놓고 서 있다. 며칠 동안 다시 물을 빼서 햇볕이 뿌리까지 닿게 해준다. 더운 기후에서 물대기와 물빼기를 반복하는 동안 벼는 밀과 비슷한 길이로 아주 빨리 자라고, 줄기 끝에 깃털 같은 이삭이 맺힌다.

줄기는 남겨두고 이삭 부분을 작은 칼로 잘라서 수확한 벼는 자루에 담아 마을로 가져가서 키질을 한다. 그 뒤 물소들을 논으로 몰아넣으면 그것들이 볏짚을 먹고 자연 비료를 주며 땅을 밟아 준다. 그러면 땅은 다시 파종할 준비가 되고 그 순환을 반복한다. 논에서는 보통 2모작이 이루어지고 작물이 바뀌는 일도 없다.

논에서 일하는 것은 익숙해지면 그렇게 괴로운 일은 아니었다. 더운 지역에서는 종려나무 잎으로 엮은 커다란 원뿔 모양 모자를 쓰고 대부분의 옷은 벗어버리고서, 논에 졸졸 흐르는 개울물을 댔다가 뺐다가 하면서 진흙탕을 오가는 벼 농사보다 더 고된 일들도 있는 법이다.

2주가 끝나갈 무렵 여자들은 논농사가 몸에 배었고 그 일을 꽤 좋아하게 되었다. 아이들은 처음부터 그 일을 좋아했다. 그때 마을 가까이에 일본군은 없었다.

16일째 되는 날 진은 촌장과 함께 일본군을 찾아 나섰다. 그들은 죽은 중사의 소총과 개인 소지품, 군복, 급료지불장부를 챙겼다. 43킬로 떨어진 쿠알라라킷에 일본군 파견대가 주둔하고 있다기에 그곳으로 향했다.

거기까지 걸어가는 데 이틀이 걸려서 그들은 한 마을의 촌장 집에서 하룻밤 신세 졌다. 진은 뒤채에서 여자들과 함께 잤다. 다음 날 계속 걸어서 저녁 무렵 쿠알라라킷에 도착했다. 그곳은 아주 큰 마을 또는 작은 도시 정도 되는 곳이었다.

맷 아민 촌장은 말레이 정부 관계자인 퉁쿠 벤타라에게 진을 데려갔다. 퉁쿠 벤타라는 영어가 아주 유창했으며, 약간 홀쭉한 말레이 사람이었다. 그는 맷 아민과 진이 하는 이야기에 깊은 관심을 보였다.

이야기를 다 듣고 나서 그가 말했다. "정말 미안합니다. 일본인들이 우리가 하는 모든 일을 통제하고 있어서 직접적으로 도울 수 있는 일은 많지 않습니다. 당신들이 논에서 일을 하다니 정말 가혹한 상황이군요."

진이 말했다. "전혀 가혹하지 않아요. 사실 우리는 그 일을 좋아합니다. 우리는 여기 계신 맷 아민의 마을에 머물고 싶습니다. 이 지역에 여자 포로수용소가 있다면 일본군이 우릴 거기로 보내겠지만, 만일 포로수용소가 없다면 어떡하나요. 우리는 말레이 방방곡곡을 떠돌고 싶지 않아요. 그러다가 일행 중 절반이 죽었어요."

"당신들은 오늘 밤 우리와 함께 있도록 해요. 내일 일본 행정관에게 얘기해볼게요. 여하튼 이곳에 여자 포로수용소는 없습니다." 그가 말했다.

그날 밤 진은 거의 7개월 만에 처음으로 침대에서 잠을 잤다. 침대가 아주 편하지는 않았다. 바닥에서 자는 게 익숙해지면서 그게 침대에서 자는 것보다 더 시원하다는 것을 알게 되었기 때문이다. 침대에서 내려와 바닥에서 잠을 자지는 않았지만, 거의 그럴 뻔했다.

욕조에 몸을 담근 뒤 머리 위의 통에 가득 담긴 물로 샤워를 했다. 아주 상쾌해서 느긋하게 오래오래 씻었다.

아침에 그녀는 퉁쿠 벤타라, 맷 아민과 함께 일본 행정관에게 가서 자신들의 사정을 다시 들려주었다. 행정관은 캘리포니아 주립대학을 나온 사람이어서 완벽한 미국영어를 구사했다.

그는 공감을 보이기는 했지만, 포로들은 군대의 책임이므로 자신과 아무 상관이 없다고 못 박았다. 일본군 지휘관 마티사카 대령을 만나러 가는 데는 동행해주었다. 진은 대령에게 자신들의 사정을 다시 이야기했다.

마티사카 대령은 딱 봐도 여자 포로들을 성가신 존재로 여겼다. 그들을 감시하는 데 자신의 군사를 내어줄 생각이 눈곱만큼도 없어 보였다. 그가 혼자 있는 자리였다면 여자들을 계속 떠돌게 했을 테지만, 퉁쿠 벤타라와 행정관이 사무실에 함께 있어서 그럴 수 없음을 잘 알고 있었다.

결국 그는 그 일에서 완전히 손을 뗐고, 행정관에게 최선의 대책을 세우라고 지시했다. 행정관은 퉁쿠 벤타라에게 여자들이 지금 있는 곳에서 당분간 지내도 좋다고 했다. 진은 맷 아민과 쿠알라텔랑으로 돌아왔다.

그들은 이 마을에서 그렇게 3년을 살았다.

◈

"3년이 그렇게 헛되이 지나갔고 한 사람의 삶에서 잘려 나갔어요." 진은 그렇게 말하고 고개를 들더니 머뭇거리며 나를 보았다. "저는 말레이반도에 관해서는 훤히 알고 있지만, 여기 영국에선 그런 지식이 별로 쓸모가 없어요."

내가 말했다. "삶이 다할 때까지는 그게 헛되었는지 알 수 없을 거예요. 아마 그때는 그렇게 생각하지 않을지도 모르죠."

"그 말씀이 맞을 거 같아요." 그녀는 부지깽이를 들고 벽난로의 재를 긁어내기 시작했다. "그들은 우리에게 무척 친절했어요. 형편이 닿는 범위 안에서 더할 나위 없이 인정을 베풀었죠. 첫 주에 논에서 일하는 방법을 보여준 파티마는 정말 좋은 사람이었어요. 저와 아주 가까운 사이가 됐죠."

"진이 가려는 곳이 거긴가요?"

그녀가 고개를 끄덕였다. "이제 돈이 생겼으니 그들을 위해 무언가 해주고 싶어요. 우리는 그들과 3년을 함께 지냈고 많은 은혜를 입었어요. 그들이 우리를 받아주지 않았다면 전쟁이 끝나기 전에 모두 죽었을 거예요. 지금 저는 가진 게 아주 많은데 그들은 가진 게 별로 없어요."

내가 조심스럽게 말했다. "아직 그 돈을 다 가진 건 아니라는 사실을 잊지 말아요. 말레이반도로 가려면 비용도 꽤 들 겁니다."

그녀가 미소 지었다. "저도 알아요. 하지만 제가 그들을 위해 하려는 일은 그렇게 많은 비용이 들지 않을 거예요. 기껏해야 50파운드도 넘지 않을걸요. 그 마을에 살 때 날마다 물을 길어야 했어요. 그건 여자들이 해야 하는 일이었는데 무시무시한 노동이었죠. 그 마을 강물은 조수의 영향을 받아서 소금기가 있어요. 그 물로 빨래는 할 수 있지만, 식수는 거의 1.5킬로나 떨어진 샘에서 길어 와야 했죠. 막대기 양쪽 끝에 달린 물통을 양손에 하나씩 들고 아침저녁으로 1.5킬로씩 왔다 갔다 하느라 하루에 6킬로를 걸었어요. 파티마와 다른 여자들은 그걸 대수롭지 않게 생각했어요. 그 마을에서 대대로 해왔던 일이니까요."

"그래서 우물을 만들어주고 싶은 겁니까?"

"맞아요. 그게 제가 그 여자들에게 해줄 수 있는 일이에요. 그들이 우리 삶을 안락하게 해준 것처럼 우물이 그들 삶을 안락하게 해줄 거예요. 마을 한가운데 우물을 파면 아무리 먼 집도 200미터만 가면 물을 얻을 수 있어요. 그들에겐 그런 게 필요해요. 분명 3미터 정도만 파면 될 거예요. 거긴 물이 곳곳에 있거든요. 지하의 수위가 아무리 깊어도 4, 5미터보다 깊지는 않을 거예요. 그 마을로 돌아가 우물 파는 사람들을 고용해서 이 일을 마무리해주면 마음의 빚을 갚을 수 있으리라 생각했어요. 그런 뒤에야 이 돈을 떳떳하게 쓸 수 있을 거 같아요." 그녀가 나를 바라보며 물었다. "바보 같은 짓이라고 생각하는 건 아니시죠?"

"아닙니다. 전혀 그렇게 생각하지 않아요. 다만 그렇게 먼 곳이 아니었으면 좋을 뻔했어요. 그곳을 왕복하려면 1년 수입에 큰 구멍이 생길 겁니다."

"알아요. 혹시라도 돈이 떨어지면 싱가포르나 그 근방에서 일자리를 구해 몇 달 동안 일하면서 돈을 조금 모을 거예요."

"궁금해서 그러는데, 전쟁이 끝나고 왜 말레이에 머물면서 일자리를 구하지 않았나요? 그 나라를 아주 잘 알고 있는데 말이죠."

"저는 그곳이 혐오스러웠어요. 우리 모두 집에 가고 싶어 죽을 지경이었죠. 코타바루에서 트럭 세 대가 와서 우릴 그곳 군용 비행장으로 싣고 갔어요. 우리는 승무원과 함께 다코타 군용 수송기를 타고 싱가포르로 갔어요. 그곳에서 빌 홀랜드를 만났고, 저는 에일린과 프레디, 제인 이야기를 해야 했어요."

진의 목소리가 가라앉았다. "로빈을 제외하고 가족 모두가 죽은 거잖아요. 그때 로빈은 다섯 살이었는데 꽤 튼튼한 꼬마였어요. 정부 관계자들은 귀국할 때 제가 로빈을 돌볼 수 있도록 그들과 같은 비행기로 돌아오게 해줬어요. 물론 로빈은 저를 엄마로 알았죠."

진은 살짝 미소 지었다. "빌은 영원히 그렇게 지내고 싶어 했지만, 전 그럴 수가 없었어요. 그가 원하는 아내가 될 수 없었거든요."

나는 잠자코 있었다.

"착륙할 때 보니 영국은 푸르고 아름다웠어요. 전쟁 같은 건 잊고 다시 평범한 사람이 되고 싶었죠. 팩&레비에서 직장을 얻었고, 거기서 2년 동안 일했어요. 여성용 핸드백과 서류 가방 등 사치품을 만들어 팔고…, 전쟁이나 질병, 죽음과는 전혀 상관없는 곳이잖아요. 그곳에서 대체로 행복한 시간을 보냈죠."

영국에 돌아온 뒤 그녀는 완전히 혼자였다. 그전에 싱가포르에 도착했을 때 어머니에게 전보를 보냈지만, 한참 동안 답장이 오지 않았다. 그러다가 콜윈베이에 있는 애거사 고모로부터 답장을 받았다. 그녀의 어머니가 죽었다는 소식이 들어 있었다.

그녀는 싱가포르를 떠나기 전에 오빠 도널드마저 버마-태국 철도 건설 현장에서 사망했다는 소식을 접했다. 자유는 되찾았지만, 세상에 완전히 혼자 남겨진 느낌이었을 것이다.

그때 빌 홀랜드의 청혼을 거절한 것은 그녀의 강인한 성격을 보여주는 듯했다. 그녀는 리버풀에 착륙 했고, 애거사 고모가 있는 콜윈베이로 가서 몇 주 동안 함께 지냈다. 그 뒤 일자리를 찾아 런던으로 왔다.

나는 에어에 있던 외삼촌에게 연락하지 않은 이유를 물었다.

"솔직히 말씀드리면 외삼촌을 완전히 잊고 있었어요. 만약 생각이 났더라도 아마 외삼촌도 죽었다고 생각했을 거예요. 제가 열두 살이었을 때 딱 한 번 만났는데 그때도 거의 죽은 사람처럼 보였거든요. 외삼촌이 아직 살아있을 거란 생각은 해본 적이 없었어요. 어머니 재산은 모두 정리돼 있었고 개인 서류는 거의 남아있지 않았죠. 그런 서류들은 다 사우샘프턴 집에 있었는데 그 집이 폭격당했거든요. 더글러스 외삼촌이 생각났더라도 어디에 살고 계신지 알 수 없었을 거예요."

여전히 비가 쏟아지고 있었다. 우리는 오후 외출을 포기하고 집에서 차를 마시기로 했다. 그녀가 좁은 부엌으로 가서 차를 준비하는 동안 나는 서둘러 티 테이블을 내놓고 빵과 버터를 잘랐다. 쟁반을 들고 왔을 때 내가 물었다. "그럼 언제 말레이로 갈 생각이에요?"

"5월 말 탑승권을 예약하고, 그때까지 팩&레비에서 일할 생각이에요. 시간이 6주 정도 남았어요. 그동안 왕복 탑승권 비용을 충분히 모을 수 있을 거 같아요. 거기다 지난 2년간 월급에서 저축한 게 60파운드 정도 돼요."

여행 경비를 아끼고 싶었던 그녀는 비교적 저렴한 요금에 승객 10여 명을 태우고 싱가포르로 가는 중간급 화물선을 찾아냈다.

그녀가 말했다. "싱가포르에서 코타바루까지는 비행기를 타야 할 거 같아요. 말레이 항공에 쿠안탄에 들렀다가 코타바루로 가는 노선이 있어요. 코타바루에서 쿠알라텔랑까지는 어떻게 가야 할지 모르겠지만, 무슨 수가 있을 거예요."

그녀라면 그 거리를 충분히 걸을 수 있으리라는 생각이

문득 들었다. 말레이 중심부를 통과하는 여정은 대수롭지 않을지도 몰랐다. 그녀가 이야기하는 동안 그 장소들이 어디인지 보기 위해 내가 꺼내놓았던 지도책을 다시 살펴보았다.

"비행기는 쿠안탄에서 내리는 게 낫겠어요. 거기서 가는 게 거리가 더 짧군요." 내가 말했다.

"거리가 조금 더 짧은 건 저도 알아요. 하지만 다시 그곳으로 돌아간다는 생각을 견딜 수 없어요." 그녀의 목소리에서 고통이 느껴졌다.

나는 분위기를 바꾸려고 실없는 이야기를 했다. "제가 이 말레이 지명을 다 외우려면 몇 년은 걸리겠어요."

"의미를 아시면 별거 아니에요. 영국식 지명과 비슷하거든요. '바루'는 '새로운'이라는 뜻이고 '코타'는 '성채'를 뜻해요. 코타바루는 말레이의 뉴캐슬이에요."

진이 페리베일에서 계속 직장에 나가는 동안 나는 챈서리 레인에서 내 일을 했다. 그녀의 이야기가 머릿속에서 떠나지 않았다. 클럽 회원 가운데 말레이 경찰이었던 라이트라는 사람이 있었다. 그가 일제 점령기에 일본군 포로로 잡혀서 싱가포르의 창이 감옥(싱가포르와 말레이시아에서 잡힌 포로들 수용소로 악명 높았던 곳-옮긴이)에 있었다고 들었다.

어느 날 저녁 식사 때 그와 나란히 앉게 되었다. 나는 그에게 진 패짓 이야기를 하고 싶어 참을 수가 없었다. "일전에 한 의뢰인에게 말레이에서 있었던 놀라운 이야기를 들었어요. 일본군이 수용소에 보내지 않고 떠돌게 했던 여자들 중한 명이었어요."

그가 들고 있던 나이프를 내려놓았다. "파농에서 붙잡혀 말레이 방방곡곡을 떠돈 무리를 말하는 건 아니죠?"

"그중 한 명 맞아요! 그들을 알아요?"

"알다마다요. 당신 말처럼 정말 놀라운 일이었죠. 일본군 지휘관들은 그들을 이리저리 떠돌게 하다가 결국엔 동쪽 해안 어느 마을에 정착하도록 허락했어요. 그곳에서 전쟁이 끝날 때까지 살았다더군요. 그들을 이끌었던 아주 훌륭한 아가씨가 있었는데 말레이어를 유창하게 했대요. 유명인사는 아니었고, 쿠알라룸푸르에 있는 사무실에서 속기사로 일했던 아가씨래요. 대단한 아가씨예요."

나는 고개를 끄덕이며 말했다. "그녀가 제 의뢰인입니다."

"바로 그녀였군요! 그녀가 어떻게 됐는지 늘 궁금했어요. 지금 무슨 일을 하고 있어요?"

"페리베일에 있는 핸드백 공장에서 다시 속기사로 일하고 있어요."

"정말요?" 그가 음식을 삼키고 말했다. "난 그녀가 어떤 훈장이든 받아야 한다고 늘 생각했어요. 안타깝게도 그런 사람들에게 줄 수 있는 훈장은 없더군요. 그 아가씨가 없었다면 여자와 아이들은 모두 죽었을 겁니다. 그 무리 중에 그런 자질을 갖춘 사람은 그녀뿐이었거든요."

"그들 중 절반이 죽은 걸로 알고 있어요." 내가 말했다.

"아마 그럴 거예요. 그래도 그녀 덕분에 정착해서 농사도 지을 수 있게 됐고 그 뒤로는 다 무사했잖아요."

진 패짓이 이 나라를 떠나기 전 6주 동안 우리는 자주 만났다. 그녀는 6월 2일 런던 부두에서 출항하는 배편을 예약했다. 회사에는 5월 말에 퇴사하겠다고 통보했다. 그들은 무척 섭섭해하면서 바로 급여를 올려주겠다고 제안하며 붙잡았다. 그 바람에 진은 팩 씨에게 자신의 유산 이야기를 해야 했고, 그는 그녀의 퇴사를 받아들일 수밖에 없었다.

나는 그녀가 7월부터 9월까지 신탁에서 나오는 수익을 싱가포르에서 받아볼 수 있도록 처리했다. 그러기 위해 차타드 은행에 그녀의 계좌를 개설했다.

그녀가 떠날 시간이 가까워질수록 내 걱정은 커졌다. 그녀가 수익보다 많은 돈을 지출할까 봐 그런 게 아니라, 생각보다 비용이 많이 들어서 어떤 곤란에 빠질까 봐 걱정스러웠다. 최근 동양을 여행하는 사람에게 1년에 900파운드는 그리 넉넉한 액수가 아니었다.

그녀가 떠나기 일주일쯤 전에 그 말을 꺼냈다. "이제 자신이 꽤 부유하다는 사실을 알아야 해요. 수입의 범위 내에서 생활하는 건 아주 잘하는 일이고…, 사실 진이 그러도록 하는 게 제 역할입니다. 하지만 외삼촌의 유언장에 따르면 제게 꽤 큰 재량권이 있다는 걸 잊지 마세요. 어떤 곤경에 처하거나 병이 나거나 해서 정말 돈이 필요할 땐 곧바로 제게 전보를 치세요."

그녀가 웃으며 말했다. "정말 고맙습니다. 하지만 전 정말 괜찮을 거예요. 돈이 모자랄 것 같으면 일자리를 구할 생각이거든요. 어쨌든 제가 정해진 날까지 꼭 영국에 돌아와야 하는 건 아니잖아요."

내가 말했다. "그곳에 너무 오래 있지 말아요."

그녀가 미소로 답했다. "노엘, 안 그럴게요. 이 일이 끝나면 제가 말레이에서 할 일은 아무것도 없어요."

그녀는 일링에 있는 셋방을 내놓은 뒤 자신이 돌아올 때까지 트렁크와 여행 가방에 든 짐을 내 아파트 골방에 보관해도 되는지 물었다. 떠나기 전날 그녀가 짐을 가지고 왔다. 그녀의 짐 중에는 트렁크에 들어가지 않는 스케이트화도 한 켤레 있었다. 그녀가 가져갈 짐은 여행 가방 하나뿐이라고 했다.

"그럼 열대기후에 대비한 상비약은요? 미리 보냈습니까?" 내가 물었다.

그녀가 웃으며 말했다. "그건 제가 가져갈 짐 가방에 넣어두었어요. 팔루드린(말라리아 치료제-옮긴이) 50알과 설사약 100알, 모기약을 준비했고, 예전에 입던 사롱도 챙겼어요.

발레이에 숙녀 행세를 하러 가는 건 아니니까요."

부두로 나가 그녀를 배웅할 사람은 나밖에 없었다. 그녀는 세상에 혼자나 다름없었고, 기꺼이 배웅 나왔을 친구들도 직장 때문에 시간을 낼 수 없었다. 나는 택시로 그녀를 데려다주었다.

그녀는 자신의 여정에 아주 담담했다. 세계를 반 바퀴 도는 항해의 준비물이 우리 세대 여자들이 가까운 교외에서 주말을 보낼 때 챙기는 준비물 정도밖에 되지 않는 듯했다.

배는 새것이어서 모든 게 반짝이고 깨끗했다. 승무원이 선실 문을 열어주자 그녀는 깜짝 놀라 뒤로 물러섰다. 선실 전체가 온통 꽃으로 장식되어 있었기 때문이다.

그녀가 말했다. "어머? 노엘, 이 꽃들 좀 보세요!" 그러고는 승무원을 돌아보았다. "누가 꽃을 보냈어요? 회사에서 보낸 건 아닐 테고…"

"어제저녁에 저 꽃들이 들어있는 커다란 상자 세 개가 배달됐습니다. 정말 근사하죠?" 승무원이 말했다.

그녀가 나를 휙 돌아보며 말했다. "노엘이 보내셨군요. 정말 언제나 다정하세요."

"영국 꽃입니다. 영국으로 어서 돌아오라는 의미죠." 나는 그때 이미 그녀가 영영 돌아오지 않을 것 같은 불길한 예감이 들었던 게 틀림없었다.

그녀는 내가 미처 상황을 깨닫기 전에 내 어깨에 팔을 두르고 뺨에 입을 맞췄다. "노엘, 꽃에 대한 답례예요. 꽃뿐만 아니라 저를 위해 애써주신 모든 일에 감사드려요." 그녀가 다정하게 말했다.

나는 어안이 벙벙하고 혼란스러워서 엉겁결에 이렇게 대답했다. "진이 돌아올 때 저런 꽃들을 또 준비할게요."

나는 배가 출발할 때까지 기다리지 않았다. 이별은 바보 같은 짓이어서 빨리 끝내는 게 상책이었다. 홀로 택시를 타고 아파트로 돌아왔다. 창가에 서서 건너편의 화려한 벽면을 하염없이 바라보며 생각에 잠겼다.

멋진 새 증기선을 타고 그레이브젠드와 틸버리를 지나고, 강을 따라 내려가다가 슈베리와 노스 포어랜드를 지나 멀리 떠나가는 그녀를 상상했다. 그러다가 번쩍 정신이 들어서 골방에 있는 그녀의 여행 가방과 트렁크를 구석으로 따로 옮겨두었다.

그녀의 애장품인 스케이트화를 어디에 두어야 할지 몰라 한동안 손에 들고 서 있다가 결국 침실로 가져가 옷장 바닥에 넣어두었다. 그것을 잃어버리면 나 자신을 용서할 수 없을 것 같았다. 진은 누구나 딸로 삼고 싶어 할 만큼 훌륭한 아가씨였지만, 나는 딸이 없어서 그 느낌을 알지 못했다.

진은 화물선을 타고 세계를 돌면서 배가 들르는 모든 항구에서 내게 편지를 보냈다. 마르세유와 나폴리에서, 알렉산드리아와 아덴에서, 콜롬보와 랑군, 페낭에서 편지가 왔다.

말레이에 있을 때부터 그녀를 알았던 라이트는 늘 그녀에게 관심이 많았기에 나는 습관처럼 그녀의 최근 편지를 지니고 다니며 근황을 들려주었다. 그는 코타바루 지방행정관의 영국인 고문인 윌슨을 꽤 잘 알고 있었다. 나는 라이트에게 도움을 청했다. 항공우편으로 윌슨에게 진 패짓에 대해 알리고, 그녀를 도와달라고 부탁해달라고 말했다. 라이트도 꼭 그렇게 해야겠다고 동의했다.

코타바루에는 그곳에 거주하는 영국인들 집에 머무는 것 말고는 숙녀가 머물 만한 곳이 마땅히 없었다. 윌슨은 그녀를 기다리고 있다는 매우 친절한 답장을 보내왔다. 나는 차타드 은행으로 항공우편을 보내 우리가 한 일을 그녀에게 알릴 수 있도록 처리했다.

진은 싱가포르에 하룻밤 머문 뒤 아침 비행기를 타고 코타바루로 갔다. 다코타 수송기는 말레이 곳곳을 돌아다니며 여러 장소에 들렀고, 오후 일찍 코타바루 간이 활주로에 그녀를 내려놓았다. 그녀가 런던을 떠날 때 입었던 연회색 코트와 치마 차림으로 비행기에서 내리니 윌슨과 그의 아내가 직접 마중 나와 있었다.

나는 1년 뒤 유나이티드 유니버시티 클럽(런던 신사들의 사교 클럽-옮긴이)에서 휴가 나온 윌슨을 만났다. 그는 키가 크고 조용한 남자였다. 그의 설명에 따르면 진은 그들이 직접 활

주로로 마중 나온 것을 알고 약간 당황했다고 한다. 그녀는
자신이 말레이 일부 지역에서 꽤 유명하다는 사실을 몰랐던
것 같다.

월슨은 우리가 편지를 보내기 훨씬 전부터 그녀에 관해 잘
알고 있었지만, 전쟁이 끝난 뒤로 그녀 소식을 전혀 듣지 못
했다. 그는 우리가 보낸 편지를 받고, 맷 아민에게 진이 그들
을 만나러 돌아온다는 소식을 전했다. 또 160킬로 떨어진
쿠알라텔랑까지 그녀를 데려다 주도록 운전사가 딸린 자신
의 지프를 내주기도 했다.

나는 그가 아주 친절한 사람이라고 생각했고, 그에게도 그
렇게 말해주었다. 그는 쿠알라텔랑 지역에서 영국인의 명망
이 전쟁 전보다 더 높아졌다고 했다. 그것은 오로지 그 아가
씨와 일행 덕분이라고 했다. 그는 진이 지프를 이용할 자격
이 충분하다고 생각했다.

진은 그들의 공관에서 이틀 정도 머물렀고, 현지인 가게에
서 간단한 물품을 몇 가지 샀다. 떠나는 날 아침에는 현지인
차림으로 지프를 타고 출발했다. 여행 가방과 소지품은 대
부분 월슨 부인에게 맡겨놓았다.

그녀는 현지 여성이 지니고 다닐 법한 물건만 가지고 떠났
다. 색이 바랜 파란색과 흰색 체크무늬 사롱에 짧은 웃옷을
걸쳤다. 발을 보호하기 위해 샌들도 신었다. 햇빛을 가리는
용도로 수수한 황갈색의 중국식 우산을 들고 다녔다.

미리는 현지인 스타일로 바짝 틀어 올려서 정수리 한가운데에 커다란 빗으로 고정시켰다. 종려나무 잎으로 엮은 작은 바구니도 들고 다녔다. 윌슨 부인이 남편에게 한 말에 따르면 그 안에 든 것은 별로 없었다고 한다. 치약도 없이 칫솔만 달랑 하나 들어 있었고, 수건 한 장, 소독용 비누 하나, 약품 몇 가지가 전부였다.

갈아입을 옷으로는 새로 산 사롱과 거기에 어울리는 꽃무늬 상의 한 벌만 가져갔다. 화장품은 챙기지 않았고, 친구들에게 줄 소소한 선물로 작은 브로치 세 개와 반지 두 개를 가져갔다. 그게 그녀가 가져간 전부였다.

윌슨이 말했다. "그녀가 그런 차림새로 간 게 매우 현명한 행동이라고 생각했어요. 만일 영국 여자처럼 입고 갔다면 그들은 당황했을 거예요. 영국인 거주민 중 몇몇 보수적인 사람들은 그녀가 현지인 차림새로 그 마을에 갔다고 들었을 때 크게 화를 냈어요. 뭐 수준을 떨어뜨린다 어쩐다 하면서요. 전 오히려 그게 낫다고 생각했죠. 어쨌든 그녀는 전쟁 내내 그런 차림으로 다녔는데 그땐 누구도 그녀가 수준을 떨어뜨린다고 비난하지 않았어요."

지프를 타고 코타바루에서 쿠알라텔랑까지 가는 하루는 길었다. 도로 사정이 매우 열악했다. 수많은 얕은 개울 말고도 깊은 강을 네 개나 건너야 해서 그때마다 지프를 배에 싣고 건넜다. 쿠알라텔랑까지 160킬로 거리를 가는 데 열네 시간이 걸렸다.

그들이 차를 몰고 마을로 들어섰을 때는 이미 어두웠다. 지프가 어둑어둑한 마을로 들어서자 집 밖으로 나온 사람들이 사롱을 여미면서 들뜬 목소리로 웅성거렸다. 그날 밤은 보름달이 떠서 운전할 수 있을 만큼 사방이 환했다.

지프가 촌장의 집 앞에 멈추자 녹초가 되어 내린 진은 촌장에게 가서 합장하듯 두 손을 모으고 말레이어로 인사했다. "촌장님, 제가 돌아왔어요. 백인 여자들이 도움만 받고 당신들을 다 잊었다고 생각할까 봐서요."

그가 말했다. "당신이 떠난 뒤 우린 줄곧 당신 생각이 나서 자주 이야기했어요."

사람들이 그들 주위에 모여들었다. 진은 아기를 품에 안은 파티마가 사롱에 매달려 아장아장 걷는 아이와 함께 다가오는 모습을 보고는 군중을 헤치고 나아가 그녀의 손을 잡고 말했다. "정말 오랜만이에요."

라이하나도 눈에 띄었다. 사팔눈의 꼬마 이브라힘은 이제 어엿한 청년이 되었고, 그의 동생과 할머니 등 많은 사람들이 보였다. 그 중 일부는 진이 모르는 사람들이었다. 그녀가 말레이를 떠난 직후 노동자로 끌려갔던 남자들이 돌아왔고, 새로운 주민들도 제법 있었기 때문이다.

파티마는 남편을 앞으로 데리고 나와 진에게 소개했다. 진은 그에게 허리 숙여 인사하며, 얼굴을 가릴 숄을 가져왔으면 좋을 뻔했다고 생각했다. 그곳에서는 낯선 남자에게 처음 인사할 때 얼굴을 가리는 게 예의 바른 행동이었기 때문이다. 그녀는 손으로 얼굴을 가리고 말했다. "얼굴을 가릴 만한 게 없어서 죄송해요."

그가 진에게 허리 숙여 인사하며 말했다. "괜찮습니다."

그때 파티마가 말했다. "백인 부인들이 우리와 살 때 얼굴을 가린 적이 없다는 걸 그이도 알고 다른 사람들도 다 알아요. 사람마다 사는 방식이 다르니까요. 우린 진이 돌아와서 무척 기뻐요."

진은 촌장과 상의해 운전사의 숙소를 마련해준 뒤 파티마 부부와 함께 그들 집으로 갔다. 식사했냐는 질문에 진이 아직 못 먹었다고 대답하자 그들은 밥과 블라찬으로 저녁상을 차려주었다.

블라찬은 새우와 생선을 발효시켜 아주 맵게 양념한 말레이식 소스였다. 몹시 지친 진은 식사 뒤 종려나무 잎으로 엮은 가방을 베개 삼아 그곳에서 지낸 3년 동안 그랬던 것처럼 매트 위에 누워 허리에 묶은 사롱을 풀고 잠을 청했다.

지난 3년 동안 침대 생활을 한 그녀가 바닥에서 푹 잤다고 하면 거짓말이었을 것이다. 그날 밤 여러 번 잠에서 깨어 새벽의 정적을 깨는 소리에 귀를 기울였다. 집 주위에 내려앉은 달빛을 바라보다가 문득 행복감에 젖었다.

다음 날 아침 진은 남자들을 피해 집 뒤편 솥 주위에 모여 앉은 파티마, 메리암, 즈베이다 할머니와 이야기를 나누었다.

"멀리 있는데도 날마다 이곳 생각이 났어요." 진이 말했다.

정확히 매일은 아니더라도 자주 그들 생각을 했었다.

"제가 생계를 꾸리며 열심히 산 것처럼 여러분도 그렇게 살고 있었겠죠? 전 영국에서 회사 다니며 사무 보는 일을 했어요. 영국에선 여자들도 그런 일을 해요. 모두 알다시피 전 가난한 사람이고, 제게 맞는 남편감을 찾을 때까진 먹고살기 위해 일해야 했어요. 근데 제가 이만저만 까다로운 게 아니라서요." 그 말에 여자들이 까르르 웃었다.

즈베이다 할머니가 말했다. "여자가 그런 일을 하며 생계를 꾸린다는 게 참 이상하네."

메리암이 말했다. "쿠알라라캇에 있는 은행에도 우리 같은 여자가 일하고 있던데요. 창문 너머로 그 여자를 봤어요. 그 여자가 손가락으로 기계에 뭔가를 하고 있었는데 타닥타닥 소리가 났어요."

진이 말했다. "영국에서 저도 그런 일을 하며 돈을 벌었어요. 그런 식으로 기계를 작동시켜서 남자들을 위해 글자를 인쇄해주는 일이에요. 그런데 최근 외삼촌이 돌아가셨어요. 외삼촌은 저와 멀리 떨어져 살았죠. 저는 한 번밖에 만나지 못했는데 다른 친척이 없어서 제가 유산을 상속받았어요.

그래서 이제 원치 않는 이상 일할 필요가 없어요."

여자들이 웅성웅성 떠들었다. 여자들 두세 명이 더 모여서 사람 수가 늘었다.

"난생처음 큰돈이 생기고 나서 저는 이곳에 있는 여러분이…, 그리고 우리가 여기에 포로로 있었을 때 베풀어준 친절이 그 어느 때보다 많이 생각났어요. 이곳에 감사의 선물을 드려야 한다는 생각이 들었죠. 이 감사의 선물은 한 여자가 쿠알라텔랑 여자들에게 주는 선물이 돼야 한다고 생각했어요. 남자들과는 아무 상관 없어요."

진을 둘러싼 여자들이 들뜬 목소리로 와글와글 떠들었다.

즈베이다 할머니가 말했다. "맞아, 늘 남자들이 모든 걸 차지했지." 여자들 한둘은 그녀의 이단적 태도에 충격받은 표정이었다.

진이 말했다. "전 이 마을에 우물이 필요하다고 늘 생각했어요. 우물이 있으면 여러분은 아침저녁 샘으로 물 길러 가지 않아도 돼요. 집에서 기껏해야 50걸음만 걸으면 깨끗한 물이 솟는 우물이 있어서, 언제라도 시원하고 신선한 물을 필요할 때마다 양동이로 퍼 올리기만 하면 되는 거예요."

여자들은 또 웅성거렸다.

"청년들이 양동이로 물을 퍼 올려주는 동안 여러분이 앉아서 이야기할 수 있도록 우물 주위에 반반한 돌도 깔아놓을 거예요. 우물 옆에는 종려나무 잎을 엮어 공동 세탁장을 짓고 싶어요. 매끈한 돌판이나 콘크리트판을 설치하면 여러분은 빨래하면서 마주 보고 수다도 떨 수 있을 거예요. 게다가 벽으로 둘러싸면 남자들이 안을 볼 수도 없죠."

웅성거림은 떠들썩한 환호성으로 바뀌었다.

"이게 제가 드리고 싶은 감사의 선물이에요. 우물 파는 일꾼들을 고용해서 그들에게 일을 맡길 거예요. 우물의 둥근 석조 부분은 석공들에게 맡길 생각이고, 세탁장을 지을 목수도 고용할 거예요. 하지만 세탁장 내부의 배치는 두세 분의 조언이 필요해요. 전체적인 설계와 돌판의 높이, 콘크리트 수조나 수로의 배치에 관해서는 여러분의 경험이 담긴 조언을 듣고 싶어요. 이건 여자가 여자들에게 주는 선물이니까 이 일에서 남자들은 여자들이 말하는 대로 따라야 해요."

떠들썩한 토론이 오래 이어졌다. 몇몇 여자들은 남자들이 과연 이런 일을 허락할지 미심쩍어했다. 몇몇 여자들도 이전에 그들 어머니와 할머니가 만족스러워했던 방식을 바꾸는 게 불경스러운 짓은 아닌지 의구심을 드러냈다.

하지만 대다수는 그 혁신이 이루어지기를 갈망했다. 그들이 그 제안을 받아들인 뒤로 여러 번 곱씹고 숙고하면서 모든 세부 사항을 검토했다. 우물과 공동 세탁장의 위치, 콘크리트 수조와 수로의 배치도 논의했다.

두어 시간 뒤 그들은 그 계획을 완전히 이해했다. 진은 우물이 그들의 실질적인 욕구를 채워줄 것이며, 자신이 다른 무엇을 주어도 그보다 더 그들을 기쁘게 하지는 못했으리라고 생각하며 흐뭇해했다.

그날 저녁 진은 촌장의 집 앞 작은 툇마루에서 그와 마주 앉았다. 예전에 여자들 문제를 논의해야 할 때도 수없이 그렇게 마주 앉았었다.

진이 커피를 홀짝이다가 말했다. "드릴 말씀이 있어 찾아왔어요…. 이 마을에 감사의 선물을 드리고 싶어요. 마을 사람들은 백인 여자들이 이곳에 있었을 때를 기억할 거예요. 당신들은 우리에게 큰 친절을 베풀었어요."

그가 말했다. "안사람이 하루 종일 다른 여자들과 그 얘기만 하더군요. 당신이 우물을 만들고 싶어 한다고요."

"사실이에요. 이 우물은 당시 여기서 지냈던 영국 여자들이 쿠알라텔랑에 드리는 감사의 선물이지만, 우리도 여자니까 이곳 여자들에게 선물을 드리는 게 취지에 맞을 거 같아요. 우리는 여기 살 때 아침저녁으로 샘에서 물 길어 오는 게 고역이었어요. 영국에서도 저는 멀리서 물을 길어 오는 이곳 여자들을 생각할 때마다 안타까웠어요. 그래서 감사의 선물로 마을 한가운데 우물을 만들어드리고 싶어요."

"예전에 그들 어머니와 할머니 세대는 그 샘으로 충분했어요. 여자들에게 우물이 생기면 자기 분수를 잊고 못된 망상이나 일삼을 거요."

진은 참을성 있게 설명했다. "만약 우물이 있다면 여자들은 힘을 아끼게 되어 충실하고 상냥하게 남편을 섬길 수 있을 거예요. 촌장님, 라이하나가 임신 3개월 때 물을 길어 오다가 아이를 잃은 거 기억하세요?"

그는 진이 감히 그런 말을 하는 데 충격받았지만, 영국 여자들은 못 하는 말이 없다는 것을 알고 있었다.

"라이하나는 그 뒤 1년 동안 몸이 아파서 남편을 상냥하게 대하지 못했을 거예요. 제가 감사의 선물로 드리려 하는 그런 우물이 진작 이 마을에 있었다면 사고는 일어나지 않았을 거예요."

"남자들과 마찬가지로 여자들의 삶도 신의 손에 달려있소."

진이 부드럽게 미소 지었다. "촌장님, 제가 이 말씀을 다시 드려도 될까요? '남자의 영혼은 본능적으로 탐욕으로 기운다. 그러나 네가 여자에게 친절을 베풀고 그들을 부당하게 대하는 것을 두려워한다면, 신은 네가 하는 일을 다 알고 계시리라.'"

그는 웃으면서 손바닥으로 무릎을 쳤다. "당신이 여기 살 때 원하는 게 있으면 항상 내게 그 얘길 하곤 했는데…, 오랜만에 다시 듣는군요."

"여자들에게 우물을 허락하시는 게 친절한 행동이에요."

그가 여전히 웃으며 대답했다. "지금은 이 말만 하리다. 당신이 약속한 그 우물만큼 무언가를 간절히 원할 때 이곳 여자들은 보통 그것을 얻게 마련이죠. 하지만 이건 마을 전체가 관련된 문제니 우선 형제들과 상의해야겠군요."

다음 날 아침 남자들은 시장 건물 그늘에 모여앉아 회의를 열었다. 그들은 이내 사람을 보내 진을 그쪽으로 불렀다. 진은 그들이 있는 곳으로 가서 여자들이 으레 그랬던 것처럼 한쪽으로 조금 물러나 쭈그리고 앉았다.

남자들은 우물과 세탁장을 어디에 만들 것인지 물었다. 그녀는 모든 것이 남자들의 결정에 달려 있지만, 가게 앞 땅에 우물을 만들고 그 서쪽에 세탁장을 만들면 여자들에게 편리할 것 같다고 말하며 아흐메드의 집 쪽을 가리켰다.

그러자 남자들은 다 같이 땅을 보러 가서 다각도로 문제를 논의했다. 온 마을 여자들이 주위에 둘러서서 남편들이 중대한 결정을 내리는 순간에 진이 그들과 거의 동등하게 이야기하는 광경을 지켜보았다.

진은 재촉하지 않았다. 그 마을에서 3년을 살았기에 그들은 사고가 더디고 모든 혁신에 신중하게 접근한다는 것을 잘 알고 있었다. 그들은 이틀 뒤에야 우물이 생기는 것은 좋은 일이고, 그 일에 착수하더라도 신이 진노하지 않을 것이라고 결론지었다.

우물 파는 일은 숙련된 기술이 필요했다. 근방에서 그 일을 맡길 데라고는 한 집밖에 없었다. 그들 일가는 쿠안탄에서 8킬로 떨어진 곳에 살고 있었다.

촌장은 이맘(이슬람교 성직자-옮긴이)에게 자신이 부르는 내용을 편지로 써달라고 부탁한 다음 그것을 쿠알라라킷으로 가져가서 우편으로 부쳤다. 진은 코타바루로 사람을 보내 시멘트 다섯 포대를 주문했고, 일이 진행되는 몇 주 동안 그곳에서 지냈다.

진은 주로 어부들과 배를 타거나 바닷가에서 아이들과 놀아주며 시간을 보냈다. 아이들에게 모래성 쌓는 법을 알려주었다. 모래 위에 손가락으로 그린 바둑판 위에서 오목 두는 법도 가르쳐주었다. 때때로 바다에서 물놀이를 했고, 수확기에는 일주일 내내 논에서 거들었다.

이 마을에서 오래 산 덕분에 그들 방식대로 시간이 흐르도록 진득하게 기다릴 수 있었다. 게다가 더 이상 일할 필요도 없어졌기에 앞으로 어떤 삶을 살 것인지 고민할 시간도 필요했다. 그 마을에서 빈둥거리며 3주를 기다렸지만, 지루할 새는 없었다.

우물 파는 기술자들과 시멘트가 거의 동시에 도착해 바로 작업이 시작되었다. 기술자들은 술래이만이라는 노인과 그의 두 아들 야콥과 후세인으로 구성된 팀이었다. 그들은 땅을 측량하는 데 하루를 보냈다. 마을 회의를 거쳐 채택된 우물 부지는 이 전문가들을 설득시키기 위해 처음부터 다시 검토되었다.

마침내 작업이 시작된 뒤에는 빠르고 순조롭게 진행되었다. 기술자들은 날이 밝을 때부터 어두워질 때까지 일했다. 한 명은 땅을 파 내려갔고, 나머지 둘은 위에 쌓인 흙을 처리했다. 그들은 땅에 지지대 역할을 하는 말뚝을 세우고, 위에서 아래로 벽돌을 쌓아 내려가는 식으로 작업했다.

술래이만 노인은 말레이 동쪽 해안을 오르내리며 우물을 파고 수리하는 일을 했기에 자주 이 마을 저 마을로 돌아다녔다. 이 마을 사람들에게는 소식통인 셈이었다.

쿠알라텔랑 사람들은 새 우물 주위에 둘러앉아 작업 상황을 지켜보며 노인과 수다를 떨었고, 해안 곳곳에 살고 있는 지인과 친척들 소식을 들었다.

어느 날 오후 진은 그 자리에 앉아 있다가 노인에게 물었다. "쿠안탄 출신이세요?"

"바투사와 출신이에요. 쿠안탄에서 걸으면 두 시간 걸리는 곳이죠. 집은 거기 있지만, 우린 대부분 밖에서 떠돌아요." 노인이 대답했다.

그녀가 잠시 말없이 있다가 물었다. "전쟁 첫해에 쿠안탄에 주둔했던 일본군 사령관 스가모 대위를 기억하세요?"

"기억하다마다요. 아주 지독한 사람이어서 그가 떠났을 때 얼마나 기뻤는지 몰라요. 그 후임으로 온 이치노 대위는 조금 나았어요."

진의 예상과 달리 노인은 스가모가 죽었다는 사실을 모르는 것 같았다. 진은 전범조사위원회가 쿠안탄에서 증거를 수집했으리라 짐작했다.

그녀가 말했다. "스가모 대위는 죽었어요. 버마-태국 철도 건설 현장에서 수많은 잔혹행위와 살인을 저질렀거든요. 전쟁이 끝난 뒤 연합군에 체포돼서 살인죄로 재판받고 페낭에서 처형됐어요."

"허, 그것참, 반가운 소식이군요. 애들에게도 알려줘야겠어요." 노인은 우물 아래 있는 아들들에게 큰소리로 그 소식을 알렸다. 그들은 그 이야기를 조금 나누다가 다시 작업을 시작했다.

진이 물었다. "스가모 대위가 쿠안탄에서 못된 짓을 많이 했나요?" 여전히 끔찍할 정도로 그 기억이 생생했지만, 차마 직접 입 밖에 낼 수가 없었다.

술래이만 노인이 말했다. "많은 이들이 고문당했어요."

그녀는 고개를 끄덕였다. "저도 한 번 직접 봤어요."

결국 그 이야기를 할 수밖에 없었다. 자신이 노인에게 무슨 말을 하는지는 중요하지 않았다.

"우리가 굶주리고 병에 시달릴 때 포로였던 한 군인이 우리를 돕다가 일본군에게 잡혔어요. 일본군은 그의 손에 못을 박아 나무에 매달고는 죽도록 때렸어요."

노인이 말했다. "나도 기억나요. 그는 쿠안탄의 병원에 입원했었어요."

진은 노인을 빤히 처다보았다. "어르신, 그 사람이 병원에 있었다고요? 그는 죽었잖아요!"

"두 사람이었을 텐데요…" 노인은 우물 아래 있는 야콥에게 큰소리로 물었다. "전쟁 첫해에 쿠안탄에서 나무에 못 박혀 매 맞은 영국 병사 말이다. 이 영국 부인이 그를 아신단다. 그 사람이 죽은 게 맞니?"

후세인이 끼어들었다. "매 맞은 사람은 영국인이 아니라 호주인이었어요. 그 사람은 닭을 훔쳐서 맞은 거예요."

"맞다, 검은 닭을 훔쳤다가 그리됐지. 그 사람은 살았다니, 죽었다니?" 노인이 물었다.

야콥이 우물 바닥에서 소리쳤다. "그날 밤 스가모 대위가 그의 손에서 못을 뽑고 끌어내리라고 했대요. 그는 살아 있었어요."

5 장

1942년 7월 바로 그날 저녁, 쿠안탄 지방행정관의 공관에 있는 스가모 대위에게 한 중사가 와서 호주 남자가 아직 살아있다고 보고했다. 괴이하게 여긴 스가모 대위는 저녁 시간까지 아직 30분 남아서 공설운동장으로 어슬렁어슬렁 걸어가 확인했다.

남자는 손에 못이 박힌 채 나무쪽으로 얼굴을 향하고 매달려 있었다. 엉망진창이 된 시커먼 등에서 피가 다리를 타고 흘러내렸다. 그 피가 땅바닥에 검붉은 웅덩이를 이루었다가 땡볕에 말라붙었다. 엄청난 파리떼가 그의 온몸과 말라붙은 핏자국을 뒤덮었다. 남자는 분명히 살아 있었다. 스가모 대위가 얼굴을 가까이 들이대자 눈을 뜬 그는 대위를 알아보는 듯했다.

서양인이 일본인의 사고방식을 제대로 이해하는 게 가능할지 모르겠다. 스가모 대위는 호주인이 죽음의 문턱에서 상

211

대를 알아보는 것을 확인한 뒤 민신창이가 된 그를 향해 경건하게 절을 하고는 아주 진지하게 말했다. "죽기 전에 내게 바라는 게 있으면 말해 봐."

남자는 또박또박 말했다. "빌어먹을 놈…, 네 검은 닭 한 마리에다…, 맥주…, 한 병 마셔야겠다…"

스가모 대위는 나무에 매달려 만신창이가 된 남자를 무표정하게 바라보았다. 그러더니 휙 돌아서서 공관으로 왔다.

그는 차양 아래 들어서자마자 당번병을 불러 맥주 한 병과 잔 하나를 가져오게 하고 병은 따지 말라고 일렀다.

당번병은 맥주를 구하는 것은 불가능하다고 대답했다. 스가모 대위도 이미 그 사실은 알고 있었다. 당번병을 시내로 보내 모든 중국 식당을 뒤져 쿠안탄 어디서든 맥주를 한 병 구할 수 있는지 알아보도록 했다.

한 시간 뒤 당번병이 돌아왔다. 스가모 대위는 한 시간 전과 똑같은 자세로 앉아 있었다. 당번병은 조마조마한 마음으로 쿠안탄에 맥주는 없다고 보고했다. 대위가 그만 나가 보라고 했고, 그는 안도하며 물러갔다.

스가모 대위에게 죽음은 경건한 의식이었다. 호주인을 대하는 그의 태도에는 일종의 신성함이 깃들어 있었다. 부하들과 모인 자리에서 희생자의 마지막 소원을 들어줘야 한다고 공표하고는 그 약속을 지키려 노력했다.

만일 맥주를 구할 수 있었다면 검은 레그혼 닭 한 마리를 잡아 나무 위에서 죽어가는 남자에게 맥주와 익힌 닭고기를 보냈을 것이다. 어쩌면 쟁반을 들고 직접 찾아갔을지도 모를 일이었다. 그럼으로써 자신이 지휘하는 부대에 무사도 정신의 모범을 보이고 싶었을 것이다.

불행히도 그는 맥주를 구할 수 없었다. 맥주 없이는 죽어가는 남자의 마지막 소원을 완전히 충족시키기는 불가능했다. 검은 레그혼 닭 한 마리를 희생시키는 것도 무의미했다.

그가 죽음의 의식에서 자신의 역할을 완수할 수 없었기에 그 남자의 마지막 소원을 들어줌으로써 무사도 정신을 보여주는 것은 불가능했다. 그러므로 호주인이 죽도록 그냥 놔둘 순 없었다. 그대로 그가 죽었다가는 자신의 체면이 구겨질 터였다.

스가모 대위는 중사에게 사람을 모아 들것을 들고 공설운동장으로 가라고 지시했다. 그의 부하들은 호주인의 손에서 못을 뽑고 그가 더 다치지 않도록 조심조심 나무에서 끌어내렸다. 그 뒤 등이 위쪽으로 향하도록 들것에 눕혀 병원으로 데려갔다.

❧

진은 호주인이 살아 있었다는 소식을 듣고 닫혀있던 문이 활짝 열리는 기분이었다. 바닷가로 나가 카주아리나 나무 그늘에 앉아 이 믿을 수 없는 사실을 곰곰이 되새겼다. 새하얀 모래사장 너머 햇빛에 반짝이는 파도와 푸른 바다를 보고 있으니 기분이 날아갈 듯했다. 마치 6년 동안 어두운 터널 속을 걷다 갑자기 세상 바깥으로 나온 기분이었다.

기도해보려고 했지만, 종교에 의지했던 적이 없어서 감정을 어떻게 기도에 담아야 할지 막막했다. 기껏해야 가끔 학교에서 외웠던 기도문밖에 떠오르지 않았다.

"주여, 우리의 어둠을 밝혀주시고 당신의 크나큰 은총을…" 일부밖에 기억나지 않았다. 오후 내내 그 구절을 되뇌었다. 우물 파는 기술자들이 전해준 소식 덕분에 그녀의 어둠이 싹 걷혔다.

그날 저녁 진은 술래이만 노인을 찾아가 그 사건에 관해 다시 물었다. 노인이나 그 아들들이 아는 것은 그리 많지 않았다. 그 호주인은 쿠안탄의 병원에 오랫동안 입원해있었지만, 정확한 입원 기간은 모른다고 했다.

야콥은 그가 병원에 1년 정도 있었다고 했다. 그 말이 아주 긴 시간을 의미할 뿐임을 진은 곧 깨달았다. 후세인은 3개월 있었다고 말했고, 술래이만 노인은 잘 모르겠다고 했다. 노인의 말에 따르면 호주인은 싱가포르로 가는 배를 타고 포로수용소로 보내졌으며, 당시 막대기 두 개에 의지해 걸었다고 한다. 그때가 언제였는지는 알아낼 수 없었다.

진은 일단 그 일을 덮어두었다. 우물과 세탁장이 완성될 때까지 계속 쿠알라텔랑에서 지냈다. 나이 든 여자들과 오래 상의한 끝에 목수들을 고용해 세탁장 짓는 작업을 시작했다.

콘크리트 작업은 이제 거푸집 작업이 끝났고, 건조 과정도 마무리되었다. 우물 바닥에 물이 차오르기 시작한 날 목수들은 세탁장 건물의 기둥을 세우기 시작했다. 마침내 우물과 세탁장이 거의 동시에 완성되었다.

우물에서 흙탕물을 제거하고 깨끗한 물을 얻는 데 이틀이 걸렸다. 진이 자신의 사롱을 직접 빨고 마을 여자들이 즐겁게 세탁장으로 모여들면서 축하 행사가 이어졌다. 남자들은 멀찍이 서서 환하게 웃는 여자들을 바라보며 그 일을 허락한 게 정말 현명한 결정이었는지 고개를 갸우뚱거렸다.

이튿날 진은 쿠알라라킷으로 심부름꾼을 보내 윌슨에게 지프를 보내달라고 요청하는 전보를 쳤다. 지프는 이틀 뒤 도착했다. 그녀는 수줍게 행복을 빌어주는 사람들과 한바탕 이별의 정을 나눈 뒤 눈시울을 적시며 떠나왔다. 집으로 돌아가는 길이었지만, 3년간의 삶을 영영 뒤로 하고 떠나는 것은 결코 쉬운 일이 아니었다.

그날 밤늦게 코타바루의 공관으로 돌아온 진은 너무 피곤한 나머지 식욕도 잃었다. 윌슨 부인은 차 한 잔과 과일을 진의 침실로 올려보냈다. 진은 이제 입을 일이 없어진 사롱을 벗고 따뜻한 물에 오랫동안 몸을 담갔다. 시원하고 널찍한 방의 모기장 아래 침대에 누워있으니 졸음이 밀려왔다. 조 하먼과 그가 이야기한 앨리스 스프링스 근처 붉은 땅과 월러 루, 야생마가 꿈결에 보였다.

이튿날 아침 식사 뒤 하루 중 가장 선선한 시간에 진과 윌 슨은 공관 정원을 거닐었다. 그녀는 쿠알라텔랑에서 있었던 일을 그에게 들려주었다. 그는 공동 세탁장 아이디어를 어디 에서 얻었는지 물었다.

"그건 누가 봐도 그들에게 필요한 것이었어요. 여자들은, 특히 이슬람 여자들은 남들이 보는 데서 자기 옷 빠는 걸 싫 어하거든요."

그는 잠시 생각하다가 말했다. "당신은 그 일을 시작한 최 초의 인물이 된 거예요. 이제 모든 마을이 그런 세탁장을 갖 고 싶어 할 겁니다. 개수대의 설치라든가 다른 설계는 어떻 게 해결했어요?"

"우리가 직접 해결했어요. 그곳 여자들은 자신이 무얼 원 하는지 아주 잘 알고 있었죠."

둘은 흙탕물이 흐르는 강가를 따라 걸었다. 강폭이 800미 터쯤 되었다. 바다로 흘러가는 큰 강이었다. 그녀는 걸으면 서 그 호주인 이야기를 꺼냈다. 이제 그 일을 아무렇지 않게 이야기할 수 있었다.

그녀는 조 하먼에게 일어났던 일을 이야기했다. "그의 이름은 조 하먼이었어요. 앨리스 스프링스 근처에서 왔다더군요. 그에게 연락 할 수 있으면 좋겠어요. 싱가포르에 가면 무언가 알아낼 수 있을까요?"

월슨은 고개를 저었다. "힘들 거예요. 동남아시아 사령부가 해체됐거든요. 싱가포르에는 전쟁포로에 관한 기록이 전혀 없을 겁니다."

"그럼 그에 관한 정보를 어떻게 찾을 수 있을까요?"

"그가 호주인이라고 했죠?"

진은 고개를 끄덕였다.

"수도인 캔버라로 편지를 써야 할 거 같아요. 그곳에 모든 포로에 관한 기록이 있을 겁니다. 혹시 그가 어느 부대 소속이었는지 알아요?"

"아뇨. 안타깝지만, 몰라요."

"그럼 일이 더 까다로워질 거예요. 조 하먼이 여러 명일 수도 있으니까요. 먼저 호주 캔버라에 있는 그들의 육군성 장관 앞으로 편지를 보내세요. 그러면 어떤 결과든 나올 겁니다. 당신이 원하는 건 그에게 편지 쓸 주소를 알아내는 거죠?"

진은 강 건너 고무나무와 코코야자 나무들을 물끄러미 바라보며 말했다. "그런 거 같아요. 사실 그런 주소를 알고 있긴 해요. 그는 전쟁 전에 앨리스 스프링스 근처에 있는 윌라라 목장에서 일했다고 했어요. 목장 사람들이 그의 일자리를 계속 비워두겠다고 했다는 말을 들었어요."

"그 주소를 알고 있다면 거기로 편지를 보내는 게 낫겠어요. 캔버라에 편지를 보내는 것보다 그를 찾을 가능성이 훨씬 높을 거예요."

진이 천천히 말했다. "그래야겠어요. 그를 다시 만나고 싶어요. 다 우리 때문에 일어난 일이잖아요."

진의 원래 계획은 싱가포르에 가서 영국행 배를 기다리는 것이었다. 뱃삯이 싼 배편을 오래 기다려야 한다면 몇 주, 몇 달 동안 일이라도 할 작정이었다.

이튿날 코타바루에 들렀다가 쿠안탄을 거쳐 싱가포르로 가는 말레이 항공 비행기를 찾았다. 그녀는 저녁 식사 뒤 윌슨과 다시 이야기했다.

"제가 쿠안탄에 하루 머물 경우 묵을 만한 호텔 같은 게 있을까요?" 진이 물었다.

그가 온화한 얼굴로 그녀를 바라보았다. "그곳에 가보고 싶어요?"

"그런 거 같아요. 병원에 가서 사람들을 만나고, 제가 할 수 있는 일을 찾아보고 싶어요."

"보웬 부부의 집에 머무르는 게 좋겠어요. 데이비드 보웬은 지방행정관인데 당신에게 기꺼이 숙소를 제공할 겁니다."

"사람들에게 폐 끼치고 싶지 않아요. 제가 묵을 만한 숙박업소는 없나요? 어차피 전 이 나라를 꽤 잘 알고 있잖아요."

"그렇기 때문에 보웬이 당신을 만나고 싶어 할 겁니다. 당신은 이 지역에서 꽤 유명한 인물이라는 걸 알아야 해요. 당신이 숙박업소에 묵으면 그가 무척 실망할 거예요."

그녀는 눈을 동그랗게 뜨고 그를 바라보았다. "사람들이 저를 그렇게 생각한다고요? 전 누구나 했을 법한 일을 한 것뿐인데요."

"말은 쉽죠. 당신은 실제로 그렇게 했다는 게 중요해요."

다음 날 진은 비행기를 타고 쿠안탄으로 갔다. 누군가 승무원에게 그녀 이야기를 한 게 틀림없었다.

30분 뒤 말레이 승무원이 그녀에게 와서 말했다. "패짓 양, 우리는 지금 쿠알라텔랑을 지나고 있습니다. 기장님께서 당신에게 조종실 쪽으로 와서 그 마을을 보고 싶은지 물어보라고 하셨어요."

진은 문을 통과해 앞쪽으로 가서 조종사들 사이에 섰다.

그들은 비행기의 고도를 낮추어 약 200미터 상공에서 마을을 빙빙 돌았다. 우물과 세탁장의 종려나무 잎 지붕이 보였다. 비행기를 올려다보며 서 있는 사람들도 보였다. 파티마와 즈베이다 할머니, 맷 아민 촌장도 있었다. 조종사가 다시 고도를 높여 해안을 따라 비행했다. 쿠알라텔랑은 점점 뒤로 멀어졌다.

보웬 부부는 쿠안탄 시내에서 16킬로 떨어진 활주로로 진을 마중 나왔다. 그날 아침 윌슨이 그들에게 연락해준 덕분이었다. 그 부부는 친절하고 소박한 사람들이었다. 진은 스가모 대위가 늘 앉아 있던 지방행정관의 공관에 앉아 차를 마시면서, 고문당한 호주 병사 이야기를 스스럼없이 꺼낼 수 있었다.

보웬 부부는 프로스트 수간호사가 현재 그 병원 책임자로 있으며, 1942년 당시 그곳에 있던 직원들 가운데 지금도 남아있는 사람이 있는지는 확실치 않다고 했다. 그들은 차를 마신 뒤 프로스트를 만나러 갔다.

40대로 보이는 영국인 간호사는 소독약 냄새가 강하게 풍기는 아주 청결한 수간호사 실에서 그들을 맞았다. "당시 직원 가운데 지금까지 남아있는 사람은 아무도 없어요. 이런 곳의 간호사들은 으레 결혼하면 떠납니다. 2년 이상 근무한 간호사는 없었던 거 같아요. 무슨 말씀을 드려야 할지 모르겠네요."

보웬이 말했다. "필리스 윌리엄스는 어떻게 됐나요? 여기 있던 간호사 맞죠?"

"아, 그 여자요?" 수간호사는 업신여기듯이 말했다. "그녀는 전쟁 초기에 여기서 일하다가 그 남자랑 결혼하면서 관뒀어요. 그녀가 뭔가 알고 있을 수도 있겠네요."

그들은 병원을 나와 필리스 윌리엄스의 집으로 차를 몰았다. 가는 동안 차 안에서 보웬 부인이 필리스에 관해 알려주었다. "그녀는 유럽인과 아시아인 혼혈이에요. 피부가 말레이 사람만큼 검어요. 영화관을 운영하는 분타이린이라는 중국인과 결혼했죠. 소위 말하는 인종 간의 결혼이지만 그들은 꽤 잘 지내는 거 같아요. 물론 그녀는 로마 가톨릭 신자예요." 진은 그녀가 왜 '물론'이라고 말하는지 알 수 없었다.

분타이린 가족은 항구가 내려다보이는 언덕 위에 있는 허름한 목조 주택에 살고 있었다. 그 언덕까지 차를 몰고 가는 것은 불가능해서 길가에 세워두었다. 진과 보웬 부부는 쓰레기가 널린 좁은 길을 걸어 올라갔다.

필리스 윌리엄스는 마침 집에 있었다. 갈색 피부에 명랑한 얼굴의 그녀 옆에는 아이들 넷이 달라붙어 있었다. 다섯째 아이의 출산이 임박한 듯했다. 그녀는 반갑게 그들을 맞아 허름한 방으로 안내했다. 주석 합금으로 된 맥주잔 한 세트와 대관식 예복을 입은 왕과 왕비의 석판화가 놓여있는 방이었다.

그녀는 영어를 잘했다. "아, 그 불쌍한 청년 기억나요. 그의 이름은 조 하먼이었어요. 3, 4개월 동안 제가 그를 간호했어요. 처음 병원에 왔을 때는 위독했어요. 아무도 그가 살 수 있으리라고 생각하지 않았죠. 하지만 그는 이겨냈어요. 아주 건강한 사람이었던 거 같아요. 상처 아무는 속도가 놀라울 정도였거든요. 그는 자기가 개와 비슷해서 매우 잘 낫는 편이라고 농담도 했어요."

그녀는 진을 돌아보며 말했다. "당신이 파농에서 포로가 된 여자와 아이들 무리를 이끌었던 분인가요? 분명 맞는 거 같은데…, 다시 여기로 돌아오다니 놀라워요. 그는 항상 당신과 일행이 어떻게 됐는지, 또 어디로 갔는지 알고 싶어 했어요. 물론 우리는 알 길이 없었죠. 감히 스가모 대위에게 가서 물어볼 수 있는 사람도 없었어요. 당신…, 이름을 잊었네요."

"패짓, 진 패짓이에요."

필리스가 어리둥절한 표정을 지었다. "음, 그 이름이 아니었는데…, 그는 누군가 다른 사람 이야기를 했나 봐요. 그가 그녀를 뭐라고 불렀는지 정확히 기억나진 않지만…, 그 이름은 아니었어요. 당신인 줄 알았는데."

"프릿 부인이요?"

그녀는 고개를 저었다. "아뇨…, 생각이 날 듯한데…"

그녀는 진이 이미 알고 있는 것보다 더 많은 정보를 주진 못했다. 호주인은 이동할 수 있을 만큼 회복되자마자 싱가포르의 수용소로 보내졌다. 그들은 더 이상 그의 소식을 듣지 못했다.

그의 등 근육이 낫더라도 근력을 되찾는 데 몇 년 걸리겠지만, 결국 그가 완전히 회복되리라고 생각했다. 필리스가 아는 것은 그게 다였다.

곧 집을 나와 쓰레기 더미가 널린 길을 따라 차가 있는 곳으로 내려왔다. 그들이 거의 다 내려왔을 때 필리스가 툇마루에서 큰소리로 외쳤다. "그 이름 생각났어요! 붕여사에요! 그가 늘 얘기하던 사람은 붕여사였어요! 일행 중 한 명이었나요?"

진이 웃으며 큰소리로 대꾸했다. "그가 저를 그렇게 부르곤 했어요!"

필리스는 그제야 이해한 표정이었다. "그가 늘 얘기하던 사람이 틀림없이 당신일 거 같았어요!"

차를 몰고 지방행정관의 공관으로 돌아오는 길에 공설운동장을 지났다. 테니스 네트가 설치된 곳에서 한 커플이 테니스를 치고 있었다. 갈색 피부의 아가씨와 백인 청년이었다. 나무는 여전히 코트를 내려다보며 서 있었다.

고문당한 남자의 다리에서 흘러내린 피로 물들었던 바로 그 자리에 두 말레이 여자가 앉아서 아이들 노는 모습을 지켜보며 수다를 떨고 있었다. 어스름한 저녁 불빛 속에 모든 게 아주 평화로워 보였다.

진은 그날 밤 보웬 가족과 지낸 뒤 다음 날 비행기를 타고 싱가포르로 갔다. 윌슨이 호텔에 대한 정보를 주어서 성당 맞은편 아델피 호텔에 방을 잡았다.

그녀는 이틀 뒤 그곳에서 내게 편지를 썼다. 여덟 장이나 되는 긴 편지였다. 습한 곳에서 잉크로 쓴 것이라 손에 맺힌 땀 때문에 글씨가 약간 번져있었다. 먼저 그녀는 쿠알라텔랑에서 있었던 일을 알려주었다. 우물 파는 기술자들 이야기와 조 하먼이 아직 살아 있다는 이야기도 썼다. 그 뒤에는 이런 내용이 이어졌다.

'…어떻게 하면 그와 다시 연락이 닿을 수 있을지 머리를 쥐어짜고 있어요. 우리 때문에 그 모든 일이 일어났잖아요. 그는 우릴 위해 닭을 훔쳤고, 스가모 대위가 어떤 사람이었는지, 어떤 위험을 감수해야 할지 똑똑히 알고 있었을 거예요.

저는 지금 그가 어디에 살고 있는지, 몸은 괜찮은지 알아내야 해요. 그 정도로 심하게 몸이 상했던 사람이 목동 일을 계속할 수 있을 것 같지 않아요. 그가 정말 다 나았다면 어떤 일이든 헤쳐나갈 남자라고 생각하지만…, 어쩌면 그가 아직 병원에 있을지도 모르고…, 부상으로 영원히 병원에 머물러야 할지도 모른다고 생각하면 견딜 수가 없어요.

저는 그가 말했던 월라라에 편지를 쓸 생각이에요. 앨리스 스프링스 인근에서 그가 일했던 목장이죠. 그런데 곰곰이 생각해보니 혹시 그가 일을 할 수 없는 상태라면 그곳에 있을 리가 없으니, 그곳에서 오는 답장을 영영 받지 못하거나 아주 오랫동안 기다려야 할지도 모르겠어요. 뭐라도 알아내기 위해 캔버라로 편지를 보낼까 생각했지만, 그것도 별로 좋은 생각은 아니었어요. 그래서 제가 노엘에게 이 편지를 쓰게 되었어요. 노엘, 너무 놀라지 않으셨으면 좋겠어요. 저는 여기서 호주로 갈 겁니다.

그렇다고 제가 제정신이 아니라고 생각지는 말아주세요. 여기서 다윈까지 가는 비행기 요금은 60파운드가 들고, 다윈에서 앨리스 스프링스까지는 버스를 탈 수 있어요. 2, 3일 정도 걸리겠지만, 비행기로 가는 것보다 훨씬 저렴할 겁니다.

여기서 호텔비를 지불하고 나면 다음 달 수입을 제외하고도 제 수중에 170파운드 정도 남을 거예요. 저는 앨리스 스프링스를 거쳐 월라라로 가서 그 사람 소식을 찾아볼 계획입니다. 그 지역의 누군가는 그의 근황과 사는 곳을 알고 있을 거예요.

이곳에 몇몇 상선 직원들이 머물고 있는데, 아주 멋진 청년들이에요. 그들 말이 호주 동해안에 있는 퀸즐랜드주의 타운즈빌에서 영국으로 돌아가는 상선의 객실을 구할 수 있을 거랍니다. 행여 그곳에 배가 없더라도 브리즈번에서는 틀림없이 객실을 구할 수 있대요.

여기 래플스 플레이스에 있는 차타드은행 직원에게 많은 도움을 받았어요. 다음 달 수입은 앨리스 스프링스의 뉴사우스웨일스 은행으로 송금하도록 처리해두었으니, 저는 타운즈빌이나 브리즈번으로 갈 비용이 충분할 겁니다. 앨리스 스프링스에 있는 뉴사우스웨일스 은행에서 받아볼 수 있도록 제게 편지를 써주세요. 그곳에 도착하면 고향에서 아주 멀리 떨어진 느낌이 들 테니까요.

저는 목요일 비행기로 이곳을 떠날 예정이어서, 노엘이 이 편지를 받으실 때쯤이면 호주 어딘가에 있을 겁니다. 제가 노엘에게 크게 폐 끼치고 있다는 느낌이 들지만, 집에 돌아가면 아주 많은 이야기를 해드릴 수 있을 거 같아요. 타운즈빌이나 브리즈번에서 집으로 가는 여정은 아무리 길어도 3개월 이상은 걸리지 않을 거예요. 그러니까 저는 늦어도 크리스마스 전에는 영국에 도착할 겁니다.'

- 진 패짓

나는 몹시 실망해서 그 편지를 읽고 또 읽었다. 사실 그녀가 돌아오면 함께 즐거운 시간을 보낼 계획을 세우고 있었다. 공허한 삶을 사는 늙은이들은 그런 일에 좀 바보 같아지기 마련이다. 그녀의 편지를 세 번째 읽고 있을 때 레스터 로빈슨이 서류를 한 다발 들고 내 사무실로 찾아와서 읽던 편지를 내려놓았다.

"패짓 양에게서 온 편지네. 우리가 신탁 관리를 하고 있는 맥파든 유산 상속인 말일세. 그녀는 돌아오지 않을 모양이야. 말레이에서 호주로 갔어."

그는 나를 힐끗 보더니 내 얼굴에서 실망한 기색을 감지했는지 슬며시 이렇게 말했다. "그녀가 우리에게 문젯거리를 안겨주기에 십상인 나이라고 제가 말씀드렸었죠."

그가 무슨 뜻으로 그런 말을 했는지 궁금해서 얼른 고개를 들었지만, 그가 콜체스터 지방 당국에 인계되지 않은 도로 문제를 언급하는 바람에 그 순간이 지나갔다.

일하면서도 우울한 기분은 가시지 않았고, 그날 밤 클럽에 도착할 때까지 이어졌다. 나는 저녁 식사 뒤 도서관에서 호라티우스의 책을 한 권 뽑아 들고는 자리 잡고 앉았다. 라틴어를 읽는 데 정신을 집중하면 잡생각이 사라져 기분이 나아지리라 생각했다.

그동안 나는 호라티우스를 완전히 잊고 있었던 모양이다. 지난 40년 동안 내가 읽거나 생각한 적 없는 구절이 어느 페이지에서 갑자기 튀어나와 나를 빤히 쳐다보며 더 나아가지 못하게 했다.

'Dulce ridentem Lalagen amabo, Dulce loquentem(나는 그토록 상냥하게 웃고, 상냥하게 말하는 라라게를 사랑하리라).'

그 구절은 내 청춘의 일부였다. 사랑에 빠진 많은 청년들에게도 마찬가지였을 것이다. 더 이상 호라티우스의 책은 눈에 들어오지 않았다. 나는 그대로 앉아서 장거리 버스를 타고 앨리스 스프링스로 가고 있는, 미소와 목소리가 상냥한 나의 라라게를 생각했다. 그러다가 우울한 상상에서 깨어났다. 자리에서 일어나 책을 제자리에 꽂아 놓았다.

그로부터 일주일쯤 지났을 때였다. 의뢰인이 나간 뒤 데릭 해리스가 내 방으로 들어왔다. 수습 변호사인 데릭은 유쾌한 청년이었다. 언젠가는 파트너 변호사가 될 만한 인물이었다. "낯선 사람이 찾아왔는데 잠깐 시간 되세요?"

"어떤 낯선 사람이지?" 내가 물었다.

"조 하먼이라는 남자입니다. 한 시간쯤 전에 아무 약속 없이 찾아와서 변호사님을 만나고 싶어 했습니다. 거닝 조사관이 변호사님께서 바쁘시니 제가 대신 만나보면 어떻겠냐고 물어서 얘기해봤는데, 그는 변호사님을 만나고 싶어 합니다. 패짓 양과 관계있는 일인 듯합니다."

그제야 그 이름을 어디서 들어봤는지 떠올랐다. 그것은 믿기 힘든 일이었다. 내가 물었다. "어떤 사람이던가?"

그는 활짝 웃으며 말했다. "영국 사람은 아니고 호주 사람인 듯한데…, 야외에서 활동하는 사람처럼 보였어요."

"분별 있는 사람 같던가?"

"그런 것 같습니다. 어쨌든 시골 출신 같아요."

모든 게 앞뒤가 들어맞기 시작했다. 호주의 목동이 챈서리 레인에 있는 내 사무실로 찾아왔다는 것은 믿을 수 없는 일이었다.

"그를 아시는 거죠? 올라오라고 할까요?"

나는 고개를 끄덕였다. "지금 만나겠네."

해리스는 그를 데리러 내려갔다. 나는 창가에 서서 잿빛 거리를 내려다보며 이 방문의 의미가 무엇인지, 어떻게 이런 일이 생겼는지, 이 남자에게 내 의뢰인에 관해 얼마나 말해야 할지 고민했다.

해리스가 그를 데리고 왔다. 그는 금발에 키가 180센티 정도 되어 보였다. 체격이 좋아 보였으며 뚱뚱하지는 않았다. 나이는 서른에서 서른다섯 살 정도로 보였다. 얼굴은 햇볕에 검게 그을렸다. 피부는 맑았고, 눈동자는 옅은 푸른색이었다. 각이 져서 잘생긴 얼굴은 아니었지만, 소박하고 선해 보이는 인상이었다. 그는 어색하고 뻣뻣한 걸음걸이로 내게 걸어왔다.

나는 그와 악수하며 말했다. "하먼 씨? 제가 스트래천입니다. 저를 만나고 싶어 하셨다고요?" 나는 말하면서 그의 손을 내려다보고 싶은 유혹을 참을 수 없었다. 그의 손 등에는 커다란 흉터가 있었다.

그가 조금 어색한 듯 말을 꺼냈다. "오래 있지는 않겠습니다." 그는 긴장했고 분명 당황한 듯했다.

"아닙니다. 앉으세요, 하먼 씨. 제가 무엇을 도와드릴까요?"

나는 책상 앞에 있는 의뢰인용 의자를 그에게 내어주고 담배를 권했다. 그는 주머니에서 낯선 모양의 양철 성냥갑을

끼내더니 밀랍 성냥 한 개비를 엄지손톱에 능숙하게 그어 불을 붙였다. 그가 입고 있는 양복은 꽤 새것으로 보이는 기성복이었다. 넥타이는 런던에서 착용하기에는 유별나게 화려했다.

그가 말했다. "혹시 진 패짓 양 소식을 들을 수 있을까 해서 찾아왔습니다. 그녀가 사는 곳이나 뭐 다른 거라도요."

나는 웃으며 말했다. "패짓 양은 제 의뢰인입니다. 그걸 알고 오셨군요. 유감스럽게도 의뢰인에 관한 정보는 알려드릴 수 없습니다. 그녀의 친구 되십니까?"

그 질문에 그는 훨씬 더 난처해진 표정을 지었다. "그렇다고 할 수 있습니다. 우리는 전쟁 중에 말레이에서 만난 적이 있습니다. 먼저 제 소개를 해야겠네요. 저는 퀸즐랜드에서 왔습니다. 윌스타운에서 30킬로 정도 떨어진 걸프 지역(소설 속에서 호주 카펀테리아만 인근 지역을 일컫는 말-옮긴이)에서 목장을 관리하고 있습니다."

그는 매우 느리고 신중한 어조로 말했다. 당황해서라기보다 원래 말투가 그런 것 같았다.

"그러니까…, 홈스테드는 시내에서 30킬로 정도 떨어져 있죠. 목장 부지 한쪽 끝이 개울을 따라 쭉 뻗어있어서 엄밀히 말하면 시내에서 8킬로쯤 떨어져 있습니다. 미드허스트라는 목장입니다. 윌스타운에 있는 미드허스트요."

나는 노트에 메모하고 다시 웃으며 말했다. "고향에서 멀리 떠나오셨군요, 하먼씨."

"맞습니다. 포로수용소에서 만난 친구가 잉글랜드 북부 게이츠헤드에 사는데, 그 친구와 패짓 양 말고는 영국에 아는 사람도 없습니다. 휴가를 보내러 영국에 왔어요. 제가 영국에 왔다는 걸 알면 패짓 양이 기뻐할지 모른다고 생각했는데 그녀의 주소를 모릅니다."

"휴가치고는 꽤 멀리 오셨군요?"

그가 겸연쩍게 웃었다. "제가 운이 좋았어요. 캐스킷에 당첨됐거든요."

"캐스킷이요?"

"골든 캐스킷이요. 여긴 그런 게 없나요?"

나는 고개를 저었다. "죄송하지만 들어본 적이 없군요."

"아, 퀸즐랜드에서는 캐스킷 없이 생활할 수 없어요. 병원지을 자금을 마련하기 위해 주에서 발행하는 복권입니다."

"그렇군요. 복권에 당첨되신 건가요?"

"네, 맞습니다. 1,000파운드에 당첨됐어요. 물론 영국 파운드는 아니고 호주 파운드지만, 어쨌든 우리에게는 1,000파운드죠. 저도 남들처럼 매번 캐스킷을 삽니다. 당첨되지 않더라도 병원 짓는 데 보탤 수 있고, 그게 더 쓸모 있는 일일 수도 있으니까요. 캐스킷 자금으로 윌스타운에 세워진 병원을 보셔야 해요. 병실 세 개에 각각 병상이 두 개씩 있고, 간호사실도 두 개 있어요. 의사를 위한 별채도 있는데 아직 의사를 두지는 못했어요. 윌스타운이 좀 외딴곳에 있어서요. 엑스레이 장비도 있고, 수간호사가 케언스(퀸즐랜드주 북동부 항구도시-옮긴이)에 있는 구급 의료 비행기를 부를 수 있도록 무전 시설도 갖추었어요. 캐스킷이 없었으면 불가능했을 거예요."

나는 점점 흥미가 생겼다. "캐스킷으로 구급 의료 비행기 비용도 충당하나요?"

그가 고개를 저었다. "케언스 구급 의료 비행기에 가구당 매년 7파운드 10실링을 지불합니다. 그럼 아파서 케언스로 가야 할 때 수간호사가 무전을 하면 비행기가 와서 환자를 케언스의 병원으로 데려갑니다. 1년에 7파운드 10실링을 내면 그건 무료예요."

"케언스에서 얼마나 멀리 떨어진 곳인가요?"

"480킬로 정도 됩니다."

나는 원래의 주제로 돌아왔다. "하먼 씨, 제가 패짓 양의 변호사인 걸 어떻게 아셨습니까?"

"말레이서 만났을 때 그녀가 사우샘프턴에 살았다고 했어요. 전 주소를 전혀 모르니 일단 그곳으로 가서 호텔에 묵었죠. 제가 영국에 있다는 걸 그녀가 알고 싶어 할지도 모른다고 생각했거든요. 폭격당한 도시는 이번에 처음 봤어요. 하여간 전화번호부를 뒤져서 여기저기 알아보다가 그녀에게 콜윈베이에 사는 고모가 있다는 사실을 간신히 알게 됐어

232

요. 그래서 콜윈베이로 갔죠."

"곧장 그리로 갔군요?"

그는 고개를 끄덕이고는 꾸밈없이 말했다. "그녀의 고모는 저를 무슨 사기꾼으로 생각한 거 같아요. 그녀에 관해 아무것도 알려주지 않았어요. 그분이 알려준 거라고는 당신이 패짓 양의 신탁관리인이라는 것뿐이었어요. 그게 무슨 뜻인지는 모르겠지만요. 그래서 여기로 오게 됐어요."

"영국에 언제 도착했습니까?"

"지난 목요일이요. 닷새 전이에요."

"배를 타고 사우샘프턴으로 왔나요?"

그는 고개를 저었다. "호주에서 콴타스 항공 비행기를 타고 왔어요. 저 대신 미드허스트를 돌봐줄 괜찮은 목동을 구하긴 했지만, 그렇게 오래 목장을 비울 순 없어서요. 당분간 짐 레논이 알아서 잘한다 해도 석 달 넘게 미드허스트를 비우고 싶진 않아요. 이 시기엔 걸프 지역이 한가해요. 올해는 시즌이 늦어져서 3월에 흩어진 소 떼를 모아 4월에 줄리아 크리크로 몰고 갔어요. 그곳에 소를 기차에 실어 보내는 역이 있거든요. 소가 모두 1,400마리 있었는데 비육용(식용으로 쓸 고기를 생산하기 위한 용도-옮긴이)으로 록햄프턴에 팔았어요. 소들을 기차에 실은 뒤, 보어(호주 건조지의 가축용 우물-옮긴이)를 파는 작업 때문에 미드허스트로 돌아와야 했어요. 미드허스트 주인인 스피어스 부인을 설득해서 홈스테드 남동쪽으로 30킬로 정도 떨어진 일로우크리크에 보어를 파고 있었거든요. 건기 막바지에 물을 얻기 위해서죠. 우린 끝내 주는 보어를 만들었어요. 거기서 하루에 3만 갤런 이상 물이 흘러나와요. 건기가 끝날 때쯤엔 큰 도움이 될 거예요. 그 일을 끝내는 데 3주 정도 걸렸어요. 우기가 시작되는 크리스마스 전에 소를 다 사들이려면 전 10월 말까지는 미드허스트로 돌아가야 해요. 그래서 이번 휴가 때 비행기를 타는 게 좋을 거로 생각했어요."

영국으로 오는 비행기 요금은 그의 당첨금 1,000파운드에서 제법 큰 지출이었을 게 뻔했다.

"그럼 런던에 도착해서 곧장 사우샘프턴으로 가신 겁니까?"

"그렇습니다."

"거기서 북웨일스로 가셨다가 바로 이리로 오신 건가요?"

"네."

나는 그의 눈을 바라보며 미소 지었다. "패짓 양을 무척 만나고 싶었던 모양이군요."

그가 내 눈을 마주 보았다. "그렇습니다."

나는 의자에 몸을 기댔다. "안타깝게도 실망스러운 소식을 전해드려야겠군요. 패짓 양은 지금 해외에 있습니다."

그는 손에 든 모자를 잠시 내려보다 고개를 들었다. "멀리 갔나요? 프랑스나 그 인근 나라에 간 건가요? 어디 가면 그녀를 만날 수 있을까요?"

나는 고개를 저었다. "그녀는 동양에서 여행 중입니다."

그가 나직이 내뱉었다. "그렇군요…"

나는 이 남자가 마음에 들었고, 또 존경하지 않을 수 없었다. 그는 진 패짓을 만나기 위해 2,000킬로나 날아왔지만, 그녀를 만날 수 없는 상황이었다. 어떻게 봐도 운이 없는 상황인데 묵묵히 받아들이고 있었다. 나는 이 일을 생각할 시간이 조금 더 필요했다.

"제가 하먼 씨에게 해드릴 수 있는 최선의 조치는 편지를 전해드리는 겁니다. 편지를 써서 주시면 패짓 양에게 대신 보내드리겠습니다. 항공우편으로 보낼 테지만 답장을 받으려면 한 달 정도 기다리셔야 할 겁니다."

그의 얼굴이 밝아졌다. "그렇게 하겠습니다. 전 여기까지 오면서도 그녀가 다른 데 가고 없으리란 생각을 전혀 못 했거든요." 그가 잠시 생각하더니 물었다. "편지에 주소는 어디로 써야 할까요?"

"제 의뢰인의 주소는 알려드릴 수 없습니다. 제 말씀은 그녀에게 편지를 써서 내일 아침 제게 가져오시라는 겁니다. 그러면 그 편지가 제 손에 들어오게 된 경위를 설명하는 짧은 메모를 첨부해서 대신 보내드릴 겁니다. 그녀가 당신을 만나고 싶다면 직접 연락할 거예요."

"그녀가 저를 만나고 싶어 하지 않을 거로 생각하시나요?"

그가 침울하게 물었다.

내가 미소 지으며 대답했다. "그런 뜻으로 드린 말씀이 아닙니다. 하먼 씨가 영국에서 자신을 찾고 있다는 소식을 들으면 분명 답장할 겁니다. 다만 제 말씀은…, 저는 그녀의 이해관계를 고려해야 하므로 누군가가 무턱대고 이 사무실로 찾아와 그녀의 주소를 알려달라고 하더라도 주소를 내줄 수는 없단 뜻입니다."

나는 잠시 멈추었다가 계속 이야기했다.

"한 가지 알아두셔야 할 게 있습니다. 패깃 양은 꽤 부유한 아가씨입니다. 큰 재산을 소유한 여성들은 사기꾼들에게 시달리기 쉽죠. 그렇다고 당신이 사기꾼이나 그녀의 돈을 노리는 사람 같다는 말씀은 아닙니다. 당신이 먼저 그녀에게 편지를 쓰고, 당신을 만나는 문제는 그녀가 결정하도록 해야 한다는 겁니다. 만일 당신이 그녀의 친구라면 그게 사리에 맞는 행동이라고 이해하실 겁니다."

그가 나를 빤히 쳐다보았다. "그녀가 부유한 사람인 줄은 전혀 몰랐어요. 사무실에서 일하는 속기사였다고 했거든요."

"그건 사실입니다. 최근 유산을 상속받았어요."

그는 말이 없었다.

"하먼 씨, 그럼 내일 오전에 다시 오시는 거로 알겠습니다." 나는 약속을 적어놓는 수첩을 확인했다. "내일 정오가 좋겠군요. 하고 싶은 말씀을 편지로 써서 내일 여기로 가져오세요. 저녁쯤 그녀에게 보내겠습니다."

"알겠습니다." 그가 이렇게 말하고 일어서서 나도 따라 일어섰다.

"어디에 묵고 계십니까?"

"킹스웨이 플레이스 호텔입니다."

"알겠습니다, 하먼 씨. 그럼 내일 정오에 뵙죠."

나는 그날 저녁 내내 조 하먼에게 진의 주소를 알려주지 않은 게 잘한 일이었는지 따져보았다. 가뜩이나 진이 그를 찾아 호주 방방곡곡을 헤매고 있는 상황에서, 내가 한 짓을 그녀가 알았다면 몹시 화를 낼지 모른다는 생각에 후회가 밀려왔다.

한편으로는 내가 한 일 때문에 그의 편지가 그녀에게 더 늦게 도착하지는 않을 것이며, 지금 그녀의 패를 그에게 숨김없이 보여주는 것은 말이 되지 않는다는 생각도 들었다.

내가 이해할 수 없는 한 가지는 그가 왜 6년 만에 갑자기 진 패짓을 만나고 싶어졌을까 하는 것이었다. 그 점에 대해 한두 가지 질문을 정리하면서 그가 편지를 가지고 오면 조목조목 물어볼 수 있도록 준비했다.

다음 날 정오가 되었지만, 그는 나타나지 않았다. 1시까지 그를 기다리다가 점심 먹으러 나갔다.

3시가 되자 걱정이 되기 시작했다. 이제 주도권은 그의 손으로 넘어갔디. 그가 온데간데없이 사라저 다시 찾아오지 않는다면 진 패짓은 내게 몹시 화가 날 테고, 그것은 당연한 일이었다.

의뢰인을 만나는 사이사이 킹스웨이 플레이스 호텔로 전화를 걸어 조 하먼과 통화를 요청했다. 호텔 직원은 하먼이 아침 식사를 마친 뒤 나갔고, 프런트에 남긴 메시지는 없다고 대답했다. 나는 하먼에게 돌아오는 대로 전화해달라는 메시지를 남겼다.

그날 그는 전화하지 않았다.

그날 밤 10시 반에 다시 호텔로 전화했지만, 하먼이 호텔에 없다는 대답만 돌아왔다.

이튿날 아침 8시에 다시 전화를 걸었다. 그들은 하먼이 아직 체크아웃하지 않았으며 짐도 방에 그대로 있다고 했다. 전날 밤 그 방에서 잠도 자지 않았다고 했다.

나는 사무실에 도착하자마자 데릭 해리스를 불렀다.

"데릭, 전에 왔던 하먼이라는 남자를 찾아봐 주게. 그는 호주인이야." 나는 그에게 자초지종을 간단히 설명했다. "내가 호텔로 다시 연락해보겠네. 자네는 아무 단서도 얻지 못하면 즉결재판소 여러 곳으로 전화를 돌려봐. 아무래도 내가 그에게 달갑지 않은 소식을 전한 모양인데…, 그랬다면 이성적으로 통제되지 않은 상태로 외출했을 가능성이 꽤 크네."

데릭 해리스가 15분 만에 돌아왔다. "변호사님, 족집게처럼 맞추셨네요. 조 하먼은 오늘 아침 보우가에서 즉결 재판을 받는답니다. 술에 취해 난동을 부려서 하룻밤 유치장 신세를 졌대요."

"그는 패짓 양 친구야. 해리스, 보우가로 가서 그의 일을 처리해주게. 재판이 어느 법정에서 열리지?"

"홀러 법정입니다."

나는 시계를 힐끗 보았다. "지금 당장 출발하게. 하먼과 함께 있고, 그가 돈이 없으면 벌금도 대신 내줘. 그런 다음 내게 전화하고, 다 정리되면 그를 택시에 태워 내 아파트로 데려가게. 거기서 만나지."

그날 내 책상 위에 급히 처리해야 할 일은 없었다. 집에 도착하니 마침 가정부가 청소하고 있어서 그녀에게 손님방 침대를 정리해달라고 부탁했다. 나는 그녀에게 집에서 식사를 서너 끼 해결해야 하니 손에 잡히는 대로 어떤 음식이든 사오라고 돈을 주어 내보냈다.

해리스는 30분 뒤 하먼과 함께 도착했다. 하먼은 아직 술이 조금 덜 깬 듯했다. 유치장에서 하룻밤 보낸 사람치고는 쾌활하고 멀쩡해 보였지만, 신발 한 짝과 단추, 모자를 잃어버렸다.

나는 현관에서 그를 맞았다. "어서 오세요, 하먼 씨. 이리로 와서 좀 씻는 게 나을 것 같네요. 그런 차림새로 호텔로 돌아가는 건 좋은 생각이 아닌 듯합니다."

그가 나를 쳐다보며 말했다. "술을 많이 마셨어요."

"그래 보입니다. 뜨거운 물이 준비돼 있으니 욕조에 몸을 담그고 싶으면 그렇게 하세요. 욕실에 면도기도 있습니다."

그를 데리고 다니며 어디에 뭐가 있는지 보여주었다.

"이 방을 쓰시면 됩니다." 나는 웃으며 그를 위아래로 훑어보았다. "깨끗한 셔츠를 준비해드리죠. 신발도 제 것을 한 번 신어보세요. 너무 작으면 사람을 보내 한 켤레 사 오도록 하겠습니다."

그가 고개를 흔들었다. "저에게 왜 이러시는지 모르겠어요. 전 괜찮습니다."

"목욕과 면도를 하고 나면 기분이 한결 나아질 겁니다. 패짓 양 친구분을 그렇게 거리를 헤매도록 놔두었다간 그녀가 용서하지 않을 겁니다."

이상하다는 듯 바라보는 그를 두고 나는 다시 거실로 나왔다. 해리스가 기다리고 있었다. "수고했네. 벌금이 있었겠지?"

"40실링 나와서 제가 냈습니다."

나는 그에게 돈을 주었다. "그는 몽땅 털린 모양이지?"

"4실링 4펜스와 반 페니짜리 동전 하나가 전부였습니다. 그가 70파운드쯤 가지고 있었다 하는데 확실하진 않답니다."

"그것 때문에 속상해하는 거 같지는 않던데…"

해리스가 웃었다. "그러게요. 별로 심각해 보이진 않습니다."

나는 해리스를 사무실로 돌려보낸 뒤 하면이 목욕하는 동안 편지를 몇 통 썼다. 얼마 뒤 그가 조금 쭈뼛거리며 거실로 나왔다. 이번에도 어색하고 뻣뻣한 그의 걸음걸이가 눈에 띄었다.

그가 느릿느릿 말했다. "무슨 말씀을 드려야 할지 모르겠어요. 같이 있던 패거리에게 돈을 몽땅 털려서 해리스 씨가 제 벌금을 대신 내줬어요. 제게 돈은 더 있습니다. 브리즈번 은행이 제게 신용장이라는 걸 줬어요. 그걸로 돈을 찾아서 갚을 수 있습니다."

"잘됐군요. 아침 식사는 하셨습니까?"

"아뇨."

"좀 드시겠습니까?"

"글쎄요. 잘 모르겠어요. 호텔에 가서 간단히 먹으면 될 거 같습니다."

"그러실 필요 없습니다. 가정부가 여기 있으니 아침 식사를 차려줄 겁니다." 밖으로 나가 식사를 부탁하고 돌아와 보니 그가 창가에 서 있었다. "편지를 가져오지 않으셨더군요."

"마음이 바뀌었습니다…. 포기하려고요."

"포기한다고요?"

"네. 편지는 쓰지 않을 겁니다."

"애석한 일이군요." 내가 차분히 말했다.

"그럴지도 모르죠. 그 문제를 한참 생각했는데 편지는 쓰지 않기로 결심했어요. 그래서 그 시간에 가지 않았던 겁니다."

"뜻대로 하셔야죠. 아침 식사를 하고 거기에 관해 좀 더 얘기해 주시겠어요?"

그에게 식사를 권하고 나와 편지를 계속 썼다. 가정부가 가져다준 식사를 마친 그는 15분 뒤 거실로 나왔다.

"저는 이만 가보는 게 좋겠습니다. 이 구두는 이따 다시 와서 가정부에게 맡겨도 되겠습니까?" 그가 멋쩍게 말했다.

나는 일어서서 그에게 담배를 권했다. "가기 전에 당신 얘기를 좀 더 해주시죠. 하루나 이틀 뒤에 패짓 양에게 편지를 쓸 계획인데 분명 그녀는 당신에 관해 빠짐없이 알고 싶어 할 겁니다."

그는 담배를 손에 들고 나를 바라보았다. "제가 여기에 왔었다고 편지에 쓰시려고요?"

"물론이죠."

그는 잠시 말없이 서 있다가 퀸즐랜드 사람 특유의 느린 말투로 말했다. "스트래천 씨, 그러지 않으셨으면 합니다. 그냥 아무 말도 하지 말아주세요."

나는 성냥을 그어 그의 담배에 불을 붙여주었다. "제가 그녀의 유산 얘기를 해서 이러는 겁니까?"

"돈 말씀인가요?"

"그래요."

그가 싱겁게 웃었다. "저는 그녀에게 돈이 있든 없든 상관
없습니다. 문제는 그게 아니라 윌스타운입니다." 나는 그 말
을 도통 알아들을 수 없었다.

"이봐요, 조. 앉아서 잠깐 얘기한다고 큰일 나는 건 아니에
요." 그의 긴장을 풀어주고 싶어서 조라고 불렀다.

"할 얘기가 있을지 모르겠어요." 그가 머뭇거리며 말했다.

"어쨌든 앉아요." 나는 잠시 생각하다가 물었다. "패짓 양
을 전쟁 중에 처음 만난 게 맞습니까?"

"그렇습니다."

"말레이반도에서 두 분 다 포로로 잡혔을 때요?"

"맞습니다."

"1942년 즈음이겠군요?"

"네, 맞아요."

"그 뒤로 그녀를 만나거나 편지를 쓰신 적은 없고요?"

"없습니다."

"저는 그 부분이 이해가 안 됩니다. 왜 이제 와서 그녀를
간절히 만나고 싶어 하는 겁니까? 그녀를 마지막으로 본 지
6년이 지났어요. 왜 지금에야 그녀에게 갑자기 연락하고 싶
어진 건가요?" 그가 어디선가 그녀의 돈에 관해 들었을지 모

른다는 의심이 여전히 내 마음속에 남아있었다.

그가 웃으며 나를 쳐다보았다. "전 그녀가 결혼한 사람인 줄 알았거든요."

"그렇군요…, 그녀가 미혼이라는 걸 언제 아셨습니까?"

"올해 5월에 알게 됐어요. 말레이 코타바루에서 그녀 일행을 태우고 나온 비행기 조종사를 만났어요. 줄리아크리크에서요."

조 하먼은 짐 레논과 원주민 목동 둘과 함께 미드허스트 목장에서 줄리아크리크까지 소 1,400마리를 몰고 갔었다. 미드허스트에서 줄리아크리크까지는 약 480킬로였고, 노먼강, 색스비강, 플린더스강을 거쳐야 했다.

3월 말 미드허스트를 떠난 그들은 매일 약 15킬로씩 이동해서 5월 3일 줄리아크리크 철도역에 소 떼와 함께 도착했다. 일단 소들을 철도역의 가축수용소로 몰아넣은 뒤 기차에 싣는 작업을 하는 데 사흘이 걸렸다.

그동안 짐과 조 하먼은 줄리아크리크의 포스트오피스 호텔에 묵었다. 그들은 무더운 날씨 속에서 덮개 없는 화물칸에 소를 싣는 작업을 하루 14시간씩 했다. 쉴 때는 호텔 바에서 차가운 라이트 맥주를 마시며 비지땀을 쏟는 고된 육체노동을 보상했다.

어느 날 저녁 그들이 바에서 맥주를 마시며 서 있는데 제복을 입은 말쑥한 남자 둘이 들어와서 큰소리로 술을 주문했다. 그들은 오스트레일리아 항공의 조종사들이었다. 비행기의 우측 엔진에서 기름이 새는 바람에 그날 밤 그곳에서 묵게 되었다.

조 하먼은 기장 옆에 서 있었다. 미군이 쓰던 낡은 초록색 린넨 모자에 면 러닝셔츠와 지저분한 카키색 반바지를 입고 맨발에 부츠를 신고 있었다.

그의 차림새는 조종사들의 단정함과 묘하게 대조되었지만, 조종사는 아웃백에 익숙한 사람이었다. 그들은 전쟁 이야기를 하다가 둘 다 말레이에서 복무한 사실을 알게 되었다. 조가 손의 흉터를 보여주자 조종사들은 신기한 듯 살펴보았다.

조의 손이 그렇게 된 사연을 들은 그들은 조를 위해 술을 한 잔 더 주문했다.

기장이 말했다. "제가 들은 것 중 가장 말도 안 되는 얘기는 어느 수용소도 받아주지 않았던 여자와 아이들에 관한 거예요. 그들은 전쟁 내내 어느 말레이 마을에서 벼농사를 지으며 지냈답니다."

조가 얼른 물었다. "말레이 어디서요? 저도 그 일행을 만났어요."

"쿠안탄과 코타바루 중간 어디였다죠. 전쟁이 끝난 뒤 그들은 트럭에 실려 코타바루로 갔고, 제가 조종한 비행기를 타고 싱가포르로 갔어요. 모두 영국인들이었는데 꼭 말레이 사람처럼 보였어요. 여자들이 하나같이 현지인 옷을 입은 데다 피부가 완전히 갈색이었거든요."

"그들 중에 패짓 부인도 있었나요?" 진이 전쟁에서 살아남 았는지 확인하는 것은 그에게 아주 중요한 일이었다.

"패짓 양 말이죠? 정말 괜찮은 아가씨였어요. 그들의 리더 였죠."

"패짓 부인을 말하는 겁니다. 아기를 데리고 있던 검은 머 리 여자요."

"검은 머리 여자 맞아요. 다섯 살쯤 된 사내아이를 돌보고 있었는데 자기 아이가 아니었어요. 일행 중 죽은 여자의 아 들이었죠. 그녀가 그들 가운데 유일하게 미혼이었고, 그들의 리더였기 때문에 제가 잘 알아요. 전쟁 전에는 쿠알라룸푸 르에서 속기사로 일했대요. 이름이 진 패짓이었어요."

조가 그를 쳐다보았다. "전 결혼한 여자인 줄…"

"그녀는 미혼이었어요. 일본놈들이 그들의 결혼반지를 모 조리 빼앗아가서 기혼자와 미혼자를 분류해야 했는데 그게 생각보다 수월했어요. 진 패짓이라는 아가씨만 빼고 모두 기 혼이었거든요. 그래서 제가 잘 알죠."

조가 천천히 말했다. "맞아요! 그녀 이름이 진이었어요."

잠시 뒤 조 하먼은 베란다로 나가 별을 올려다보며 서 있 었다. 그러다가 술집을 나와 가축수용소 쪽으로 걸었다. 그 렇게 내처 걷다가 어느 대문에 기대서 한참 동안 이 생각

246

저 생각을 했다.

그날 아침 런던의 내 아파트에서 나와 이야기하던 그는 그때 무슨 생각을 했는지 조금 이야기해주었다.

"그녀는 멋진 아가씨였어요. 만일 제가 결혼이란 걸 한다면 그런 사람과 하고 싶었어요." 그가 솔직히 말했다.

내가 미소 지었다. "이제 알겠어요. 그래서 영국으로 온 건가요?"

"맞습니다."

그는 짐 레논과 원주민 목동 둘을 데리고 미드허스트로 돌아왔다. 짐 나르는 말 열다섯 마리를 이끌고 돌아오는 데 열흘 정도 걸렸다. 2월부터 목장에서 소몰이를 시작했으므로 그들은 거의 3개월 동안 계속 안장에 앉아 있던 셈이었다.

그가 말했다. "그러고는 보어를 살펴봐야 했죠. 전 스피어스 부인에게 그 일이 다 끝나기 전에는 떠나지 않겠다고 분명히 말했었어요. 그러다 어느 수요일 갑자기 그곳을 나와 밀크런(이것이 매주 항공우편을 실어 나르는 비행기라는 사실은 나중에 알게 되었다)을 타고 케언스로 갔고, 거기서 브리즈번을 거쳐 여기로 왔어요."

"골든 캐스킷은 어떻게 된 건가요?"

그가 조금 민망한 듯 대답했다. "거기에 대해 제대로 말씀드리지 않았네요. 제가 캐스킷에 당첨된 건 맞지만 올해 당첨된 건 아니에요. 퀸즐랜드로 돌아간 이듬해인 1946년에 당첨됐어요. 말씀드린 대로 그때 1,000파운드를 받았습니다."

"그렇군요. 그런데 아직까지 쓰지 않고 있었어요?"

"언젠가 제 목장이 생기거나, 소나 다른 가축을 사게 될 때를 대비해 아껴두었습니다."

"이제 얼마나 남았나요?"

"신용장에 호주 돈으로 500파운드 정도 있는데 그게 제가 가진 전부예요. 영국 돈으로 400파운드쯤 되죠. 물론 목장 관리에 대한 월급이 매달 윌스타운에 있는 은행으로 들어옵니다."

나는 한동안 말없이 담배를 피우며 이 남자에게 속절없이 안타까운 마음이 들었다. 그가 진 패짓을 만난 것은 6년 전 일이었다. 마음속에 간직하고 있는 그녀의 이미지는 그녀와 닮은 사람일 뿐이었다.

그는 진이 유부녀가 아니었다는 말을 듣고 얼마 안 되는 예금을 털어 비싼 비용을 들여가며 지구 반대편 영국으로 날아왔다. 그러고서 그녀를 찾을 것이라고, 그녀가 아직 미혼일 것이라고 기대하고 있었다.

그것은 도박과 같은 행동이었지만, 어차피 그의 삶 전체가 도박으로 이루어진 인생이었을 것이다. 아웃백에서는 누구나 그렇게 살아야 했을 테니까. 진 패짓과 결혼할 기회를 잡을 수 있다면 분명 그에게 돈은 중요하지 않았다.

역설적이게도 그 순간 진은 지구 반대편에서 그를 찾아다니고 있었다. 나는 그에게 그 사실을 알려줄 마음의 준비가 되어있지 않았다.

이윽고 내가 입을 열었다. "당신이 패짓 양에게 편지 쓰는 걸 왜 포기했는지 여전히 이해할 수 없군요. 윌스타운에 대해 뭔가 말하려 했었죠?"

"네." 그가 잠시 멈추었다가 특유의 느릿느릿한 말투로 이야기했다. "스트래천 씨를 만난 뒤 많은 생각을 했습니다. 미드허스트를 떠나기 전에 깊이 생각했더라면 더 좋았을 테지만요. 말씀드렸듯이 전 돈 많은 여자와는 결혼하지 않겠다고 허세 부릴 생각은 없습니다. 여자가 돈이 많더라도 생각만 올바르다면 결혼하는 게 기쁜 일일 거예요. 문제는 따로 있습니다."

그가 잠시 멈추었다가 천천히 이야기했다. "저는 아웃백 출신입니다. 제가 할 줄 아는 건 목장을 운영하는 것밖에 없고, 저는 목장에서 지내는 게 좋습니다. 전 브리즈번이나 시드니 같은 대도시에선 살 수 없어요. 케언스에서도 오래 지내기 힘들었고, 그런 곳에서 제가 할 수 있는 일도 없을 겁니다. 전 목장에서 자랐고 학교 교육을 제대로 받은 적도 없어요. 제가 돈을 벌지 못한다는 말은 아닙니다. 누구보다 목장을 잘 관리할 수 있고, 소를 파는 일도 꽤 잘하는 편이에요. 언젠가는 제 목장을 갖고 싶어요. 목장 주인들 중에는 5만 파운드 정도를 손에 쥐는 사람도 꽤 많습니다. 그러려면 아웃백에 있으면서 제가 잘할 수 있는 일을 해야 하죠. 스트래천 씨, 문제는 아웃백이 여자들에게 끔찍한 곳이란 겁니다."

"어떤 면에서요?" 내가 차분히 물었다. 이제 우리는 정말 중요한 이야기를 하고 있었다.

그가 조금 씁쓸하게 웃었다. "윌스타운의 예를 들어보죠. 그곳엔 라디오 방송국도 없어요. 브리즈번에서 송출된 전파가 어쩌다 잡히는데 거의 잡음만 들립니다. 신선한 과일이나 채소를 파는 가게도 없어요. 수간호사 말이 그래서 펠라그라병(비타민B3 부족으로 생기는 병—옮긴이)에 걸리는 노인이 많답니다. 신선한 우유도 없고 옷가게도 없어요. 빌 던컨의 상점에서 여자들이 구할 수 있는 건 말린 완두콩과 소독약 같은 게 전부예요. 윌스타운에는 아이스크림도 없습니다. 여자들이 신문이나 잡지, 책을 살 수 있는 곳도 없어요. 윌스타운으로 오고 싶어 하는 의사도 없어요. 전화도 없습니다. 아주 더운 곳인데도 아가씨들이 예쁜 수영복을 입고 더위를 식힐 수 있는 수영장도 없어요. 당연히 젊은 여자들도 없고요. 그 지역에 열여덟에서 마흔 살 사이의 여자는 많아야 다섯일 겁니다. 다들 앞가림할 나이가 되면 집을 떠나 도시로 갑니다. 쇼핑하러 케언스에라도 갈라치면 큰돈을 들여 비행기로 가거나, 지프를 타고 나흘 동안 가야 해요. 그렇게 한 번 왕복하면 지프는 타이어를 갈아줘야 합니다. 남자들이 일하면서 살기엔 썩 괜찮은 지역이고 벌이도 좋습니다. 하지만 여자들에게는 형편없는 곳이에요."

"그렇군요. 아웃백의 도시들은 다 그렇습니까?"

"대부분요. 물론 클론커리처럼 더 넓은 곳도 있는데 그런 데가 낫긴 하죠. 캐무월, 노먼턴, 버크타운, 크로이던, 조지타운 등은 모두 윌스타운과 똑같아요."

그는 잠시 말을 멈추고 생각에 잠겼다.

"여자들이 좋아할 만한 곳은 딱 한 군데 있습니다. 앨리스 스프링스예요. 앨리스는 끝내주는 곳이죠. 거긴 여자들이 좋아하는 게 다 있어요, 영화관이 두 개나 있고 과일, 아이스크림, 신선한 우유 등 온갖 것을 파는 가게들도 있고, 맥클린이 운영하는 수영장도 있어요. 그곳에는 아가씨들과 젊은 부인들도 많고, 살기 좋은 집들도 많아요. 앨리스는 정말 멋진 도시죠. 그런 곳이 거기 말고는 없습니다."

"왜 그렇죠? 왜 앨리스만 다른 겁니까?"

그가 머리를 긁적였다. "잘 모르겠어요. 아마도 도시가 점점 커져서 그런 거 같아요."

그 문제는 더 이상 묻지 않았다. "그러니까 패짓 양이 당신의 청혼을 받아들이면 윌스타운에서 불행한 결혼생활을 하게 될 거란 말씀이군요."

그가 고개를 끄덕였다. "맞습니다." 그의 눈에 고뇌가 스쳤다.

"말레이에서 그녀를 만났을 때는 모든 게 달랐어요. 그녀는 포로였고 아무것도 가진 게 없었어요. 저도 가진 게 없어서 우린 동등했어요. 저는 그녀가 아직 미혼일 가능성이 있다는 사실을 알자마자 서둘러 여기로 왔어요. 아웃백에서 그녀가 잘 지낼 수 있을지 생각할 겨를도 없었고, 만약 생각했더라도 가진 게 없는 사람이니 윌스타운에서 잘 적응할 수 있으리라 믿었을 겁니다. 무슨 말씀인지 아시겠죠?"

그가 동의를 구하는 표정으로 나를 바라보았다.

"그런데 영국에 와서 사우샘프턴에 가보고 그곳 사람들이 사는 모습도 봤어요. 비록 폭격과 약탈이 일어난 곳이긴 하지만 좋아 보였어요. 런던과 콜윈베이에도 가봤습니다. 그런데 그녀가 부자가 됐다는 얘기를 듣고는 그런 사람이 윌스타운에서 어떻게 살 수 있을지, 이곳에서 익숙했던 모든 걸 그 오지에서 무슨 수로 구할 수 있을지 고민하다가 제가 좀 성급했다는 사실을 깨달았어요. 영국에서 바로 온 여자에게 아웃백이 맞을지 전혀 모르겠네요. 게다가 돈이 있는 여자라면 상황은 더 안 좋을 거예요."

그는 말을 멈추고 씩 웃었다. "그래서 술을 마셨습니다."

모든 상황을 살펴보니 그의 행동은 매우 타당해 보였지만,

거기에 70파운드를 쓴 것은 안타까운 일이었다.

내가 말했다. "조, 우리 이 일을 좀 더 생각해봅시다. 아무래도 당신을 만났다고 패짓 양에게 편지로 알려야 할 거 같아요. 그녀는 당신이 죽은 줄 알고 있었어요."

그가 나를 뚫어지게 쳐다보았다. "그럼 저를 알고 계셨던 거예요?"

"잘 아는 건 아니에요. 당신이 그녀를 위해 닭을 훔쳤다가 일본놈에게 붙잡혀 나무에 못 박히고 구타당했다는 정도만 알아요. 그녀는 당신이 죽었다고 생각했죠."

그가 웃으며 대답했다. "그럴 뻔했죠. 그녀가 그 이야길 했나요?"

나는 고개를 끄덕이고는 차분하게 말했다. "그 일은 그녀에게 커다란 슬픔으로 남아있었어요. 그녀가 계속 그렇게 살아가길 바라는 건 아니겠죠? 그녀는 다 자기 탓이었다고 자책하고 있어요."

"그녀는 전혀 잘못이 없어요. 그녀가 무모한 짓을 하지 말라고 말렸는데 제가 자초한 일이었어요. 그녀 탓이 아니에요."

"당신이 그녀에게 편지를 써야 할 듯합니다." 내가 거듭 말했다.

긴 침묵이 흘렀다.

"편지를 쓴다 해도 무슨 말을 써야 할지 모르겠어요." 그가 혼잣말처럼 중얼거렸다.

고민한다고 금방 해결될 일이 아니었다. 내가 일어서서 말했다. "조, 잠시 시간을 갖고 곰곰이 생각해봐요. 언제 호주로 돌아가야 하죠?"

"10월 말까지 목장으로 돌아가지 않으면 스피어스 부인에게 폐가 될 겁니다. 그분을 실망시키고 싶지 않아요."

"그럼 두 달 반 정도 시간이 있군요. 여기 올 때 비행기 삯이 얼마나 들었습니까?"

"325파운드 들었어요."

"그리고 신용장에 500파운드가 남았고요?"

"네."

"돌아갈 때 비행기로 갈 겁니까? 아니면 배로? 원하시면 배편을 알아봐 줄 수 있습니다. 부정기 화물선을 타면 80파운드 정도 들지만, 꽤 빨리 떠나야 할 거예요. 아마 2주쯤 뒤에요."

"여기에 머무는 건 더 이상 의미가 없는 거 같습니다. 그녀가 영국으로 돌아올 가능성은 없는 건가요?" 그가 지쳐 보이는 얼굴로 말했다.

"유감스럽게도 그 기간 안에는 힘들 거 같군요."

"그럼 배를 타고 남은 돈을 아끼는 편이 낫겠네요."

"그게 현명한 생각인 거 같습니다. 제가 직원을 통해 탑승권을 알아보도록 하죠. 그럼 그때까지는 여기서 지내는 게

어떻습니까? 가기 전까지 손님방을 써도 좋습니다. 그게 호
텔에 묵는 것보다 더 경제적일 겁니다."

"폐가 되지 않을까요?"

"전혀요. 난 거의 하루 종일 나가 있고…, 당신이 여기 머
무른다면 아주 기쁠 겁니다."

그는 그러겠다고 했다. 나는 그에게 영국에서 가장 보고
싶은 것이 무엇인지 물었다. 그는 아버지의 생가가 있는 해
머스미스 아카시아 로드 19번지에 가보고 싶어 했다.

또 브리즈번에서 송출된 라디오 방송에서 잡음이 덜했을
때 들었던 코미디쇼의 생방송을 방청하고 싶어 했다. 앨리스
스프링스에서는 라디오 전파가 끝내주게 잘 잡히고, 시내에
지역 방송국도 있다고 아쉬운 듯 말했다. 되도록 많은 순종
말과 순종 소를 보고 싶다고도 했다. 마구에도 관심이 있었
지만, 영국에 새로운 게 있으리라고 기대하지는 않았다.

그날 오후 나는 하먼을 버스에 태워 보낸 뒤 소홀했던 업
무를 처리하기 위해 사무실로 갔다. 나를 찾아온 의뢰인의
일을 처리하는 것 말고도 생각할 거리가 많았다. 이 남자를
만나본 뒤 결혼을 할지 말지는 온전히 진 패짓이 결정할 문
제였지만, 그녀가 결혼을 승낙할 가능성은 꽤 높아 보였다.

두 사람의 결합을 두고 사람들이 어떻게 말하든, 조 하먼
이 아주 건실한 청년인 것은 부인할 수 없었다. 그는 근면했

고, 사랑하는 어인을 찾아 세계를 반 바퀴 날아오느라 엄청
난 돈을 쓴 것만 빼면 검소했다. 인생에서도 성공할 사람으
로 보였다. 누가 봐도 좋은 남편감이었다.

그 문제에는 알아봐야 할 게 한 가지 더 있었다. 진 패짓이
아는지 모르겠지만, 그녀의 조상은 호주에 살았었다. 그녀가
외할아버지인 제임스 맥파든 이야기를 한 번도 하지 않은
것을 보면 그에 대해 전혀 몰랐던 게 분명했다.

그렇더라도 그녀의 유산은 그 외할아버지에게서 비롯되었
다. 듣자 하니 그는 호주에서 크게 성공해 영국으로 돌아왔
고, 요크셔 어딘가에서 말을 타다가 목이 부러져 숨졌다. 나
는 제임스 맥파든에게 관심이 생겨서 조금 더 알아보고 싶
어졌다. 그 사람도 아웃백 소 목장에서 돈을 벌었을까? 조
하먼과 비슷한 사람이었을까?

마지막 의뢰인이 떠난 뒤 여직원에게 맥파든 파일을 가져
오라고 해서 오래된 증서들과 유언장을 훑어보았다. 내가 찾
은 유일한 단서는 1903년 9월 18일에 작성된 제임스 맥파든
의 유언장이었고, 그것은 이렇게 시작되었다.

"본인, 요크셔주의 로데일 매너, 커크비 무어사이드, 웨스
트 오스트레일리아주의 홀스크리크에 살았던 제임스 맥파
든은 이전의 모든 유언장을 폐기하고…"

당시 나는 홀스크리크에 대해 아는 바가 전혀 없어서 더
조사해보려고 그 지명을 적어두었다. 내가 찾은 것은 그게

전부였다.

그날 오후 BBC에서 일하는 마커스 퍼니의 사무실로 전화를 걸어 조 하먼이 말한 '머치 바인딩 인 더 마시'의 방청권을 얻을 수 있는지 물었다. 경쟁이 치열한 것 같아서 조 하먼에 관한 이야기를 조금 할 수밖에 없었다. 그는 바로 동의했다.

그 대신 조 하먼이 '인 타운 투나잇'이라는 프로그램에서 인터뷰를 해줘야 한다는 조건을 내걸었다. 하먼과 얘기해보겠다고 하니 그는 방청권을 보내주기로 약속했다. 그 뒤 톤턴(잉글랜드 남서부 서머싯주의 주도-옮긴이)에서 혈통 있는 헤리퍼드종 소를 키우는 데니스 프램프턴 경에게 연락해 조 하먼 이야기를 했다. 그는 친절하게도 하먼을 이틀간 그곳으로 초대했다.

나는 7시쯤 아파트로 돌아왔다. 가정부에게 저녁을 준비해달라고 미리 얘기해놓았었다. 조 하먼도 돌아와 있었다. 그는 은행과 호텔에 다녀왔고, 여행 가방은 손님방으로 옮겨놓았다. 나는 해머스미스에서 아버지의 생가를 찾았는지 물었다.

"네, 찾긴 찾았어요."

"썩 좋지 않던가요?"

그가 씩 웃었다. "그런 말로는 부족해요. 호주에도 빈민가가 있긴 있는데…, 그렇게 형편없는 곳은 처음이네요. 아버지

가 그런 곳에서 벗어나 퀸즐랜드로 가신 건 정말 잘한 일이
에요."

와인을 권했지만, 그가 맥주를 마시겠다고 해서 한 병 가
져다주었다.

"부친께서는 언제 이 나라를 떠나셨습니까?" 내가 물었다.

"1904년에요. 아버지는 클론커리로 가서 코브&코에서 일
자리를 구하셨어요. 자동차가 나오기 전에 마차를 운행하던
회사였죠. 그때 아버지는 열여섯 살쯤 됐었을 거예요. 1차
세계대전 땐 호주군으로 갈리폴리 전투에 참전하셨어요."

"지금은 돌아가셨나요?"

"네, 1940년에 돌아가셨어요. 제가 군에 입대한 직후였어
요. 어머니는 아직 살아 계세요. 클론커리에서 제 누이와 함
께 지내고 있죠."

"혹시 홀스크리크라는 곳을 알아요?" 내가 물었다.

"금이 나왔던 곳 말씀이시죠? 웨스트 오스트레일리아 윈
덤 근처요?"

"거기가 맞을 겁니다. 거기 금광이 있죠?"

"지금은 폐쇄됐을 겁니다. 퀸즐랜드나 걸프 지역처럼 거기
서도 1890년대에 금이 많이 나왔어요. 홀스크리크에 가본
적은 없지만, 크로이던과 비슷한 곳인 거 같아요. 크로이던
에도 금이 많았어요. 약 10년 동안 금이 계속 나왔는데 그
뒤에는 너무 깊이 들어가야 해서 수지가 맞지 않았어요. 한

때 크로이던에 3만 명이 살았다고 하더군요. 지금은 주민이 200명뿐이에요. 노먼턴과 버크타운도 사정은 똑같아요. 월스타운도 그렇고요. 모두 한때는 금광 도시였죠."

"홀스크리크 근처에서 맥파든이라는 이름을 들어본 적이 있습니까?"

그는 고개를 저었다. "그런 이름은 못 들어봤어요."

나는 '머치 바인딩 인 더 마시'의 방청권을 구했다고 말하고는 방송국 직원이 토요일 밤 방송에서 그를 인터뷰하고 싶어 한다고 알려주었다. 그는 그러겠다고 수줍게 동의했다.

나중에 방송을 들어보니 그는 의외로 인터뷰를 아주 잘했다. 아나운서가 제법 능숙한 솜씨로 조 하면을 이끌었고, 그는 미드허스트 목장과 자신이 '걸프 지역'이라고 부르는 카펀테리아만 지역 이야기를 6, 7분 정도 했다.

다음 날 마커스 퍼니는 일부러 내게 전화까지 해서 방송이 얼마나 잘 되었는지 이야기했다. "그런 친구들을 더 자주 만나길 바랄 뿐입니다. 진짜배기들 이야기를 들으면 뭔가 다른 게 느껴지거든요."

일요일에는 데니스 프램프턴 경의 소를 보러 가는 그를 톤턴행 기차에 태워 보내며 잘 다녀오라고 했다. 그에게 남은 시간은 얼마 없었다. 다음 주 금요일 아침에 뉴질랜드와 호주로 떠나는 배가 있어서 내가 용케 싼 객실을 하나 구해주었기 때문이다.

수요일에 돌아온 그는 많은 견문을 쌓았다고 했다. "그곳에 끝내주는 소가 있었어요. 가축의 품종 개량에 관해 걸프 지역에서 10년 동안 배웠던 것보다 더 많은 걸 이틀 만에 배웠어요. 물론 미드허스트 같은 목장에서 그분이 하는 방식을 따라 할 순 없겠지만, 생각할 거리는 많이 생겼어요."

"교배 방법 말인가요?"

"걸프 지역에서는 품종 개량을 위해 교배시키지 않아요. 여기 영국에서 하는 방식과 다릅니다. 우리가 하는 일이라곤 총을 들고 나가서 돌아다니는 들소를 보면 쏘고, 우수한 황소들이 계속 번식할 수 있게 하는 겁니다. 프램프턴 경이 소유한 혈통 있는 소들을 아웃백에서도 보고 싶군요. 박람회 말고는 그런 가축들을 본 적이 없어요."

저녁 식사 뒤 그와 패짓 양 이야기를 했다. "하루나 이틀 뒤 패짓 양에게 편지로 당신 주소를 알려줄 겁니다. 제 생각에 그녀는 당신을 만나지 못한 걸 매우 안타까워할 거예요. 미드허스트에 도착하면 분명 그녀의 편지가 기다리고 있을 겁니다. 전 항공우편으로 보낼 거고 그녀도 당신에게 항공우편으로 보낼 테니 틀림없이 편지가 와있을 거예요."

그는 그 말을 듣고 얼굴이 무척 밝아졌다. "여기서 그녀에게 편지를 쓰진 않겠습니다. 스트래천 씨가 그녀에게 편지를 보내실 거니까 저는 기다렸다가 그녀에게 연락이 오면 답장하겠어요. 어떻게 보면 여기서 그녀를 만나지 않은 게 오히려 다행이에요. 모든 게 잘 풀렸으면 좋겠어요."

그때 나는 하마터면 그녀가 호주에 있다고 말할 뻔했지만, 꾹 참았다.

조 하먼이 나를 찾아오기 전날 그녀가 있는 앨리스 스프링스로 편지를 보냈다. 그녀가 일주일에 한 번씩 규칙적으로 내게 편지를 보냈기에 나는 곧 그녀로부터 편지가 오리라고 기대하고 있었다.

그녀가 조 하먼을 만나지 못하고 호주를 떠나는 일이 없도록 필요하다면 그의 주소를 그녀에게 전보로 알려줄 수도 있었다. 하지만 지금 상황에서는 서두를 이유가 없었다.

이틀 뒤 나는 몇 달 전에 진 패짓을 배웅한 부두에서 다시 그를 배웅했다. 내가 돌아서서 트랩을 내려가려 할 때 그가 담담하게 말했다.

"스트래천 씨, 너무 폐를 끼쳐 죄송합니다. 도와주셔서 감사하고요. 미드허스트에 도착하면 편지 드리겠습니다."

그러고는 심하게 다쳤던 그 손으로 내 손을 꽉 쥐고 흔들어서 나를 움찔하게 했다.

"별말씀을요. 집에 돌아가면 패짓 양의 편지가 와있을 겁니다. 그보다 더한 게 있을지도 모르죠." 나는 돌아서서 트랩을 따라 걸었다.

내가 그렇게 말한 데는 그만한 이유가 있었다. 그날 받은 그녀의 편지가 내 주머니 속에 있었고, 거기에 윌스타운 소인이 찍혀 있었기 때문이다.

2권에서 계속…

"문학이 들려주는 삶의 지혜와 즐거움"

RAINBOW PUBLIC BOOKS

Korean Translation Copyright © 2020 by *Rainbow Public Books*[TM]

나의 도시를 앨리스처럼 - 1권

발행일 초판 1쇄 2020년 10월 19일

발행인 박성범
지은이 네빌 슈트
옮긴이 정유선
편 집 강수진, 김호준
디자인 최유빈. 임연희
마케팅 이선영
발행처 레인보우 퍼블릭 북스
등 록 제 2018-000140 호

주 소 (우-05542) 서울시 송파구 올림픽로 336, 1501호
전 화 02-415-9798
팩 스 0504-209-1941
이메일 submit@rpbooks.co.kr

ISBN 979-11-90978-01-9 04840 (1권)
ISBN 979-11-90978-00-2 (세트)

이 도서의 국립중앙도서관 출판예정도서목록(CIP)은 서지정보유통지원
시스템 홈페이지(http://seoji.nl.go.kr)와 국가자료종합목록 구축시스템
(http://kolis-net.nl.go.kr)에서 이용하실 수 있습니다.
(CIP제어번호 : CIP2020041384)